7 Days

Steven Kane

Bibliografische Information der Deutschen Nationalbibliothek
Die Deutsche Nationalbibliothek verzeichnet diese Publikation
in der Deutschen Nationalbibliografie; detaillierte bibliografische
Daten sind im Internet über *http://dnb.dnb.de* abrufbar.

Covermotive: https://unsplash.com/photos/8JYxCF00X3Y
https://unsplash.com/photos/0FT6VMa7Z7o
Umschlaggestltung, Satz, Herstellung und Verlag:
BoD – Books on Demand, Norderstedt

ISBN: 978-3-7534-1377-8

Prolog

New York mitten in den Sommermonaten war etwas Besonderes. Die Natur erstrahlte in ihrer ganzen Pracht, die Vögel zwitscherten im Central Park und selbst die meist hektische Bevölkerung schien sich gelassener, fast fröhlicher durch die Straßen zu zwängen.

Das konnte zusätzlich an den sehr heißen Temperaturen liegen, mit denen wohl jeder zu kämpfen hatte, aber alles war besser als Regen und Kälte.

Für Nadine Mackintosh war es das erste Jahr auf dem College, vielleicht aber gleichzeitig das letzte. »Wenn ich gewusst hätte, wie stressig dieser ganze Kram ist, wäre ich lieber auf eine Weltreise gegangen.«

Aber zum Glück hatte dieser Schulzirkus ja auch seine guten Seiten: Summer Break – Semesterferien! Was gab es Schöneres? Nun vielleicht noch die restlichen Feiertage, jedoch halfen die nicht, das College und die Profs aus dem Kopf zu verdrängen. Nadines Motto lautete: Feiern, Feiern und Spaß haben!

Genauso hatte sie den ersten Teil ihrer Ferien verbracht, in der Hoffnung, dass es so weiterging. Noch ahnte sie nicht, dass diese Vergnügungen ein schlimmes Ende finden würden …

Diese Sorgen kannte Larry Anderson nicht. Statt sich um solche banalen Dinge Gedanken zu machen, packte er seine neue Minikamera aus, die er bei einer Firma für Sicherheitssysteme erstanden hatte. »Jetzt muss ich nur noch ein Plätzchen finden, an dem sie unsichtbar ihre Arbeit verrichten kann«, grinste er bei dem Gedanken an seine künftigen Filmaufnahmen.

Da er sein geheimes Unterfangen nicht in dem Apartment seiner Eltern ausführen konnte, nutzte er ein leerstehendes und etwas abseits gelegenes Haus am Ende einer kleinen Seitenstraße. Zum Glück befand sich das Objekt bereits seit Jahren in dem Immobilienfundus seines Vaters, der es kaum aktiv in seinem Immobiliengeschäft offerierte. So lag es in Larrys Verantwortung die für seine Zwecke notwendigen Räume entsprechend den verschiedenen Anlässen oder besser gesagt Szenen auszustatten.

… Wenige Stunden später saß Larry ungeduldig in seinem Studio-Zimmer und wartete auf die Tochter des Collegedirektors, die sein neues Equipment ohne ihr Wissen testen durfte. »Man kann nie wissen, wofür man die Aufnahmen später noch verwenden kann, und sie sieht immer so sexy aus, dass sie mich zu diesem Akt förmlich zwingt.«

Es klingelte. Gazellenartig sprang er auf und aktivierte

das Kamerasystem. »Komme sofort!«, rief er durch das elternfreie Apartment, um seine Verabredung nicht unnötig warten zu lassen.

Kapitel 1

Am Morgen des zweiten Augusts machte sich Nadine Mackintosh auf den Weg zum Central Park. Dort wollte sie einen kleinen Spaziergang unternehmen, um die gestrige Nacht zu verdauen. Eine wilde Geburtstagsparty, die erst am frühen Morgen ihr Ende gefunden hatte, lag hinter ihr. Die frische Luft sollte ihren noch vernebelten Geist befreien.

Der abgeklungene Wolkenbruch hinterließ seine Spuren. Fahrzeuge zischten über die nassen Straßen: ein typisches New Yorker Wetter. Aber das machte einen Spaziergang durch den Park erst richtig schön. Von den Blättern der Bäume perlten die letzten Tropfen langsam ab.

Nadine beeilte sich, aus dem trüben Asphaltgrau in das taufrische Grün zu gelangen. Sie wünschte sich einen klaren Kopf, den sie ganz bestimmt nicht auf der Straße bekam. Der Park lag direkt vor ihr, sie konnte die Vögel zwitschern hören. Obwohl sie in einer Großstadt lebte, fühlte sie sich zur Natur hingezogen.

Gegen sechs Uhr betrat sie die Grünanlagen. Nadine sog den würzigen Geruch in ihre rauchgeschwängerten

Lungen. Sie war sichtlich erstaunt darüber, dass sich bereits so viele Menschen hier aufhielten, das konnte sie erst nicht glauben, immerhin war es noch sehr früh. Es handelte sich aber hauptsächlich um ältere Leute, so um die vierzig. Allmählich kam sie sich etwas komisch vor. Sie selbst war erst neunzehn Jahre alt, genauer gesagt zwanzig, wenn man die zwölf fehlenden Tage bis zu ihrem Geburtstag außer Acht ließ.

Ihr schoss unweigerlich ein Gedanke durch den Kopf: »Hoffentlich sieht mich keiner meiner Freunde, wer weiß, was die sonst noch denken würden!«

Während ihrer kleinen Tour fiel ihr auf, dass einige der Männer gar nicht so schlecht aussahen. Nur für ihren Geschmack waren diese doch zu alt.

Nadine war blond, etwa 1,60 Meter groß und schlank. Sie bevorzugte gleichaltrige oder jüngere Männer, da diese meistens besser in Form waren und so mit ihren sportlichen Ambitionen eher mithalten konnten.

Nadine überlegte, ob sie morgen nicht im Hallenbad schwimmen gehen sollte. Dieser Gedanke gefiel ihr auf Anhieb. Aber sie war ja nicht in den Park gegangen, um über morgen nachzudenken, so widmete sie sich wieder der Natur. Langsam ging es ihr immer besser, und sie fragte sich, wie spät es wohl inzwischen wäre. Als sie auf ihre Uhr schauen wollte, stellte sie mit Entsetzen fest, dass sich diese nicht an ihrem Platz, dem linken Handgelenk, befand. Hatte sie die Uhr etwa verloren oder lag sie noch bei ihrer Freundin Amanda, von deren Geburtstagsfete sie gerade kam? Amanda war achtzehn Jahre alt geworden.

Nadine und Amanda waren zwei unterschiedliche Charaktere. Während Nadine lieber Sport trieb, gluckte die zierliche, schwarzhaarige Amanda mit ihren Freundinnen zusammen und tuschelte über Männer.

Das sollte nicht heißen, dass Nadine nicht scharf auf Männer war. Doch ihr letzter Freund, Larry, war nicht gerade das Gelbe vom Ei gewesen. Er hatte sie mehrere Male sitzengelassen, um mit seinen Freunden auf Mädchenjagd zu gehen. Schlussendlich hatte Nadine ihn mit einer anderen erwischt, das bedeutete das Aus für ihre Beziehung. Nun brauchte sie erst mal etwas Abstand vom männlichen Geschlecht.

Nadine wollte unbedingt ihre Uhr wiederhaben. Wenn es sich um eine x-Beliebige gehandelt hätte, wäre sie einfach in einen Laden gegangen, um eine Neue zu kaufen. Aber diese Uhr hatte sie von ihrem leiblichen Vater bekommen. Sie war das Einzige, was sie noch von ihm besaß.

Nur was sollte sie tun? Ich bin jetzt fast zu Hause, soll ich etwa noch mal zurückgehen? Nein, schließlich kann ich Amanda auch gleich anrufen. Nur so recht konnte sie nicht glauben, dass sie ihre Uhr bei Amanda vergessen hatte. Habe ich die Uhr gestern getragen? Leider wusste sie hierauf keine Antwort. Also entschloss sie sich, erst mal zu Hause nach der Uhr zu suchen.

Das half ihr in dieser Situation nicht weiter, deshalb fragte sie einen Passanten nach der Uhrzeit. Es war bereits 9:45 Uhr, sie verlängerte ihre Schritte, sonst würde sich ihre Mutter womöglich noch Sorgen machen.

Ohne lange zu überlegen, stieg sie in ein Taxi ein und ließ sich zum Broadway 1440 fahren.

Erschöpft ging sie zur Eingangstür des Apartmenthauses.

Der Pförtner öffnete die Tür. »Einen schönen guten Morgen, Miss Mackintosh.«

Sie winkte kurz mit der Hand und betrat das Gebäude. Schnurstracks durchquerte sie die Eingangshalle in Richtung der Fahrstühle und fuhr in den zwölften Stock.

Im Tran nahm sie ihren Schlüssel aus der Jackentasche und wollte ihn in das Schlüsselloch stecken, ohne zu merken, dass die Tür offen war.

Ihr Stiefvater, Anthony Mackintosh, stand in der Tür, um die Zeitung hereinzuholen. Er verharrte auf der Stelle, wo er sich im Augenblick befand, um sie zu beobachten. Zuerst dachte er: »Sieht mich Nadine nicht oder will sie mich nicht sehen?« Den zweiten Gedanken wollte er nicht wahrhaben, da er stets bemüht war, ein gutes Verhältnis zu seiner Stieftochter aufzubauen. Darum entschloss er sich, die Stille zu durchbrechen. »Guten Morgen, Nadine. Wie geht es dir?«

Als sie die Stimme ihres Stiefvaters hörte, schaute sie schnell zu ihm auf und antwortete: »Oh! Morgen. Mir geht es gut, und selbst?«

Daraufhin schien sich die Miene ihres Stiefvaters etwas zu erhellen, was so viel zu sagen hatte, wie »Nett, dass du mit mir redest!«. Nun konnte er auch sein Gewissen beruhigen, da Nadine immer noch mit ihm sprach. Letzte Woche hatte er einen heftigen Streit mit ihr gehabt, es ging mal wieder um ihr fehlendes Verantwortungsgefühl und die wilden Partys, die sie dem College vorzog. Höflich erwiderte er: »Danke, ausgezeichnet, aber möchtest du nicht lieber hereinkommen?« Anthony trat einen Schritt zur Seite, damit sie eintreten konnte.

Das war Nadine nur recht, draußen gab es auch nichts Besonderes. In dem Moment, als sie über die Türschwelle schritt, fühlte sie bereits die Wärme, die von der Wohnung ausgestrahlt wurde. Sie schmiegte sich förmlich an ihren von der Kälte angegriffenen Körper.

Aber es lag auch noch ein Duft in der Luft.

Sie musste gar nicht lange überlegen. Es roch nach Essen, genauer gesagt nach Frühstück. Getrieben von ihrem Bärenhunger, ließ sie ihren Vater einfach an der Tür zurück und lief in die Küche.

Dort stand ihre Mutter, Clara Mackintosh, und bereitete gerade das Frühstück.

Nadine grüßte sie mit einem »Morgen, Mom.«

Ihre Mutter schaute sie mit großen Augen an. Sie hatte sich Sorgen um Nadine gemacht, und nun schneite diese ganz gelassen hier herein. »Morgen, Nadine. Ich … beziehungsweise dein Dad und ich haben uns Sorgen um dich gemacht. Natürlich wissen wir, dass du inzwischen erwachsen bist, aber du hättest doch wenigstens anrufen und uns Bescheid sagen können, dass es später wird.« Daraufhin senkte Nadine den Kopf und ließ ihren Blick auf dem Boden umherschweifen. Erst als sie die richtigen Wörter beisammenhatte, konnte sie ihrer Mutter wieder in die Augen schauen. »Meinst du nicht eher, du hast dir Sorgen gemacht? Anthony bin ich doch egal. Er ist nicht mein Vater, und immerhin bin ich alt genug, um auf mich selbst aufzupassen. Denn was würdest du machen, wenn ich nicht mehr hier wäre, sondern bei einem Freund oder einer Freundin wohnen würde? Würdest du dann immer noch verlangen, dass ich euch über jeden meiner Schritte informiere?«

Diesen Konter musste Clara erst mal verarbeiten, damit hatte sie nicht gerechnet. Doch was sollte sie erwarten, ihre Tochter war erwachsen. Aber Clara vermochte es nicht, sie so schnell loszulassen. Nach dem Tod ihres Mannes hatte sie sich an Nadine geklammert, die ihr Ein und Alles war, bis Anthony in ihr Leben trat. Sie bemühte sich, ganz ruhig zu antworten. »Anthony liebt dich genauso wie ich. Du solltest ihm wenigstens eine Chance geben, immerhin finanziert er alle deine Wünsche und Bedürfnisse. Schließlich willst du doch ein großes Mädchen sein. Also verhalte dich dementsprechend, und vielleicht fällt es mir dann auch leichter, das zu akzeptieren.« Weiter konnte sie nicht sprechen, da ihr bereits die ersten Tränen über die rechte Wange liefen. Um ihren Schmerz vor Nadine zu verbergen, drehte sie sich schnell in die andere Richtung und wischte sich die Tränen aus dem Gesicht.

Nachdem sich Clara beruhigt hatte, wandte sie sich wieder ihrer Tochter zu. »Wenn du wie eine Erwachsene behandelt werden willst, werde ich dir den Gefallen tun. Nur denk daran, dass du dann auch auf eigenen Füßen stehen musst. Was so viel heißt wie, wohnen darfst du hier weiterhin kostenlos, aber deine persönlichen Wünsche musst du selbst bezahlen. Okay?«

Nadine schaute ihre Mutter kurz an. »Okay, ich bin einverstanden, und du bist nicht mehr böse, weil ich nicht angerufen habe?«

Clara fing an, zaghaft zu lächeln.

Nadine war nun sichtlich verwirrt.

Clara merkte, dass diese Reaktion ihre Tochter etwas aus der Bahn geworfen hatte. »War ich dir gegenüber jemals böse? Soweit ich mich erinnern kann, ist das noch nie geschehen, und in diesem Fall wird es nicht anders sein.«

»Da wir das geklärt hätten, werde ich nun etwas essen und danach ins Bett gehen, um mich zu erholen.«

Das letzte Wort kam gerade über Nadines Lippen, da saß sie schon am Esstisch und fiel über das Rührei her.

Nachdem sie einen Teller voll verdrückt hatte, stand sie auf und machte sich auf den Weg in ihr Zimmer, welches sich ein Stockwerk höher befand. Es lag nur die Treppe zwischen ihr und ihrem lang ersehnten Bett. Zum Glück waren es nur zwölf Stufen.

Durch den Drang, endlich ins Bett zu fallen, flog sie fast die Treppe hinauf. Von unten sah es so aus, als wäre sie betrunken gewesen, was man an ihrem Zickzack-Kurs gut erkennen konnte.

Ihr Zimmer lag am Ende des Flures. Es war zwar nicht sehr groß, so um die sechzehn Quadratmeter, schätzte sie, dafür war es sehr gemütlich eingerichtet und besaß einen begehbaren Kleiderschrank, wo sie ihre vielen Schuhe und Klamotten unterbringen, konnte. Nadine marschierte geradewegs auf ihr Bett zu – ein Futonbett aus Kiefernholz mit einem rot-schwarzen Bettbezug, auf dem sich zwei Plüschtiere tummelten. Das eine war ein brauner Bär, den sie von ihren Eltern zum zehnten Geburtstag bekommen hatte, und das andere war ein schwarz-weißer Dalmatiner, den ein früherer Freund für sie auf einem Jahrmarkt gewonnen hatte. Neben dem Kleiderschrank gab es einen Wohnzimmerschrank, ein Zweisitzer-Sofa, einen Fernseher, eine Stereoanlage mit vier Boxen und einen Couchtisch, den man aber nur schwer als solchen bezeichnen konnte, da auf diesem alles Mögliche herumlag, z. B. Collegebücher, Zeitschriften und andere Dinge.

Nadine zog noch schnell ihre Schuhe aus und ließ sich ins Bett fallen. Nach fünf Minuten war sie eingeschlafen.

In der ganzen Aufregung hatte sie vollkommen vergessen, nach ihrer Uhr zu suchen.

Schweißgebadet wachte sie auf. Ihr erster Blick galt ihrem linken Handgelenk. Doch ihre Uhr war nicht da.

Es traf sie wie ein Blitz! »Die Uhr habe ich verloren, und wenn ich mich recht erinnere, wollte ich Amanda anrufen und fragen, ob sie dort liegt.«

Sie griff nach ihrem Telefon auf dem Nachttisch. Über die Kurzwahltaste hatte sie schnell Amandas Nummer eingegeben.

Als sie Amandas Stimme am anderen Ende der Leitung vernahm, sagte sie: »Hi, Amanda. Kann es sein, dass ich meine Uhr bei dir vergessen habe? Es wäre echt nett, wenn du mal nachschauen würdest.«

Daraufhin antwortete Amanda: »Okay, ich gucke mal nach, kann aber ein paar Minuten dauern. Soll ich dich gleich zurückrufen?«

»Das wäre großartig, wenn du das für mich machen könntest, danke.«

Die beiden verabschiedeten sich mit einem »Bis gleich« und legten auf.

Ohne weitere Umschweife fing Nadine an, ihr Zimmer nach der Uhr abzusuchen. »Wo fange ich nur an? Sollte ich vielleicht zuerst den Wohnzimmerschrank durchsuchen oder lieber den Kleiderschrank? Ich glaube, der Wohnzimmerschrank könnte eher der Ort sein, wo ich meine Uhr lassen würde. Also Schrank, pass auf, denn jetzt komme ich!«, murmelte sie laut vor sich hin.

So machte sich Nadine daran, den Schrank zu

durchforsten. Sie fing oben bei den Schubladen an, doch alles, was sie fand, waren ein paar Kopfhörer für den Discman und MP3-Player, zwei Päckchen Batterien und zu guter Letzt den Kasten für die Uhr. »Ja!«, freute sie sich, »endlich habe ich die Uhr wieder.«

Mit Entsetzen stellte sie fest, dass die Schatulle leer war. »Zu früh gefreut! Aber ich werde die Suche nicht aufgeben, auch wenn es das Letzte ist, was ich tue«, dachte sie. Doch die restlichen Schrankfächer gaben auch nicht mehr preis als der leere Kasten. »Nein, nicht der Kleiderschrank! Den habe ich gerade letzte Woche mal richtig aufgeräumt.« Aber was sein muss, muss halt sein!

Ehrfürchtig öffnete sie die Spiegeltüren ihres Kleiderschranks, um sich über den Inhalt herzumachen. Leider hatte sie die Rechnung ohne ihre Schuhkollektion gemacht, die sie in eine Art Trance versinken ließ.

Das Klingeln des Telefons riss sie aus ihrem Dämmerzustand. Sollte das die Rettung für den Schrank sein?

Schnell eilte sie zum Apparat und nahm den Hörer ab. »Hi!«, sagte Nadine.

Am anderen Ende der Leitung war eine vertraute Stimme zu hören, die ebenfalls »Hi« in den Hörer hauchte – Amanda.

»Nadine, ich habe überall nachgesehen, aber deine Uhr ist nicht bei mir. Also rief ich alle an, die bei der Party waren. Da sind einige noch richtig blau, hängen über Schüssel oder haben einen kompletten Filmriss. Trotzdem konnte ich von zwei Leuten die gleiche Info abgreifen, nur wie sage ich es dir … « Amanda zögerte, den Satz zu beenden.

»Jetzt sag schon, wo ist die Uhr?«, drängte Nadine.

»Die Uhr ist bei …, bei … « Weiter kam sie auch diesmal nicht.

Nadine wurde innerlich ganz kribbelig. »Kann es denn so schwer sein, mir den Namen zu sagen?«

Allmählich schien sich Amanda wieder beruhigt zu haben und wagte einen neuen Anlauf. »Die Uhr ist bei Larry!«

Insgeheim wünschte sie sich, dass Amanda es lieber für sich behalten hätte. Sie konnte Larry auf den Tod nicht ausstehen. »Warum muss es ausgerechnet Larry sein, Amanda? Wie kam der an meine Uhr?«

Darauf musste Amanda eine gut formulierte Antwort finden, denn nur ein falsches Wort und Nadine würde wahrscheinlich toben. »Er hat sie auf dem Fußboden gefunden und einfach mitgenommen. Als ich ihn anrief, hat er sich dafür entschuldigt. Er meinte, du könntest die Uhr natürlich jederzeit bei ihm abholen, wenn du willst. Ich kann sie auch von Larry wiederholen, sollte dir das lieber sein? Was hältst du davon?«

»Ich gehe selbst zu Larry und hole meine Uhr ab, danke für dein Angebot. Ich marschiere mal lieber los, sonst hat er die Uhr nachher verkauft oder noch schlimmer … Na ja, dann bis später, bye.« Nadine wartete nicht einmal, bis Amanda sich verabschiedet hatte, sondern legte gleich nach Beendigung ihres Satzes den Hörer auf.

»Ich sollte gleich losgehen, bevor es zu spät dafür wird, denn ich habe keine Lust, abends wieder zurückzulaufen, und wer weiß, was dieser Kerl mit meiner Uhr anstellt?«

Sie machte sich sofort auf den Weg. Doch bevor sie das Apartment verließ, ging sie ins Wohnzimmer, wo ihre Eltern saßen und sich gerade die Nachrichten im Fernsehen ansahen. »Ich gehe noch mal weg. In zwei Stunden, also so gegen 16:00 Uhr, bin ich wieder da. Bye«, verabschiedete sich Nadine von ihren Eltern, da sie nicht wollte, dass sie sich wieder Sorgen machten.

Ihr Stiefvater nickte nur. »Ist in Ordnung, bis nachher.«

Daraufhin verließ sie das Wohnzimmer und ging den Flur entlang bis zur Tür. Für einen Moment blieb sie stehen, bevor sie nach draußen trat. Innerlich haderte sie laut mit sich: »Soll ich wirklich? Ich habe so viel wegen des Kerls durchgemacht. Vermutlich wird er mich gleich wieder vollquatschen und sich bei mir entschuldigen, dass es ihm leidtut, was damals passiert ist, aber ich muss da durch! Es ist meine Uhr, ich werde sie wiederholen, egal, wo sie sich befindet. Ich muss nicht auf das hören, was der Typ sagt!«

Sie musste sich beeilen, wenn sie pünktlich zu Hause sein wollte, denn Larry wohnte in der 5th Avenue, die nicht gerade in der Nachbarschaft lag.

Draußen war es inzwischen wärmer geworden, nach Regen sah es nicht aus, also schien es doch ein guter Tag zu werden.

Schnellen Schrittes ging sie Richtung Central Park, den sie in fünfzehn Minuten erreichte. Der Park schien um diese Uhrzeit auch wieder recht gut besucht zu sein. Es waren ihrer Meinung nach nicht viel mehr Menschen im Park als heute Morgen. Aber sie war nicht hierhergekommen, um die Leute zu zählen, nein sie wollte nur ihre Uhr wiederhaben, deshalb schritt sie noch schneller aus.

Zu sich selbst sagte sie: »Wenn ich mich beeile, bin ich früher da und kann auch früher wieder weg.« Den Park hatte sie in einer halben Stunde durchquert, nun musste sie nur noch ein Stück die 5th Avenue entlang.

Nach weiteren fünf Minuten erreichte sie das Apartmenthaus, in dem Larry mit seinen Eltern lebte. Sie fuhr mit dem Fahrstuhl in den fünften Stock und ging zur Wohnungstür. Vor dieser verharrte sie einen Augenblick, bevor sie die Klingel betätigte. Die Tür wurde geöffnet, als sie sich gerade auf den Rückweg machen wollte.

In der Tür stand Larrys Mutter, Kathryn Anderson, die Nadine etwas verwirrt ansah. Kathryn brauchte einen Moment, um die richtigen Worte zu finden, sie wusste natürlich, was zwischen Nadine und ihrem Sohn vorgefallen war. »Wie geht es dir Nadine? Ich hätte nicht gedacht, dass du uns noch mal besuchen würdest, nach dem, was passiert ist.«

Nadine schaute sie etwas verständnislos an. »Mir geht es gut. Aber das soll hier kein Höflichkeitsbesuch werden. Ich möchte nur meine Uhr von Larry wieder abholen, mehr nicht! Ist er in seinem Zimmer?«

»Ja«, erwiderte Kathryn, »du kannst zu ihm gehen, wenn du willst, oder soll ich ihn holen?«

Nadine wusste im ersten Augenblick nicht, was sie antworten sollte. Wenn sie ging, würde sie wieder an alte Zeiten erinnert. Sollte sie lieber hier auf ihn warten? Das hätte den Vorteil, dass er sie nicht so vollquatschen konnte.

Sie entschloss sich trotzdem für die erste Variante.

Natürlich wusste sie genau, wo sich das Zimmer von Larry befand. Zielstrebig steuerte sie es an und stürmte, ohne anzuklopfen, hinein.

Larry saß auf seinem Bett. Er schien hypnotisiert zu sein, denn er bewegte sich überhaupt nicht, seine Augen waren starr auf sie gerichtet.

Nadine durchbrach die Stille: »Hi, Larry. Ich bin nicht

gekommen, um mich wieder mit dir zu versöhnen, ich will nur meine Uhr!«

Nun schien sich Larry zu bewegen. Langsam öffnete sich sein Mund. »Nadine, du siehst mal wieder umwerfend aus. Schade, dass wir nicht mehr zusammen sind! Es tut mir leid, was damals passiert ist. Judy war ein Ausrutscher, ich habe sie nicht geliebt. Ich wollte nur mal für eine Nacht eine Abwechslung. Ich konnte nicht wissen, dass du ausgerechnet an diesem Abend vorbeikommst, was aber nicht heißen soll, dass ich es dir nicht gesagt hätte. Ich werde dich immer lieben. Es war nur ein Fehler. Warum kannst du mir diesen nicht verzeihen?«

Nadine hatte genug von seinen Ausreden. Sie konnte nicht mehr anders, gleich würde er live einen Vulkanausbruch miterleben. »Nur ein Ausrutscher! Dann waren Sabrina und Emily nur zwei Bekannte, mit denen du aber nichts hattest! Oder waren das etwa zwei nicht nennenswerte Ausrutscher? Ich habe genug von deinen Ausreden und Entschuldigungen, du hättest dir früher überlegen müssen, mit wem du zusammen sein willst! Jetzt gib mir endlich meine Uhr, damit ich hier schnell wieder wegkomme, bevor mir von deinem Geschwafel noch schlecht wird!«, fauchte sie ihn an.

Sie hatte damit gerechnet, dass er sich wieder bei ihr einschmeicheln würde, und sie hatte es in Kauf genommen. Nur seine Hartnäckigkeit schien ihr in dem Moment entfallen zu sein.

So schnell wollte er Nadine nicht ziehen lassen und startete einen neuen Versuch. Diesmal setzte er seinen treuen Hundeblick auf, der jedes Mädchen schwach gemacht hätte. »Ich habe mich wie ein Idiot benommen. Aber erst jetzt weiß ich, was es heißt, ohne dich zu leben. Ich vermisse dich so sehr, ohne dich ist mein Leben langweilig und öde geworden. Bitte gib mir noch eine letzte Chance! Ich flehe dich an! Jeder Mensch kann sich ändern, sogar ich.«

Nadine probierte es, gelassen zu bleiben, um ihre nächsten Worte mit der richtigen Betonung auf ihn wirken zu lassen. »Du hast recht, Menschen können sich ändern, doch um sich zu ändern, muss man vorher ein Mensch gewesen sein, und das warst du mit Sicherheit nicht. Deine zweite Chance kannst du vergessen. Wir beide wissen, dass du dein Versprechen sowieso nicht halten kannst, dafür fehlt es dir an Durchhaltevermögen! Und jetzt gib mir endlich die Uhr!«

»Du willst also deine Uhr wiederhaben? Dann hol sie dir doch!« Mit diesen Worten warf Larry die Uhr auf sein Bett.

Nadine zögerte zuerst, weil sie nicht wusste, was Larry damit beabsichtigte. Ihr kamen in diesem Moment gleich zwei Gedanken. Der eine war, dass er sie ärgern wollte, und der andere, dass er sie in die Enge treiben wollte, um sie vielleicht sexuell zu nötigen. Nur war Nadine auch nicht ganz ohne, immerhin hatte sie den braunen Gürtel in Taekwondo, und wenn Larry ihr dumm kommen würde, sollte er am eigenen Leib erfahren, wie es sich anfühlte, auf einer Intensivstation zu erwachen.

Mit diesen Informationen im Hinterkopf steuerte sie auf sein Bett zu, nahm die Uhr von dem Bettlaken und drehte sich wieder zu Larry um. Dieser stand zu ihrer Verwunderung nicht mehr an derselben Stelle wie noch vor einer halben Minute. Er hatte jetzt vor der Tür Stellung bezogen.

Natürlich musste Nadine mit einer solchen Attacke rechnen, immerhin hatte er sie nicht zum Bett verfolgt. Nur was sollte das jetzt werden, wollte er ihr etwa den Weg versperren?

Wild entschlossen ging sie auf die Tür zu, um so zu erfahren, was er vorhatte. »Tja Larry, tut mir leid, aber ich muss dich wieder allein lassen!«, sagte sie mit einem gestellten Schluchzen in der Stimme. »Vielleicht solltest du dir eine aufblasbare Freundin anschaffen. Die meckert nicht, wenn du mit einer anderen rummachst. Und wenn du sie nicht mehr brauchst, kannst du ihr einfach die Luft rauslassen.«

»Nadine, du kannst nicht gehen, ohne mir einen Abschiedskuss zu geben!«

»Ich habe dir tausendmal gesagt, dass du keine Chance mehr bei mir hast!«

»Nadine«, wiederholte er mit lauterer Stimme, »du kannst nicht gehen, ohne mir einen Kuss gegeben zu haben, sonst …!«

Jetzt wollte es Nadine wissen und provozierte ihn weiter. »Was ist sonst! Willst du mich etwa am Gehen hindern?«

Sie hatte offensichtlich eine schwierige Frage gestellt, die er nicht sofort verarbeiten konnte. »Jawohl, ich werde dich daran hindern, und wenn es das Letzte ist, was ich tue!« Diese Worte drangen zwar etwas schüchtern aus seinem Mund, aber sie schien sie verstanden zu haben, jedenfalls hoffte er es.

Für den Bruchteil einer Sekunde behielt er recht, danach marschierte Nadine weiter auf ihn zu. Es war ihr egal, ob Larry den Weg freiwillig freigab oder nicht.

»Was soll ich jetzt tun?«, fragte er sich. »Soll ich sie etwa mit Gewalt dazu bringen, hierzubleiben, oder lasse ich sie einfach gehen?« Er entschied sich für das Erste, denn wenn Nadine jetzt verschwand, würde sie nie wieder zu ihm zurückkehren.

Sie stand direkt vor ihm und griff mit der linken Hand nach dem Türknauf. Ein Schlag auf den linken Unterarm ließ sie innehalten. Das war genug für Nadine. Sie verabscheute es zwar, Gewalt anzuwenden, aber in diesem speziellen Fall machte sie mal eine Ausnahme.

Larry wusste im ersten Moment gar nicht, wie ihm geschah. Das Einzige, was er mit Sicherheit sagen konnte war, dass Nadine ihn mit irgendeinem Trick aus dem Taekwondo zu Boden befördert hatte.

Nun stand sie direkt über ihm und schüttelte den Kopf. »Larry, was soll aus dir nur mal werden, wenn du nicht mal auf deinen eigenen Füßen stehen kannst? Ich weiß auch nicht!« Mit einem Lächeln auf dem Gesicht verließ sie das Zimmer und spazierte geradewegs aus der Wohnungstür nach draußen, wo sie sich erst einmal richtig über ihn amüsierte.

Aber ein Blick auf ihre Uhr brachte sie schnell in die Wirklichkeit zurück. 15:30 Uhr. Jetzt musste sie sich beeilen, um pünktlich wieder daheim zu sein.

»Alles nur wegen dieses Kerls«, dachte sie. »Hätte er mich gleich gehen lassen und nicht erst ein Spiel mit mir gespielt, wäre ich längst wieder zu Hause! So muss ich halt durch den Park sprinten!«

Im Prinzip störte sie die kleine Laufeinlage nicht, vielleicht konnte sie sogar ihren Rekord brechen. Wie ein geölter Blitz durchquerte sie den Park in zehn Minuten – eine neue persönliche Bestzeit. »Das schaffe ich in zwanzig Minuten locker bis nach Hause«, dachte sie.

Doch sie ahnte nicht, wem sie noch begegnen würde.

Auf halber Strecke kam ihr Amanda entgegen, die sofort losschrie, nachdem sie sie gesichtet hatte. »Na wie war's bei Larry?«

Nadine antwortete nicht gleich, immerhin sollte nicht die ganze Straße davon erfahren. Erst als sich die beiden Mädchen gegenüberstanden, fing sie an, Amanda alles zu erzählen, was wenige Minuten zuvor vorgefallen war.

Diese regierte auf einige Stellen des Reports sehr wütend und kommentierte die Geschehnisse nur mit: »Wie konnte er dir nur so etwas antun!«

Mehr kam von ihrer Freundin nicht. Sie führte lieber in ihrem Innern den Kampf, den sie eigentlich mit Worten ausdrücken sollte, aber Nadine wollte ihr in dieser Hinsicht keine Vorschriften machen. Jeder Mensch musste selbst entscheiden, was richtig oder falsch für einen war.

Eines Tages würde auch Amanda diese Erfahrung machen.

Als Nadine sich von ihr verabschiedete, bemerkte sie jedoch einen merkwürdigen Gesichtsausdruck, der wahnsinnige Wut widerspiegelte. Sie stutzte kurz. »Geht es dir gut, Amanda? Soll ich dich lieber nach Hause begleiten oder möchtest du mit zu mir kommen?«

»Nein! Mir geht es gut. Ich gehe jetzt wohl lieber nach Hause. Bis dann, Nadine!«

»Na gut, wenn du meinst! Hast du eventuell Lust, morgen mit mir schwimmen zu gehen?«

Sichtlich erleichtert darüber, dass sich Nadine keine

Sorgen mehr um sie machte, flötete sie: »Ich komme gerne mit! Soll ich dich heute Abend anrufen, damit wir eine Zeit ausmachen können?«

»Ja! Dann bis heute Abend am Telefon.«

Die beiden schauten sich noch einmal gegenseitig in die Augen und gingen danach ihrer Wege. Amanda marschierte sehr schnellen Schrittes Richtung Osten.

Mit schweren Schritten betrat Nadine das Apartment. Sie wusste genau, dass sie zu spät kam. Für gewöhnlich kümmerte sie das nicht sonderlich, nur dieses Mal war es anders. Ein Versprechen musste man halten, egal, worum es sich handelte.

Doch als sie das Apartment betreten, nach ihren Eltern gerufen hatte und keine Reaktion von ihnen gekommen war, nahm sie an, dass diese wohl einen Spaziergang machten. Erleichtert atmete sie auf, so musste sie sich keine Ausrede mehr ausdenken, um ihre Verspätung zu entschuldigen. Jedenfalls konnte sie ihnen wohl kaum den wahren Grund nennen, sonst würden sich ihre Eltern noch mehr Sorgen um sie machen als bisher.

»Ich glaube, ich gönne mir jetzt erst mal eine Erfrischung«, dachte sie sich. Schließlich sollte eine heiße Dusche die Durchblutung anregen, außerdem hatte sie das Gefühl, sich reinigen zu müssen.

Nach einer halben Stunde verließ sie regeneriert das Badezimmer, dicht gefolgt von dicken Dampfschwaden, die vor irgendetwas oder irgendjemandem zu fliehen schienen.

»Nadine?«, rief ihre Mutter durch das Apartment.

Verwundert sah sie in die Richtung, aus der die Stimme kam.

»Ich bin im Bad.« Ungeduldig stürmte Nadine die Treppe herunter, um ihre Mutter in Augenschein zu nehmen. »Wart ihr spazieren?«

»Ja, wir wollten uns mal die Beine vertreten! Und warst du auch pünktlich wieder hier, oder wurde es etwas später?«, neckte sie ihre Tochter.

»Ich war … äh … nicht gerade auf die Minute genau pünktlich, vielleicht kam ich so etwa fünf Minuten später«, gab Nadine etwas zögernd zu. Sie wusste genau, dass Lügen immer kurze Beine hatten, zudem wollte sie es sich nicht mit ihren Eltern verderben, da diese immer noch für sie da waren, wenn sie etwas brauchte.

Später gesellten sich die beiden zu Anthony, der es sich auf der Couch gemütlich gemacht hatte und gerade die aktuellen Börsen-Nachrichten im Fernsehen verfolgte.

Während sich Nadine mit ihren Eltern einen Film im Fernsehen anguckte, machte sich Amanda auf den Weg zu Larry. Sie wollte sich mit ihm wegen der Sache mit Nadine unterhalten.

Die Geschichte war ihr gefühlsmäßig näher gegangen, als sie sich hätte träumen lassen. Sie wollte unbedingt etwas unternehmen.

Zwar war Amanda bewusst, dass sich ihre Freundin auch sehr gut allein verteidigen konnte, aber innerlich spürte sie, dass Nadine bei dieser Sache ihre Hilfe brauchte.

»Vielleicht kann ich so meine Schuld bei ihr abbauen.

Nadine hat mir oft aus der Patsche geholfen, jetzt bin ich mal dran.«

Gegen sieben Uhr abends erreichte Amanda ihr Ziel, Larrys Zuhause. Mit dem Fahrstuhl fuhr sie in den fünften Stock. Ihr Herz pochte wie ein Lamborghini, der gerade in den siebten Gang schaltete. Langsam ging sie auf die Wohnungstür zu. »Was mache ich hier? Ist das das Richtige?« Aber ihr Gewissen ließ sie sich schnell wieder an Nadines Bericht erinnern, und Empörung kochte in ihr hoch. Ihre neu gewonnene Entschlossenheit trieb sie weiter. »Los, Higgs, das schaffst du!«

Sie klingelte.

Es dauerte einen Moment, bis sie jemanden kommen hörte.

Larry öffnete schweigend die Tür mit einem breiten Grinsen im Gesicht, während er sie von oben bis unten begutachtete.

Bei dieser Art von Inspektion lief ihr ein kurzer Schauer über den Rücken. Wer konnte schon ahnen, was er mit der Geste bezweckte? Sie grüßte mit einem heiseren »Hallo«.

»Hi, Amanda! Schön, dich zu sehen. Möchtest du … äh … reinkommen? Meine Eltern sind bei Bekannten. Was hältst du davon, wenn wir es uns etwas gemütlich machen?«

»In Ordnung«, sagte Amanda. »So brauche ich ihn nicht auf dem Flur zurechtzuweisen«, dachte sie im Stillen.

Wie ein Gentleman trat er zur Seite und ließ sie hinein. In dem Augenblick, als sie beide Füße über die

Schwelle gesetzt hatte, flog die Tür mit einem »Klack« ins Schloss.

Schlagartig löste sich ihr vorangegangener Mut in Luft auf. »Warum musste ich auch nur auf so eine Schnapsidee kommen?«

Am liebsten wäre sie sofort wieder verschwunden, nur konnte sie das ihrer Freundin nicht antun. Deshalb folgte sie ihm ins Wohnzimmer, wo beide auf der Couch Platz nahmen.

»Möchtest du etwas trinken?«

»Ich hätte gerne eine Cola.«

Kurzerhand sprang Larry auf und ging in die Küche. Nach ein paar Minuten kam er mit zwei gefüllten Gläsern zurück. Zuvorkommend reichte er ihr eines der Gläser und setzte sich wieder neben sie.

Angestrengt versuchte Amanda, seinen stechenden Blicken auszuweichen, aber das war leichter gesagt als getan.

Ob sie ihn nun ansah oder nicht, das schien ihm egal zu sein.

»Was geht nur in seinem Kopf vor sich«, fragte sich Amanda, »will er mich verführen?«

Von anderen wusste sie, dass Larry, wenn er etwas begehrte, es dann meistens auch bekam. Aber das wollte sie ganz bestimmt nicht, außerdem stand die Freveltat an Nadine noch im Raum.

Das reichte für sie vollkommen aus, um ihn zu verabscheuen. Wenn sie auch nie etwas über seine schlechten Seiten gehört hätte, würde sie sich nicht mit ihm einlassen. Er war nicht ihr Typ. Amanda stand mehr auf muskulösere Männer.

»Larry, ist etwas mit meinem Gesicht nicht in

Ordnung? Ist das Make-up verlaufen oder hast du dir deinen Hals verdreht, da du immer in meine Richtung starrst, ohne dich zu bewegen?« Die Antwort darauf wusste sie natürlich, aber sie wollte zum einen das Eis zwischen ihnen brechen und zum anderen seine Erstarrung lösen.

Ihre kleine Anspielung schien gefruchtet zu haben. Nervös griff er nach seinem Glas, welches auf dem Wohnzimmertisch stand, um etwas zu trinken.

Währenddessen ging er im Geiste seinen nächsten Schritt durch. »Du siehst einfach umwerfend aus. Ich kann nicht anders, ich muss dich anschauen.«

Das hatte sie nicht geplant. Er durfte sie nicht begehren, oder doch?

»Denkst du etwa, dass ich auf diese Masche reinfalle? Meine Freundinnen haben mich davor gewarnt. Also vergiss es gleich wieder!« Sie ließ ihn den ersten Angriff kurz verdauen, bevor sie fortfuhr. »Ich bin eigentlich nur gekommen, um dir zu sagen, was für ein verlogenes Arschloch du bist. Normalerweise mische ich mich nicht in solche Angelegenheiten ein, aber nachdem Nadine mir erzählt hatte, was du …« Die Wut fraß sie förmlich auf. Angestrengt versuchte sie, die Fassung zu wahren. »Da konnte ich nicht mehr anders.«

»So, so. Die kleine Amanda Higgs übt sich momentan als Samariterin. Ist die Clique noch nicht ganz mit deinem Status zufrieden, Miss Upper Eastside?«

Amanda blickte ihn fragend an. »Quatsch! Es gibt bei uns keinen Status. Wir sind alle gleich! Ich will lediglich meiner besten Freundin beistehen, das ist alles.«

Larry zuckte mit den Schultern und verschwand

kurzerhand in seinem Zimmer. »Dann hast du bestimmt nichts dagegen, wenn ich deinen Freundinnen die Fotos vorführe, die eine Person nachts im Central Park zeigen, die sich ihre Party-Drogen holt, damit sie nicht immer die Langweilerin ist. Und jetzt rate mal, wer das sein könnte?«, kommentierte er die Fotos, die er ihr kurzerhand vor die Nase hielt.

Verzweifelt schüttelte Amanda den Kopf. »Das kann nicht sein«, dachte sie, »er kann mich unmöglich gesehen haben. Ich war doch immer sehr vorsichtig.«

»Oder ist es so, dass du das Zeug an deine Schulfreundinnen in der High School verteilst, weil man als Kellnerin nicht so viel verdient, um mit den eigenen Freundinnen mitzuhalten? So muss man sich halt nebenher noch einen Dollar dazuverdienen, oder Amanda?«

»Was soll ich jetzt nur tun?«, fragte sie sich. »Er wird mich vor meinen Freunden bloßstellen und mit Nadine wird er anfangen.«

Dies musste sie auf jeden Fall verhindern. »Das kannst du nicht machen! Du weißt ganz genau, dass ich mir das gesellschaftliche Standing hart erarbeitet habe. Wenn das rauskäme, könnte ich mir gleich die Kugel geben.«

Wieder breitete sich auf Larrys Gesicht ein Grinsen aus. Er hatte erreicht, was er wollte.

»Ich …, ich …« Ihr vorangegangener Mut schwand nun gänzlich dahin. Alles, was sie jetzt tun konnte, war Schadensregulierung. »Was verlangst du?«

Genüsslich rieb sich Larry die Hände. Jetzt sollte sie seine Forderung hören. »Ich möchte dich beim Ausziehen fotografieren, und danach wirst du mit mir schlafen! Sollten die beiden Dinge zu meiner Zufriedenheit erfüllt worden sein, werde ich niemandem etwas von diesem Tag erzählen! Okay?«

Das traf Amanda wie ein Schock. Hatte sie richtig gehört? Warum konnte er sich nicht mit den neuen Fotos begnügen?

So hatte sie sich ihr erstes Mal bestimmt nicht vorgestellt. Es sollte mit jemand ganz Besonderem sein. Selbst ihren Freundinnen hatte sie vorgelogen, sie wäre mit vierzehn entjungfert worden. »Wäre ich doch bloß nicht hierhergekommen!«

Trotz allem wusste sie sich nicht anders zu helfen und so sagte sie so beherrscht wie nur möglich: »Aber nur dieses eine Mal!«

»Ich muss nur schnell noch mein Zimmer etwas aufräumen und für die Nacht herrichten. Fühl dich wie zu Hause, bin gleich wieder da, und dann kann der Spaß losgehen.« Mit diesen Worten ließ er sie allein zurück.

In Amandas Kopf kreisten die wildesten Fantasien, die das bevorstehende Ereignis widerspiegelten. Vielleicht brachte ein Durchzappen der Fernsehkanäle die gewünschte Ablenkung.

Nur dazu kam sie nicht mehr.

»Amanda, du kannst jetzt kommen!«, rief Larry einen kurzen Augenblick später.

Ohne zu antworten, machte sie sich mit wackeligen Beinen auf den Weg zu seinem Zimmer.

»Ah, willkommen in der Casa del Larry. Bitte treten Sie ein, schöne Dame!«

Zögernd folgte sie seinem Wunsch und ging direkt auf das Bett zu. »Wenn ich schnell mache, ist es bestimmt gleich vorbei.«

Anmutig ließ sie ihre Kleidung vom Körper gleiten, wie sie es bei Stripteasetänzerinnen, die ihr Publikum anheizen wollten, im Fernsehen gesehen hatte. Sie verheddderte sich vor Aufregung ein bisschen in ihrem Top, aber das machte sie mit einem sexy Hüftschwung gleich wieder wett.

Ihr Voyeur hielt dabei die ganze Zeit über seinen Zeigefinger auf dem Auslöser der Digitalkamera. Die kleine Showeinlage schien den Lustmolch richtig angeturnt zu haben. Mit weit offenem Mund stand er sabbernd vor ihr. Sie konnte seine Begeisterung sehr gut an der Beule in seiner Hose erkennen.

»Oh mein Gott«, dachte Larry, »das gibt es doch gar nicht!« Wie ein wildes Tier riss er sich die Sachen vom Leib und sprang mit einem Satz ins Bett. Gebieterisch klopfte er auf die freie Stelle neben sich.

Amanda gehorchte schweren Herzens.

Unterdessen hatte sich Nadine von ihren Eltern verabschiedet. Sie wollte lieber von ihrem Bett aus fernsehen und auf den Anruf von Amanda warten.

Kurz vor 12 Uhr wurde sie durch eine Explosion geweckt. »Was war das?«, wunderte sie sich. Noch etwas verschlafen stand sie auf und sah sich im Zimmer um, nur da war nichts zu sehen.

Zur Vorsicht warf sie einen weiteren Blick durch ihre vier Wände, dabei wurde sie auf den Fernseher aufmerksam, in dem ein Actionfilm lief, wo gerade die halbe Welt in Flammen aufging.

Bloß die Glotze! Erleichtert atmete sie auf.

Mit der rechten Hand strich sie sich durch ihr langes

blondes Haar, während ihr linkes Auge auf die Wanduhr schaute. »Schon Mitternacht? Hat Amanda mich vergessen oder ist ihr etwas passiert?«

Hastig griff Nadine nach dem Telefon und tippte die Nummer ihrer Freundin ein.

Es war ein Freizeichen zu hören, aber niemand nahm ab. Nach einer Minute legte sie auf, da Amandas Abwesenheit offensichtlich war, sonst wäre sie längst drangegangen.

»Na ja«, dachte sich Nadine, »sie wird wohl noch unterwegs sein.« So entschied sie, den Fernseher abzuschalten und sich schlafenzulegen.

Um zwei Uhr morgens bereitete ein Klingeln ihren Träumen ein jähes Ende. Verschlafen nahm sie das Gespräch an. »Ja! Wer stört?«

Am anderen Ende der Leitung hörte sie zuerst nur ein Knistern, gefolgt von einem leisen Stöhnen. Genervt über die Ruhestörung, wollte sie gerade den Hörer auflegen, als sich eine vertraute Frauenstimme meldete.

»Tut mir leid, dass ich dich geweckt habe, aber ich habe ganz vergessen, dich anzurufen«, gestand Amanda. »Wir wollten doch zusammen schwimmen gehen. Ich meine, wir könnten uns um elf Uhr treffen. Was hältst du davon, wenn ich zu dir komme?«

Der Vorschlag gefiel Nadine auf Anhieb. »Also, dann bis elf! Gute Nacht.«

»Na gut, bis nachher!« Beide legten gleichzeitig auf, und kurz darauf war Nadine auch wieder eingeschlafen.

Doch ein paar Stunden später, genauer gesagt, sechs Stunden, sollte der Schlaf für sie beendet sein. Der allseits verachtete Wecker startete eine unaufhörliche Attacke auf ihre Ohren, die er auch zu gewinnen schien. Selbst das

Kopfkissen, das sie über ihren Kopf gezogen hatte, richtete nichts gegen den Lärm aus. Wütend schmetterte sie den Wecker gegen die Wand.

Ein kontrollierender Blick auf die Wanduhr verriet, dass ihr nicht mehr viel Zeit blieb. Schnell schnappte sie sich ein paar Klamotten aus dem Ankleidezimmer und verschwand unter der Dusche.

Zehn Minuten später stand sie in der Küche, um ihren Hunger mit einem Tomaten-Käse-Sandwich zu stillen, welches sie mit fünf Bissen regelrecht verschlang. »Zum Glück habe ich meine Tasche gestern schon gepackt.«

So entschied sie, die verbleibende Wartezeit im Wohnzimmer zu verbringen.

Elf Uhr! Von ihrer Freundin fehlte jede Spur.

»In der Regel nimmt es Amanda nicht so genau mit der Uhrzeit«, dachte Nadine. Nur als ihre Freundin um zwölf Uhr immer noch nicht aufgetaucht war, ging sie zum Telefon und wählte ihre Nummer.

Leider brachte diese Aktion keinen Erfolg, was sie zu der Schlussfolgerung brachte, dass Amanda verschlafen hatte oder direkt zum Hallenbad gefahren war.

Aus Gutmütigkeit beschloss sie, noch eine halbe Stunde auf ihre Freundin zu warten. Aber Amanda tauchte auch nach Ablauf der letzten Frist nicht auf.

»Dann gehe ich eben allein schwimmen«, sagte sie sich.

Aus der Tiefgarage holte sie ihr schwarzes Chrysler-Cabrio. Immerhin konnte sie bei dem schönen Wetter mit offenem Verdeck durch die City zu fahren.

Ihr Haar wehte wild im Fahrtwind. »Hätte ich mir nur einen Pferdeschwanz gemacht. Wenn ich gleich aussteige, sehe ich aus wie ein zerzauster Pudel!«

Das ersehnte Ziel befand sich in der Clarkson Street, Ecke 7th Avenue South.

Wie durch ein Wunder ergatterte Nadine einen Parkplatz direkt vor dem Hallenbad. Jetzt musste sie nur noch ungesehen in das Gebäude kommen, damit niemand ihre schreckliche Frisur bemerkte. Einem Jaguar gleich, sprintete sie durch zwei aus Glas bestehende Schiebetüren, die sich automatisch öffneten und schlossen.

Vor dem Eingang konnte sie bereits den Geruch des Chlors wahrnehmen, welcher sich in der Eingangshalle noch um ein Vielfaches verstärkte. Aber das machte ihr nichts aus. Ehrlich gesagt, assoziierte sie den Duft mit dem des Meeres, weshalb sie gleich eine tiefe Brise in ihre Lungenflügel einsog, während sie an der Kasse ein Tagesticket für fünf Dollar löste. Anschließend marschierte sie zu den Umkleidekabinen, wo ihr Blick auf eine vertraute Person stieß.

Es handelte sich um Amanda, die auf sie wartete.

Ihre Freundin winkte freudig und ging auf sie zu. »Tut mir leid, Nadine, ich wollte eigentlich pünktlich bei dir sein. Unglücklicherweise habe ich verschlafen, daher bin ich gleich hierhergekommen.« Doch das war nicht die ganze Wahrheit. Im Geiste wusste sie, dass Nadine irgendwann auch den Rest herausfinden würde, nur bis dahin wollte sie ihr die Geschichte einfach nicht erzählen.

»Ist schon gut, Amanda. Ich finde nur, du hättest wenigstens anrufen können, damit ich Bescheid gewusst hätte, dass wir uns hier treffen!«

»Ich wollte dich ja anrufen, aber das Handy funktionierte nicht. Darum bin ich einfach hierher gegangen.«

Leider glaubte ihr Nadine die Ausrede nicht, immerhin

hatte sie bei ihr angerufen. Sie entschloss sich aber, das Thema ruhen zu lassen. Vielleicht erzählte Amanda ihr später die Wahrheit. »Lass uns jetzt schwimmen gehen!«, lenkte Nadine ab und verschwand in einer der Kabinen.

Amanda folgte ihrem Beispiel.

Auf der anderen Seite wartete eine Überraschung auf Amanda beziehungsweise sogar auf beide.

Die Freundinnen öffneten fast gleichzeitig die Türen, die in den Badebereich führten, als sie von einer vertrauten Stimme mit einem »Guten Morgen, meine Damen!« begrüßt wurden. Die Stimme gehörte zu Larry.

Amanda fragte sich, ob er ihr vielleicht gefolgt wäre. Wissentlich hatte sie ihm jedenfalls nicht gesagt, dass sie sich heute mit Nadine hier treffen würde.

Unschlüssig schaute sie nach ihrer Begleiterin, doch die schien sich ihre Laune nicht verderben zu lassen.

»Amanda, kommst du? Ich weiß auch nicht, irgendwie ist die Luft hier etwas zu trocken!« Das waren die wundervollsten Wörter, die sie im Moment hören wollte, und sie war froh, dass sie von Nadine stammten, nicht von Larry.

Hastig stimmte sie zu, um bloß schnell von diesem Ort wegzukommen.

Nadine steuerte zielstrebig das Schwimmerbecken an. Sie folgte ganz ihrem Plan, der sich hauptsächlich um die fehlende Schwimmerfahrung von Larry drehte. »Sollte er uns folgen, werde ich ihm eine kostenlose Tauchstunde geben«, dachte Nadine hämisch.

Er musste ihre kleine List durchschaut haben, da er sich lediglich auf den Beckenrand setzte und ihnen beim Schwimmen zusah. Selbst die anderen Mädchen schienen ihn nicht zu tangieren, was Nadine recht seltsam vorkam.

Aber warum machte sie sich überhaupt noch Gedanken? Für sie existierte er nicht mehr, bis ihr Blick auf Amanda fiel, die immer wieder nach ihm sah. »Das muss sie selbst entscheiden, mit wem sie zusammen sein will«, sagte sich Nadine.

Dieser Zwischenfall hatte ihr den Spaß gänzlich verdorben. Daher entschied sie nach einigen Runden, das Hallenband zu verlassen, woraufhin Amanda sofort zustimmte, was Nadines Theorie etwas verblassen ließ.

Doch als die beiden das Becken verließen, folgte ihnen Larry wieder auf Schritt und Tritt.

Gefrustet verschwand Nadine in einer Umkleidekabine.

Nun, endlich, war seine Zeit gekommen. Langsam machte er sich an sein Opfer heran und zog es in eine Kabine, die am Ende des Ganges lag. Fürsorglich schob er den Riegel vor die Tür und stellte sich vor Amanda. »Ich habe ein sehr interessantes Video zu Hause von zwei Personen, die ineinander verliebt sind und keine Scheu verspüren, es allen zu zeigen. Also wirst du es noch mal mit mir machen! Nur noch einmal, dann wird dieses Video uns einen heißen Abend bescheren, wenn du verstehst, was ich meine!«

»Du hast mir doch versprochen, dass das gestern Abend das erste und letzte Mal mit uns beiden war. Noch einmal tue ich es bestimmt nicht mit dir! Damit wir uns da richtig verstehen! Jetzt verschwinde! Ich will dich nicht mehr sehen!« Amanda kochte vor Wut.

Genüsslich rieb er sich die Hände, neugierig darauf, was sie zu seiner nächsten Attacke sagen würde. Vielleicht fing ihr Gesicht durch die Hitze sogar an, zu schmelzen. »Was würdest du davon halten, ins Showgeschäft einzusteigen, und zwar in die Sparte Erotik? Ich meine, wir können das Video ja mal deinen Freundinnen und Eltern zeigen. Hm, was hältst du davon? Wenn du Glück hast, erkennen sie dein verborgenes Talent! Also, möchtest du immer noch nicht?« Er wusste, dass er Amanda nun an einem empfindlichen Punkt getroffen hatte. Mit einem leichten Schluchzen in der Stimme verriet sie den Bruch ihrer harten Schale. »Das würdest du doch nicht tun, oder? Du weißt, dass ich meine Position in der Clique hart erarbeitet habe. An meine Eltern will gar nicht erst denken.«

Larry wusste genau, was er wollte, und er glaubte, dass sie es ebenfalls wusste. Also half er ihrem Gedächtnis vorsichtshalber etwas auf die Sprünge. »Ich möchte, dass du noch einmal mit mir schläfst. Danach kannst du mit dem Band machen, was du willst. Okay?«

Sie nickte. »Bekomme ich auch die Fotos?«

»Wir wollen doch wohl nicht gierig werden. Das mag ich nämlich nicht.« Ohne weitere Kommentare zuzulassen, wandte er sich zur Tür. »Komm heute Abend um zehn Uhr zu mir! Dann sehen wir weiter. Bis dann.«

Sie wartete so lange, bis er außer Sicht war, bevor sie sich auf der Bank niederließ. Es vergingen ungefähr fünf Minuten, in denen sie sich tief in ihr inneres Selbst zurückzog, um neue Kraft zu schöpfen. Erst jetzt fühlte sich Amanda in der Lage, ihre Sachen aus dem Spind zu holen.

Aber sie musste sich beeilen, damit Nadine nicht merkte, dass sie noch mit Larry gesprochen hatte. Außerdem lag es ihr fern, sich mit ihr darüber zu unterhalten, denn am Ende würde Nadine aus ihr sowieso die Wahrheit herausgequetscht haben.

Schnell trocknete sie sich ab und zog im selben

Atemzug ihre weißen Socken, ihren weißen Slip, ihre schwarze Hose, ihr enges blaues Top und ihre schwarzen Schuhe an.

»Willst du deine Haare nicht föhnen?«, fragte Nadine, die vor dem Ausgang auf sie wartete. Ganz überrascht fuhr sich Amanda durch die nassen Haare. »Heute ist es so warm draußen, da habe ich mir gedacht, dass sie auch so trocknen werden.« Ohne ein weiteres Wort über die Sache zu verlieren, stürmte sie aus dem Hallenbad, dicht gefolgt von Nadine, die sich nicht sicher war, was sie ihrer Freundin angetan hatte.

Um den Grund ihres abrupten Aufbruchs zu erfahren, ging sie noch einen Schritt schneller. Schließlich gelang es ihr, Amanda an der rechten Schulter zu packen. »Was sollte das eben? Habe ich dir etwas getan?«

»Tut mir wirklich leid. Ich war ganz in Gedanken versunken und bin dann, ohne nachzudenken, losgelaufen.«

Nadine traute ihren Augen nicht. Ihre Freundin brach tatsächlich in Tränen aus, ob nun gewollt oder nicht, vermochte sie nicht zu sagen. Eines war auf jeden Fall klar, es hatte seine Wirkung keinesfalls verfehlt.

»Ich wollte doch nur wissen, warum du gegangen warst, nicht mehr. Deshalb brauchst du doch nicht zu weinen!«

Aufgelöst wischte sich Amanda die Tränen aus dem Gesicht und sagte mit gesenkter Stimme: »Du bist meine beste Freundin. Ich möchte dich nicht wegen so einer Kleinigkeit verlieren.«

Nadine war über diese Worte ganz entsetzt. »Du bist auch meine beste Freundin, und wegen so etwas werde ich dir doch nicht unsere Freundschaft kündigen.«

Nun war sich Nadine sicher, dass alle Probleme aus der Welt geschafft wären, aber damit lag sie vollkommen falsch.

Von Amandas größtem Problem, Larry, ahnte sie nichts.

Larry war unterdessen damit beschäftigt, sich auf die Verabredung mit Amanda vorzubereiten. Gestern kam alles so unerwartet, das durfte heute nicht passieren.

Eifrig räumte er seine schmutzige Wäsche in den Wäschekorb, den er gleich ins Bad brachte, um den lästigen Gestank gänzlich zu vertreiben. Als Nächstes holte er den Staubsauger aus der Abstellkammer und saugte so lange, bis man wieder den Teppichboden sehen konnte. »Oh, ich hatte mal einen blauen Teppich?«, witzelte er.

Es war nur zu blöd, dass ihn Amanda erst darauf hatte hinweisen müssen. Er wollte auch nicht, dass sich sein Gast unwohl fühlte.

Von seinem Ergebnis beflügelt, ging er zu seinen Eltern, die sich im Wohnzimmer unterhielten. Hier endete seine Euphorie schlagartig, als er von seinem Dad, Jim, erfuhr, dass die beiden den Abend über zu Hause sein würden. Damit hatte er nicht gerechnet.

Aber das sollte für ihn kein großes Hindernis darstellen. Er musste lediglich den Ort wechseln, und wie der Zufall es so wollte, war sein geheimes Nest für einen neuen Gast bereits vorbereitet.

Und den Schlüssel vermisste sein Dad eh nie, weshalb er diesen stets an seinem Schlüsselbund trug.

Unterdessen hatten sich die beiden Freundinnen getrennt.

Nadine brauchte dringend etwas, um wieder runterzukommen. Der Zusammenstoß mit Larry hatte sie emotional mehr mitgenommen, als vorher vermutet. »Ich könnte eigentlich zum Training gehen. Das beste Mittel gegen angestaute Aggressionen«, sagte sie zu sich mit geballter Faust, während sie den Broadway entlang zu ihrer Taekwondo-Schule marschierte.

Von außen warf sie einen flüchtigen Blick in den Trainingsraum. Leer, nur der Meister, dachte sie freudig, dann kann ich heute mal richtig Dampf ablassen.

Gerade als sie die Türschwelle übertreten hatte, stand ihr Sensai vor ihr. Verblüfft guckte er sie an. »Hallo Nadine. Was treibt dich denn her? Du kommst doch nie montags.«

»Oh, Meister Quan, ich brauche dringend eine kleine Trainingssession, um meine angestaute Wut abzubauen.«

Quan taxierte seine Schülerin kurz. »Zieh dir deinen Anzug an! Ich werde im Dojo auf dich warten.«

Schnell verstaute sie die Alltagskleidung in ihrem Spind und schlüpfte in ihren Kampfanzug. Ehrfürchtig legte sie zum Abschluss ihren braunen Gürtel an, den sie sich letzte Woche in der Abschlussprüfung verdient hatte.

Im Trainingsraum wartete ihr Sensai bereits auf sie. »Nadine, wie sieht es eigentlich mit deinem Stiefvater aus? Versteht ihr euch jetzt besser?«

»Er gibt sich wirklich Mühe, nur meinen Dad kann er nicht ersetzen. Im Moment ist er in der Phase: ›Gib ihr alles, was sie will, dann wird sie dich bestimmt mögen.‹ Ich meine, als Börsenmakler verdient er sowieso genug Geld. Es würde mich nicht wundern, wenn er die Ausgaben von der Steuer absetzt.«

Ihr Sensai schaute ihr missbilligend in die Augen. »So etwas darfst du nicht denken! Gib ihm einfach mehr Zeit! Es ist für ihn genauso schwer.«

»Ich weiß nicht. Aber lassen Sie uns lieber mit dem Training anfangen!«

»Gut, du willst nicht weiter darüber sprechen. Du weißt, dass ich für dich da bin. Also, Grundstellung einnehmen!«

Nadine nickte und folgte der Anweisung.

Amanda machte sich die ganze Zeit Gedanken darüber, wie sie Larry überzeugen konnte, dass er ihr das Band und die Fotos gab, ohne gleich mit ihm schlafen zu müssen.

Aber so sehr sie ihre grauen Zellen auch anstrengte, ihr wollte einfach keine Lösung einfallen. Wieder einmal wünschte sie sich, wie Nadine zu sein, die Larry bereits mehrere Male gezeigt hatte, dass er bei ihr nicht landen konnte.

Aber sie war weder so selbstsicher noch stark wie sie.

In ihrer Hilflosigkeit entschloss sie sich, zu warten, bis es so weit war, eine Entscheidung zu treffen. »Wenn man unter Druck steht, kommen einem immer gute Ideen«, redete sie sich selbst ein.

Leider ohne Erfolg. Zu allem Überdruss mischte sich jetzt eine ansteigende Panikattacke unter ihre Gefühle. »Was mache ich nur, wenn er es allen ...«

Weinend rannte sie auf ihr Zimmer und legte sich aufs Bett. Mit der linken Hand griff sie nach ihrem Lieblingsstofftier, einem kleinen Bären.

Salzige Tränen brannten sich in das Fell, während sie in einen leichten Dämmerzustand verfiel. In der Vision war es bereits morgen, und die letzte Nacht lag wie ein dunkler Nebel über ihrem Gedächtnis. Sofort rief sie Nadine an, um zu erfahren, ob Larry ihr das Band vorgeführt oder die Fotos gezeigt hatte.

Diese Vermutung sollte sich schlagartig bestätigen. »Hi, Nadine! Wie geht …?« Ihre Freundin unterbrach sie schroff mitten im Satz. »Amanda, wie konntest du nur so etwas tun? Zumal du mit mir einer Meinung warst. Ich will dich nie wiedersehen!« Danach war die Leitung tot.

Amanda ahnte, was auf sie zukam, denn wenn Nadine die Aufnahmen gesehen hatte, kannten ihre Eltern diese mit Sicherheit auch. Womit sie in ihrer Befürchtung wieder richtig lag.

Ihre Eltern waren nicht mehr wieder zu erkennen. Wie zu einem räudigen Straßenköter sagten sie zu ihr: »Verschwinde! Wir wollen mit einem Mädchen wie dir nichts mehr zu tun haben. Du hast uns sehr enttäuscht und uns vor allen blamiert. Man hält uns für Rabeneltern, unfähig, das eigene Kind richtig zu erziehen. Aber das ist jetzt vorbei. Pack deine Sachen und verlass unser Heim!«

Schweißgebadet schreckte sie auf. »Zum Glück war es nur ein Traum«, dachte sie.

Ihr erster Blick galt der Wanduhr, um festzustellen, ob sie es noch rechtzeitig zu der ungewollten Verabredung schaffen würde. 21:05 Uhr.

Noch 55 Minuten. Sie musste sich also beeilen, wenn sie diesen Alptraum im Keim ersticken wollte. Ohne weiteres Stylen schlich sie unbemerkt aus dem Apartment. Diese Fähigkeit hatte sie sich bei ihren regelmäßigen Nachtausflügen am Wochenende angeeignet.

Auf der Straße waren nicht sehr viele Menschen

unterwegs, was ihre Sorge, von jemandem aus der Nachbarschaft gesehen zu werden, enorm minderte.

Fünf Minuten vor Ablauf der Frist erreichte sie das Apartment von Larrys Eltern.

Bevor sie auf die Klingel drücken konnte, wurde sie unsanft von Larry zur Seite gerissen. »Wir können nicht in die Wohnung gehen, außer, du hast nichts dagegen, wenn meine Eltern unsere kleine Abmachung mitbekommen?«

Entsetzt schüttelte sie mit dem Kopf.

»Irgendwie habe ich damit gerechnet und einen Platz gefunden, an dem wir ganz ungestört sind. Es ist ein verlassenes Haus, zu dem ich rein zufällig den Schlüssel besitze. Also lass uns gehen!« Bestimmend ergriff er ihre rechte Hand und führte sie zu dem besagten Ort.

Das Ziel lag nur zwei Blocks entfernt.

Es war ein kleines Haus, das sich am Ende einer Seitenstraße befand.

»Mein Vater wollte zwar bereits mit der Renovierung beginnen, aber er scheint immer davon ab zu kommen.«

Stolz präsentierte Larry den Schlüssel vor Amandas Augen. »Welch ein Glück für uns zwei, nicht wahr?«

An ihrem Blick konnte er erkennen, dass sie die Angelegenheit so schnell wie möglich hinter sich bringen wollte. Ausnahmsweise tat er ihr den Gefallen und drehte den Schlüssel im Schloss herum. Mit einem leichten Knarren glitt die Tür auf.

»Gibt es noch ein Zurück oder nicht?«, fragte sich Amanda verzweifelt.

Gerade wollte sie auf dem Absatz kehrtmachen, als sie

abermals von ihm gepackt wurde, diesmal gröber als zuvor. »Das darf doch nicht wahr sein! Willst du etwa unsere Abmachung brechen?« Ohne auf eine Antwort zu warten, zog er sie in die Dunkelheit.

Er marschierte die Treppe hinauf in das extra für diesen besonderen Anlass arrangierte Zimmer. Ihm machte es auch nichts aus, wenn Amanda ab und zu mal über die Stufen stolperte.

Oben konnten beide mehr sehen, da der Mond hier besser durch die hohen Fenster schien, ohne sein zusätzliches künstliches Licht zu benötigen. »Die Lichtverhältnisse sollten für unsere Zwecke ausreichen«, dachte Larry und steuerte daher gleich in sein ›Spielzimmer‹. Es hatte ein großes Bett und ein Fenster, das mit Brettern versehen war. Anscheinend sollte niemand etwas von den hier stattfinden Aktivitäten mitbekommen.

Er gab ihr nicht mal Zeit, sich in Ruhe umzusehen. »Zieh dich aus!«, befahl er. »Und zwar langsam! Du wirst dich dabei rhythmisch wie eine Tänzerin bewegen.«

Etwas schüchtern gehorchte sie, wobei sie stets versuchte, ihr leichtes Zittern so gut es ging zu überspielen. Sie musste ihm eine gute Show präsentieren, damit sie im Anschluss die belastenden Beweise erhielt.

»Das habe ich schon viel besser gesehen, Amanda. Gibt dir gefälligst mehr Mühe! Oder soll ich die Aufnahmen gleich morgen früh überall veröffentlichen?«

Panisch schüttelte sie den Kopf. Sie schluckte und tänzelte nackt auf ihn zu. Verführerisch ließ sie ihre Hüften kreisen, während sie sich an ihn schmiegte und ihren Körper gegen den seinen presste.

»Das ist jämmerlich, eine echte Enttäuschung!« Mit

diesen Worten warf er sie rücklings auf das Bett. »Ich hoffe, dass du dich bei dem nächsten Akt besser anstellst.«

Wie beim ersten Mal riss er sich die Klamotten vom Leib. »Und ich rate dir, dass du mich jetzt besser nicht enttäuschst.« Mit einem Sprung lag er neben ihr.

Langsam fuhr er mit seiner rechten Hand über ihren Busen, während seine linke Hand ihr sanft über den Bauch streichelte.

Innerlich stieg in Amanda das Gefühl hoch, dass sie die Aufnahmen nie erhalten würde, egal wie gut oder schlecht sie sich seiner Meinung nach anstellte. Kurzerhand stieß sie ihn von sich weg. »Hast du die Sachen dabei? Ich würde sie gerne vorher sehen!«

Nickend griff er unter sein Kissen und zog eine Fernbedienung hervor, mit der er einen kleinen Fernseher anschaltete. Auf der Mattscheibe wurde ihre gestrige Bettszene sichtbar. »Ich habe meinen Teil der Abmachung erfüllt, jetzt bist du dran!« Demonstrativ stoppte er das Band.

»Und die Fotos? Wo hast du die versteckt?«

Larry sah sie gereizt an. »Du bekommst alles wie abgesprochen, aber erst nachher. Und gib dir mehr Mühe, so missfällst du mir nämlich.«

Amanda gefiel das zwar nicht, aber sie hatte es versprochen, und so schmiegte sie sich dicht an ihn und streichelte mit ihren Händen seinen Körper. Sie rieb ihren Busen an seinen Oberkörper und küsste dabei sanft seinen Hals. Langsam ging sie weiter nach unten, ihre Küsse trafen seine Brustwarzen.

... Doch mittendrin siegte der Widerstand - oder war es

die Vernunft? – über Amandas Schuldgefühl. Verächtlich stieß sie ihn von sich, wobei er eine unangenehme Bekanntschaft mit dem Fußboden machte.

Stöhnend kam er wieder auf die Beine, als sich Amanda bereits das Video geschnappt hatte und dabei war, sich aus dem Staub zu machen.

Nackt rannte sie aus dem Schlafzimmer und blieb abrupt vor der Treppe stehen. Die Fotos, dachte sie entsetzt. Doch noch ehe sie sich umdrehen konnte, packte Larry sie am rechten Arm und zog sie zurück.

»Wo willst du denn hin? Soweit ich weiß, hatten wir einen Deal, der bis jetzt nicht beendet ist! Oder sind dir die Fotos und das Originalband egal?«

»Was?!?« Amanda traute ihren Ohren nicht. Enttäuscht über sein mangelndes Rechtsgefühl, schlug sie ihn mit ihrer freien Hand ins Gesicht.

Geschockt über diese Reaktion, ließ er sie los. So etwas hatte er nicht von ihr erwartet, da es ihrem Charakter in jeder Weise widersprach. Wenige Sekunden nach dieser Erkenntnis machte er eine weitere Bekanntschaft mit der neuen Charaktereigenschaft. Doch diesmal war ihr Angriff stärker.

Sie trat ihm kräftig zwischen die Beine und wechselte die Seite, um ihn zu zwingen, seine Position zu verändern. Und es funktionierte! Jetzt stand er mit dem Rücken zur Treppe. Schnell schoss sie nach vorn und warf sich mit ihrem ganzen Körpergewicht gegen Larry, wodurch dieser das Gleichgewicht verlor und die Treppe unweigerlich nach unten stürzte.

Umgehend stürmte Amanda hinterher, weil Larry sich nicht mehr bewegte. Sie wollte den Puls des reglosen

Peinigers ertasten, aber da war keiner mehr. Nur eine wachsende Blutlache, die sich um seinen Kopf bildete. Tränen traten aus ihren Augen. »Oh mein Gott, was habe ich getan! Das wollte ich bestimmt nicht. Ich ..., ich wollte ihm einen kleinen Denkzettel verpassen, der ...«, schluchzte sie, neben der Leiche kauernd. Nur konnte sie es ebenfalls nicht riskieren, am Tatort gesehen zu werden, sonst wäre ihre Zukunft mit einem Schlag besiegelt. Sie bemühte sich, bewusst ein- und auszuatmen, um einen einigermaßen klaren Gedanken fassen zu können. »Wenn ich es gut anstelle, wirkt das wie ein Unfall, sofern mich niemand sieht.« Ohne groß nachzudenken, flitzte Amanda zurück in das Zimmer, um sich und Larry anzuziehen. »Das ist so, als wenn man einen Schlafenden anzieht«, redete sie sich auf dem Rückweg mutig ein. Dennoch ließ sich das entstehende Gefühl des Ekels nicht komplett unterdrücken. Naserümpfend zog sie dem leblosen Körper Hose, Hemd und Schuhe an und wischte sorgsam alle Fingerabdrücke ab. »Frische Luft, ich brauche jetzt dringend frische Luft, sonst kommt mir gleich das Essen wieder hoch!«

Noch unter Schock stehend, flüchtete Amanda aus dem Haus und rannte, so schnell sie konnte, nach Hause. Auf dem Weg keimten zuerst Schuldgefühle in ihr auf, die zusehends von der Erleichterung, dass er niemandem mehr von ihrem Verhältnis erzählen konnte, verdrängt wurden.

In einer Seitengasse ließ sie das Band auf den Boden fallen. Mit mehreren kräftigen Tritten gab sie dem Tonträger den Rest. Anschließend warf sie ihn in einen Müllcontainer.

Jetzt musste sie nur noch eines tun, um die Geschichte

komplett aus der Welt zu schaffen: das Originalband und die Fotos vernichten. »Er kann nie wieder einem Mädchen wehtun.« Sie fühlte sich selbst wie eine Richterin, die gerade einen Schwerverbrecher zum Tode verurteilt und dieses Urteil selbst vollstreckt hatte.

Kapitel 2

Am nächsten Morgen, es war Dienstag, der vierte August, wusste noch niemand von Larrys Tod, nicht einmal seine Eltern. Doch das sollte sich rasch ändern.

Jim suchte bereits seit einer halben Stunde nach einem bestimmten Schlüssel. Ob ihm Larry wohl wieder einen Streich spielte? Wütend stapfte er in sein Zimmer, wo er zu seiner Überraschung feststellen musste, dass sein Sohn gar nicht in seinem Bett geschlafen hatte. Womöglich war er die ganze Nacht nicht zu Hause gewesen? Um diesen Sachverhalt zu klären, beschloss er, mit seiner Frau darüber zu sprechen.

Kathryn war gerade in der Küche damit beschäftigt, das Frühstück herzurichten, als er hereinplatzte. »Liebling, hast du Larry heute schon gesehen?«

Unwissend starrte sie ihm ins Gesicht. »Nein, ich habe ihn noch nicht gesehen. Er hat auch nichts von einer Übernachtung bei Freunden gesagt. Meinst du, dass er vielleicht heimlich bei einer Freundin übernachtet hat oder dass ihm etwas zugestoßen ist?«

Jim schüttelte den Kopf »Ich habe da so eine Vermutung.

Es fehlt der Schlüssel zu diesem kleinen Haus, das ich schon länger für Larry renovieren wollte. Vielleicht ist er dort. Am besten sehe ich gleich mal nach.«

Völlig außer Atem kam er vor dem Gebäude zum Stehen. Nach Luft ringend, hielt er sich am Treppengeländer fest.

Zu seiner Verwunderung stand die Tür sperrangelweit offen. Innerlich keimten Bedenken auf, das Haus zu betreten, immerhin wusste er nicht, was ihn drinnen erwarten würde. Es konnte genauso gut sein, dass Einbrecher oder Junkies die Tür aufgebrochen hatten.

»Na gut. Ich komme jetzt. Also wer immer da drin ist, soll sich in Acht nehmen!« Jim nahm all seinen noch vorhandenen Mut zusammen und trat über die Türschwelle.

Sein erster Blick fiel auf eine am Boden liegende Person. »Hallo Mister, Sie befinden sich auf Privatbesitz!«, donnerte er ohne Erfolg. Irgendetwas kam ihm seltsam vertraut vor.

Bei näherer Betrachtung stellte er fassungslos fest, dass es sich um seinen Sohn handelte. »Larry, wach auf! Deinen Rausch kannst du woanders ausschlafen!«

Keine Reaktion.

»Ignorierst du mich etwa?«

Wieder keine Reaktion.

Das war genug, hier halfen anscheinend nur drastische Maßnahmen. Er kniete sich neben seinen Sohn und rüttelte ihn richtig durch. Nichts! Zudem war der Körper eiskalt, was ihn an seiner Alkohol-These zweifeln ließ. Zitternd fühlte er an der Halsschlagader nach dem Puls. Aber da war keiner. »Oh mein Gott! Das kann nicht sein!« Um ganz sicherzugehen, kontrollierte Jim die Atmung, indem er die Hand unter die Nase hielt. Leider blieb das Ergebnis dasselbe.

Geistesgegenwärtig griff er in seine Hosentasche, um mit seinem Handy den Notruf abzusetzen.

»911. Sie sprechen mit Frank Jacobsen, wie kann ich Ihnen helfen?«

»Mein Sohn …, er …, er atmet nicht. Sie müssen sofort jemanden herschicken.« Jim hörte, wie am anderen Ende alles mitgeschrieben wurde. »Wie ist Ihr Name, Sir, und wo sind Sie, damit ich eine Streife und einen Rettungswagen vorbeischicken kann?«

»Jim Anderson, ich bin in der Park Avenue 215, bitte kommen Sie schnell.« Er legte auf.

Tränen rannen über sein Gesicht. »Warum, Herr? Er war doch noch so jung.«

… Draußen war eine Sirene zu hören, die allmählich näherkam.

Wenige Minuten später stürmten zwei Polizisten in das Gebäude. »Mr. Anderson? Ich bin Officer Jack Logan, das ist meine Kollegin, Officer Marissa Green.«

Officer Logan ging sofort zu dem Jungen, um die Vitalwerte zu überprüfen. Der junge Mann war tot und sein Körper zudem eiskalt.

»Marissa, du kannst den Rettungswagen freigeben und ruf den Doc und die Spurensicherung! Wir müssen den Tatort sichern.«

Jetzt musste alles schnell gehen, sonst würden vermeintliche Spuren durch ihre bloße Anwesenheit zerstört.

Immerhin konnten sie im Moment nicht sagen, ob es sich um einen Unfall, Mord oder Selbstmord handelte.

»Mr. Anderson, wann haben Sie Ihren Sohn zuletzt lebend gesehen?«

»Gestern Morgen beim Frühstück. Wir saßen alle zusammen. Ich habe ihm nicht mal richtig zugehört, als er von seinen Plänen für die restlichen Semesterferien erzählte.« Seine Stimme zitterte. Er sah Officer Logan tief in die Augen. »Haben Sie Kinder?«

Jack Logan schüttelte mit dem Kopf.

»Ich kann nun nicht mehr erleben, wie er sein weiteres Leben gestaltet hätte. Er sollte doch einmal mein Geschäft übernehmen.«

»Ich verstehe Ihre Trauer, aber jetzt sollten wir uns darauf konzentrieren, alle Fakten zusammenzutragen.« Aus seiner Jackentasche holte Logan einen Notizblock, damit er die bereits bekannten Hinweise notieren konnte.

»Ich habe die Kollegen verständigt. Sie sollten in zehn Minuten hier sein«, berichtete Officer Green, die mit einer Digitalkamera in der Hand vom Streifenwagen zurückkam.

Für ihre späteren Analysen schoss sie ein paar Fotos von dem Leichnam, aus verschiedenen Perspektiven, sowie von der näheren Umgebung, um so den Tathergang rekonstruieren zu können.

Eine Viertelstunde später trafen die Kollegen ein.

Jim hatte sich inzwischen auf den Weg gemacht, um seiner Frau die schreckliche Nachricht zu überbringen.

Doktor Horatio Bellkamp stellte seinen Arbeitskoffer

neben der Leiche ab. »Dann wollen wir doch mal sehen, was wir hier haben.« Routiniert griff er in seine Tasche und holte ein Paar Gummihandschuhe heraus, die er gleich überstreifte.

Officer Green trat neben ihn, um Notizen über seine erste Diagnose zu machen. »Das Opfer ist etwa zehn Stunden tot. Der Todeszeitpunkt sollte demnach zwischen elf und zwölf Uhr nachts liegen. Aber was haben wir denn hier?« Eine Blutlache unter dem Kopf des Toten erregte Dr. Bellkamps Aufmerksamkeit. »Wie es aussieht, hat er eine Schädelfraktur, die den Blutaustritt verursachte. Ich würde sagen, dass ihm eventuell jemand auf den Kopf geschlagen hat oder dass er die Treppe heruntergefallen ist.«

Marissa sah den Arzt fragend an. »Könnte es nicht sein, dass ihn jemand die Treppe heruntergestoßen hat?«

»Das wäre auch eine Ursache, doch dafür müsste ich ihn in der Pathologie genau untersuchen. Wenn ich es recht bedenke, kann ich hier sowieso nichts mehr tun.«

Detective Eric Storm und Detective Kate Hawk von der Spurensicherung waren bereits dabei, den Tatort auf den Kopf zu stellen, mit Erfolg.

Im Erdgeschoss und am Treppenaufgang konnten sie einige Schuhabdrücke sicherstellen. »Gut, dass es so staubig ist, da macht sich die Arbeit wie von selbst.«

Kate nickte zustimmend. »Ich gehe nach oben. Vielleicht sind dort noch mehr Spuren.«

»Gut, aber fotografiere bitte jede Stufe, bevor du einen Fuß raufsetzt!«, erinnerte Eric seine Kollegin vorsichtshalber.

Ihr Gespür hatte sich wieder einmal bestätigt. Auf der Treppe fand sie dieselben Schuhabdrücke wie im Erdgeschoss, ein Frauen- und ein Herrenschuh. »Das heißt, dass ich oben mehr Abdrücke finden müsste«, dachte sie.

Im Obergeschoss sah es eigentlich nicht anders aus als unten, mit einer Ausnahme. Sie konnte es kaum glauben: Eine Zimmertür stand offen. »Warum ist gerade diese Tür offen«, fragte sie sich, »und alle anderen verschlossen?« Von beruflicher Neugier angetrieben, betrat sie den Raum.

Es handelte sich um ein komplett eingerichtetes Schlafzimmer, das mit viel Liebe zum Detail eingerichtet worden war. Das aufgewühlte Bett erregte ihre Aufmerksamkeit. War hier etwas passiert, das die Tat ausgelöst hatte?

Auf dem Fußboden waren durch den vermeintlichen Kampf keine verwertbaren Spuren mehr vorhanden. »Verdammt! Hoffentlich finde ich auf dem Bett etwas.«

Amanda stand geistesabwesend vor Nadines Apartment.

Wie sehr wünschte sie sich, mit ihrer Freundin darüber reden zu können, um die Last von ihrer Seele zu nehmen. Nur, würde sie ihre Situation verstehen?

Sie drückte auf die Klingel.

»Hi, Amanda, was machst du denn hier?«

»Äh, ich wollte eigentlich zur Arbeit. Aber wegen der Geschichte mit Larry dachte ich mir, dass du vielleicht mit jemandem reden willst.«

Verdutzt sah Nadine sie an. »Na gut, komm rein!«

»Das wäre geschafft«, dachte Amanda, wobei sie ihre Sporttasche ganz fest in der Hand hielt.

Gemeinsam gingen die beiden in Nadines Zimmer, wo sie sich auf dem Sofa niederließen.

»Kann ich dir was zu trinken anbieten?«

»Nein, danke«, entgegnete ihre Freundin höflich. »Ich finde, dass man Larry einmal zeigen sollte, wo seine Grenzen sind. Dass er nicht alles so machen kann, wie er will.«

»In gewisser Weise hast du recht, doch ehrlich gesagt interessiert mich der Arsch überhaupt nicht mehr.«

Widerwillig nickte Amanda.

»Würdest du mich kurz entschuldigen, ich muss mal dringend, wohin«, beendete Nadine ihren Dialog und verschwand Richtung Badezimmer.

Darauf hatte Amanda gewartet, das war die Gelegenheit. Geschwind öffnete sie ihre Sporttasche und holte ein blaues Top, eine schwarze Stoffhose und schwarze Lederschuhe heraus. Die Schuhe deponierte sie in der Eile in Nadines Sporttasche, welche neben dem Bett stand. Den Rest verstaute sie genau in dem Moment unter ihrem Pullover, als ihre Freundin zurückkam.

»Möchtest du wirklich nichts zu trinken haben?«

Kopfschüttelnd lehnte Amanda ab. »Es ist besser, wenn ich jetzt gehe, sonst komme ich zu spät zur Arbeit. Nur könnte ich vorher noch euer Klo benutzen?«

»Du weißt ja, wo es ist«, antwortete Nadine.

Damit trat der letzte Teil von Amandas Plan in Kraft. Durch ihre vielen Besuche wusste sie, dass im Badezimmer der Wäschekorb stand, in dem sie nun Top und Hose verschwinden ließ. »Hoffentlich hat Nadine nichts bemerkt«, dachte sie unruhig. Prüfend warf sie einen Blick in den Spiegel, um nach Spuren von Angstschweiß zu suchen. »Du darfst dir keinesfalls etwas anmerken lassen«, redete sie sich ein, während sie ihr Gesicht mit kaltem Wasser reinigte.

Erfrischt kehrte sie zu Nadine zurück, die bereits ungeduldig auf sie wartete. »Ich wollte gerade eine Vermisstenanzeige aufgeben«, scherzte sie.

Amanda lächelte verhalten und ergriff ihre Sporttasche. »Ich muss los. Wir können später telefonieren.«

Detective Hawk hatte auf dem Bett blaue Faserreste sichergestellt. »Die sind bestimmt von einer zweiten Person, das Opfer trägt nichts Blaues«, dachte sie. Schnell fotografierte sie die Beweise, bevor sie diese in einer Plastiktüte verstaute.

Von unten rief ihr Kollege: »Kate, hast du da oben was gefunden?«

»Ja! Ich glaube, ich habe den Jackpot geknackt.« Zufrieden packte sie ihre Sachen, verließ das Schlafzimmer und kehrte zu Eric zurück, der bereits auf sie wartete.

»Und?«

Mit einem breiten Grinsen im Gesicht präsentierte sie die Plastiktüte. »Diese Faserreste verraten uns, dass eine zweite Person anwesend war.«

Ihr Kollege nickte zustimmend. »Wir fahren gleich ins Labor zurück.«

»Sollten wir nicht noch Green und Logan über die neuen Beweise informieren?«

»Das machen wir während der Fahrt. Wir dürfen jetzt keine Zeit mehr verlieren, sonst ist nachher unser vermeintlicher Täter untergetaucht.«

Die Officer Green und Logan waren zu den Andersons gefahren, um dort die Befragung der Eheleutefortzusetzen.

Die beiden hatten das Apartment gerade betreten, als sich Marissas Handy vibrierend in ihrer Hosentasche bemerkbar machte. »Entschuldigung.« Sie entfernte sich ein paar Schritte. »Green.«

»Marissa, ich bin's, Kate. Wir haben neue Spuren am Tatort sichergestellt. Wie es aussieht, muss eine zweite Person dagewesen sein. Ich habe in einem Raum ein schickes Schlafzimmer vorgefunden, und im Bett lagen blaue Faserreste. Nur trug das Opfer keine Kleidung in dieser Farbe. Vielleicht hatte er Feinde oder ein Streit ist eskaliert.«

»Ich frage die Eltern nach Unstimmigkeiten mit Freunden oder dergleichen. Danke für die Infos, Kate.« Marissa legte auf.

»Mr. und Mrs. Anderson, können Sie mir sagen, ob Larry in letzter Zeit Streit mit jemandem hatte?«

Sofort ergriff Kathryn das Wort. »Jetzt, wo Sie es sagen. Ich hätte es gleich wissen müssen. Dieses kleine Gör! Sie hat meinen Larry vorgestern angegriffen. Die war mir von Anfang an unsympathisch.«

»Wen meinen Sie, Mrs. Anderson?«, fragte Officer Logan.

Mit einem vernichtenden Blick sah Kathryn ihm in die Augen. »Nadine Mackintosh.«

»Das sind schwere Anschuldigungen. Haben Sie Beweise, die das bestätigen?«, erkundigte sich Marissa.

»Officer Green, haben Sie selbst Kinder?«

Marissa schüttelte den Kopf.

»Dann können Sie das nicht verstehen. Als Mutter

merkt man schnell, ob etwas nicht mit dem Kind stimmt. Und der beste Beweis ist doch wohl mein toter Sohn, oder nicht!«

Jim nahm seine Frau in den Arm, um sie zu trösten. »Liebling, beruhige dich erst mal!«

Empört über die fehlende Loyalität ihres Ehemanns, stieß sie ihn von sich. »Wie kannst du mir nur in den Rücken fallen? Ich habe den Angriff miterlebt, im Gegensatz zu dir. Also halt dich gefälligst da raus!«

Marissa Green und Jack Logan warfen sich fragende Blicke zu.

»Dürften wir uns vielleicht das Zimmer Ihres Sohnes ansehen?«, warf Marissa ein, um die Situation zu entschärfen.

»Ich weiß zwar nicht, was das bringen soll, aber …« Murrend geleitete Kathryn die beiden Polizisten in Larrys Zimmer. »Bringen Sie bitte nichts durcheinander. Ich möchte es gerne so belassen, wie er es verlassen hat.«

»Machen Sie sich keine Sorgen, Mrs. Anderson! Wir sehen uns lediglich etwas um«, versicherte Officer Logan. »Marissa, schau dir mal den Laptop an, möglicherweise ist dort etwas Brauchbares drauf.« Marissa machte sich umgehend daran, den Computer unter die Lupe zu nehmen, während sich Jack im Zimmer umsah.

»Auf dem Laptop ist nichts zu finden. Nur ein paar Studienunterlagen, Klassenfotos, Musik und Filme«, bemerkte Officer Green enttäuscht.

»Bei mir sieht es nicht anders aus. Alles ist ordentlich sortiert, sogar seine Socken sind nach Farben geordnet. Ich finde, wir sollten zurück aufs Revier fahren und die Ergebnisse der Untersuchungen abwarten.« Gemeinsam gingen die beiden Polizisten zu den Eltern, die sich im Wohnzimmer unterhielten.

»Mr. und Mrs. Anderson, wir sind so weit fertig. Sofern sich etwas Neues ergibt, werden wir uns bei Ihnen melden. Wir finden allein hinaus«, verabschiedete sich Officer Logan.

Auf dem Revier unterhielten sich die beiden Kollegen über den bisherigen Ermittlungsstand. »Was wissen wir bis dato?«

»Eigentlich nicht viel, Jack. Einen Toten, keine richtige Spur, eine frustrierte Mutter und eine vage Vermutung.«

Jack war ganz ihrer Meinung. »Hoffentlich hat der Doc was herausgefunden. Ich rufe ihn lieber mal an.« Er griff nach dem Telefon und wählte die Nummer der Pathologie.

»Horatio Bellkamp.«

»Doc, Jack Logan. Ich wollte wissen, wie es mit der Untersuchung des toten Jungen aussieht.«

»Ich kann mit Sicherheit sagen, dass der Sturz auch die Todesursache war. Eine Schädelfraktur, mehrere Prellungen und blaue Flecke waren alles, was ich neben dem Genickbruch feststellen konnte. Nur, ob es sich um einen Unfall oder um Mord handelt, lässt sich aktuell nicht eindeutig sagen.«

»Danke, Doc.« Enttäuscht legte Jack auf. »Wir haben so gut wie nichts. Der Doc kann nur sagen, dass er die Treppe heruntergefallen ist. Aber ob es ein Unfall oder Mord war, bleibt somit vorerst ungewiss. Marissa, kannst du mit Kate sprechen, ob sie etwas Neues hat?«

Seine Kollegin war bereits einen Schritt weiter.

»Detective Hawk.«

»Hallo Kate, wie sieht's aus?«

»Wir sind noch nicht fertig. An den Faserresten haben wir DNA-fähiges Material gefunden. Eine geringe Menge, dennoch sollte es für einen Vergleich ausreichen. Die Schuhabdrücke sind ebenfalls digitalisiert und für einen Vergleich verfügbar.«

Marissa überlegte kurz. »Ich habe eine Idee. Der Doc sagt, er kann die Todesursache mit Sicherheit bestätigen, den Sturz von der Treppe. Also müsst ihr ein kleines Experiment durchführen. Ich vermute mal, dass man anders aufschlägt, wenn jemand nachhilft, und genau das werdet ihr herausfinden.«

Kate ging im Kopf die möglichen Szenarien durch. »Ich weiß, was du willst. Das ist kein Problem. Bis dann.«

Marissa hörte nur ein Klacken, mit dem das Gespräch beendet wurde. »Bald haben wir unsere Beweise«, sagte sie optimistisch zu Jack.

Eine halbe Stunde nach dem Telefonat trafen die beiden Ermittler am Tatort ein.

Diesmal kamen sie mit einer speziellen Ausrüstung zurück. Ein Dummy spielte dabei eine zentrale Rolle.

Im Erdgeschoss stellte Eric einige Kameras auf, die die unterschiedlichen Blickwinkel festhalten sollten.

Zur selben Zeit positionierte Kate den Dummy am Rand der Treppe. »Bist du so weit, Eric?«, rief sie.

»Du kannst ihn fallenlassen.«

Es folgte eine Reihe von Versuchen, bei denen der Dummy die drei möglichen Varianten – ein normaler

Sturz, ein Stoß und ein Straucheln durch das Stolpern über ein gestelltes Bein – simulieren sollte. Jedes Mal fotografierte Eric die verschiedenen Aufschlagpositionen des Doubles.

Kate hatte ein gutes Gefühl bei der Sache. »Wir sind definitiv auf der richtigen Spur«, dachte sie. Unten angekommen, fragte sie Eric: »Hast du alles?«

Ihr Kollege nickte, während er die Kameras wieder in die vorgesehenen Koffer bugsierte.

Gleich nachdem sie wieder im kriminaltechnischen Labor angekommen waren, scannte Kate die Fotos in ein Analyseprogramm ein. So wollte sie die verschiedenen Positionen des Dummys mit der Leiche vergleichen.

»Kate, warum kontrollierst du den ganzen Kram noch? Ich kann dir sagen, wie es abgelaufen ist. Das Mädchen hatte genug und hat ihn kurzerhand die Treppe runtergestoßen. Punkt!«

Kate sah auf den Boden, um dem Blick ihres Kollegen aus dem Weg zu gehen. »Ich vertraue lieber den Fakten, alles andere sind nur Vermutungen. Immerhin geht es um ein Menschenleben. Wenn dir das nicht passt, verlass bitte den Raum!«

Eric verschwand ohne Widerworte.

Zwanzig Minuten vergingen, bis Kate ihren Kollegen in seinem Büro aufsuchte. In ihrer Hand hielt sie ein Tablet, welches sie triumphierend vor ihm auf dem Tisch platzierte. »Sieh dir das mal an!«

Die Simulation, die er dort sah, bestätigte seine vorherige Vermutung.

»Du hattest recht, Eric. Jemand muss den Toten gestoßen haben, sonst wäre der Körper anders zum Liegen gekommen.«

»Sag ich doch, und die DNA wird die Täterin entlarven.«

Kate griff zum Hörer. »Marissa, wir haben in dem Fall neue Erkenntnisse für euch gewonnen. Bei dem Sturz wurde definitiv nachgeholfen.«

»Das dachten wir uns bereits, es bestärkt die Aussage der Mutter. Mit etwas Glück finden wir bei der Verdächtigen die fehlenden Puzzleteile. Ich rufe an, sobald wir den Durchsuchungsbefehl von der Staatsanwältin bekommen haben«, antwortet Marissa und trennte die Verbindung.

Marissa hatte kaum den Hörer aufgelegt, da tippte sie bereits den Namen der Verdächtigen in den PC ein.

Wenige Sekunden später ergab die Suche einen Treffer, in der Führerscheinregistrierungsstelle.

Nadine Mackintosh, Broadway Nummer 1440.

Euphorisch wählte sie die Nummer der Staatsanwältin.

»Lucy Taylor.«

»Hallo, Mrs. Taylor, ich bin's, Officer Marissa Green. Am liebsten würde ich Ihnen den Fall ausführlich darlegen, aber dafür reicht im Moment die Zeit nicht aus. Wir haben heute Morgen einen Anruf erhalten. Ein toter junger Mann wurde von seinem Vater entdeckt. Die Spurensicherung geht von einem Mord aus. Jemand muss ihn von der Treppe gestoßen haben. Die Mutter des Toten verdächtigt eine junge Dame, die ihren Sohn am Vortag angegriffen hatte. Es wurden auch DNA-Spuren sichergestellt, und ...«

Die Staatsanwältin unterbrach sie mitten im Satz. »Sie

brauchen nichts mehr sagen. Ich habe noch beim Richter einen Gefallen offen, den ich eigentlich für eine Unterstützung bei der Beförderung einfordern wollte, aber vielleicht hilft mir Ihr Fall dabei. Geben Sie mir zehn Minuten, danach können Sie sich den Durchsuchungsbefehl bei mir abholen. Und, Marissa, bringen Sie mir Resultate! Ich kann mir keine Fehltritte leisten. Nächsten Monat soll ich eine Ehrung für meine makellose Karriere erhalten. Können Sie mir folgen?«

Officer Green hatte vor dem Telefonat bereits mit der schnellen Entscheidung gerechnet, nicht umsonst wurde Lucy unter ihren Kollegen als sehr karrieresüchtig betitelt. »Natürlich! Ich werde Sie in Kenntnis setzen. Auf Wiedersehen.« Zufrieden legte Marissa den Hörer auf die Gabel und schnappte sich ihren Kollegen.

Nadine wollte gerade die Wohnungstür zuziehen, als sie unerwarteten Besuch erhielt.

»Sind Sie Nadine Mackintosh?«, fragte Officer Logan.

»Ja, ist was passiert?«

Officer Green schüttelte den Kopf und ging auf sie zu. »Ich bin Officer Green, das ist Officer Logan. Wir haben hier einen Durchsuchungsbefehl.« Marissa reichte ihr das Dokument. »Treten Sie bitte zur Seite!«

Völlig irritiert gab Nadine den Weg frei. »Worum geht es überhaupt? Was habe ich gemacht?«

Das war zu viel für ihn, ohne Vorwarnung drückte Officer Logan die junge Frau an die Wand. »Das wissen Sie ganz genau! Wir sind nicht hier, um Spielchen zu spielen. Also, wo ist Ihr Zimmer?«

Marissa packte ihren Kollegen am Arm und zerrte ihn von Nadine weg. »Bist du vollkommen übergeschnappt? Sie ist im Moment nur eine Verdächtige, keine verurteilte Mörderin.«

Jack nickte verständnisvoll. »Ich werde versuchen, mich zu beherrschen.«

»Bitte entschuldigen Sie mein Verhalten, Miss Mackintosh. Könnten Sie uns jetzt Ihr Zimmer zeigen, bitte?«

Widerwillig beugte Nadine sich dem Gesuch, denn was immer auch die Cops von ihr wollten, es würde nur schlimmer werden, wenn sie nicht kooperierte. Daher führte sie die beiden kleinlaut in ihr Reich, wo diese gleich über ihre Habseligkeiten herfielen.

»Ihr solltet besser die Tür schließen, sonst kommen noch ungebetene Gäste ins Apartment«, scherzte Kate, die zusammen mit ihrem Kollegen vor Nadines Zimmer stand.

»Wäre die Spusi pünktlich gewesen, hätten wir die Tür nicht offenstehen lassen müssen«, konterte Jack gelassen.

Eine Sporttasche neben dem Bett erregte Erics Aufmerksamkeit. »Was ist in der Tasche?«

»Meine Trainingsklamotten«, antwortete Nadine wahrheitsgemäß.

»Dann werde ich sie mir mal ansehen.« Er öffnete die Tasche und holte ein Paar Schuhe heraus, wobei ihn lediglich das Profil der Sohle interessierte. »So so, Trainingsklamotten? Und die Lederschuhe nutzen Sie zur Zierde, oder was?«

»Ich weiß nicht, wie die in meine Tasche gekommen sind. Beim Training trage ich nie Schuhe, schon gar nicht diese«, versuchte sich Nadine, aus der Affäre zu ziehen.

»Kate, sieh dir das mal an! Könnte das nicht …?«

Seine Kollegin warf einen prüfenden Blick auf den Fund. »Das ist es. Es ist identisch mit unserem Abdruck. Die Schuhe waren am Tatort.«

Nadine verstand die Welt nicht mehr. »Tatort?«

Doch in diesem Stadium der Ermittlungen nahm niemand von ihr Notiz.

»Dann ist das blaue Kleidungsstück bestimmt auch hier. Kate, Eric, ihr beide bleibt hier und nehmt alles mit, was etwas Blaues aufweist, während wir mit Miss Mackintosh zum Revier fahren.«

Alle nickten, nur Nadine schien nicht ganz damit einverstanden zu sein.

»Machen Sie es nicht noch schlimmer, Nadine. Auf dem Revier werden wir Ihnen alles erklären«, versicherte ihr Officer Green.

Amanda konnte sich die ganze Zeit bei der Arbeit nicht richtig konzentrieren. Ständig tauchten Szenen der letzten Nacht vor ihrem inneren Auge auf.

»Bedienung, hallo? Können wir jetzt bestellen?«

Erschrocken fuhr sie zusammen. »Natürlich, was darf es denn sein?«

»Einen Milchshake und ein Bananensplit.« Eifrig notierte sie sich die Bestellung und ging hinüber zur Küche. »Einen Shake und einen Kaffee.«

Das war zu viel für ihren Chef. Den ganzen Morgen über war er ihr ständiger Beobachter gewesen, wobei sie seine Geduld oft genug auf die Probe gestellt hatte.

»Amanda, kommst du mal bitte!«

»Ja«, entgegnete sie, ohne etwas Böses zu ahnen.

»Ich weiß nicht, was heute mit dir los ist. Erst verschüttest du Kaffee über einen Gast, danach lässt du einen Eisbecher fallen, rechnest falsch ab, und gerade hast du die Bestellung falsch aufgegeben. Kurz gesagt, ich kann in meinem Team niemanden gebrauchen, der sich Fehler leistet. Schon gar nicht so viele an einem Tag. Ich habe hier den Lohn für die geleisteten Stunden.« Er reichte ihr einen Umschlag. »Pack deine Sachen!«

»Bitte, Mr. Lee, geben Sie mir noch eine Chance! Ich brauche diesen Job.«

Entgegen ihrer Hoffnung blieb Mr. Lee standhaft. »Du hattest mehr als eine!«

Niedergeschlagen packte Amanda ihre Sachen zusammen und verließ das Lokal. Sie musste jetzt dringend mit jemandem reden.

Die Nummer ihrer besten Freundin hatte sie schnell eingetippt.

»Geh endlich dran, Nadine!«, flehte sie ihr Handy an.

Enttäuscht über die Mailboxansage, legte sie auf, was ihr innerliches Unbehagen immer weiterwachsen ließ. »Hat sie vielleicht etwas bemerkt? Oder weiß sie von Larry?«

In Handschellen wurde Nadine aus dem Gebäude geführt. »Ich werde Ihnen bestimmt nicht weglaufen. Bitte, nehmen Sie mir diese Dinger ab.«

»Das ist Vorschrift!«, entgegnete Officer Logan knapp, während er die Zentralverriegelung des Streifenwagens öffnete.

Widerwillig stieg sie, wie eine Verbrecherin, hinten ein.

... Gleich nachdem sie auf dem Parkplatz neben dem Revier angekommen waren, wollte Nadine die Tür öffnen, um aus der kleinen Zelle zu fliehen. Leider hatte sie die Rechnung ohne die Verriegelung gemacht.

Sie fühlte sich eingesperrt, ihrer Freiheit beraubt, und das Schlimmste war, sie wusste nicht einmal, warum sie mitgehen musste. Doch auf eine Erklärung sollte sie nicht lange warten müssen.

»Hier geht es lang, Miss Mackintosh!«, kommandierte Officer Green, die die Tür zur vorübergehenden Freiheit öffnete.

Im zweiten Stock des Gebäudes befanden sich die Verhörräume, die Nadine noch einige Male wiedersehen würde, nur kam vorher noch der Erkennungsdienst auf sie zu.

Das volle Programm musste sie über sich ergehen lassen, Fingerabdrücke, Speichelprobe und Fotoaufnahmen.

»So, Nadine. Stimmt es, dass Sie sich mit Larry Anderson am zweiten August, es war ein Sonntag, gestritten haben? Versuchen Sie nicht, uns zu belügen. Laut Mrs. Anderson haben Sie sich heftig gestritten und sind anschließend gegangen!«

Den Sachverhalt konnte sie nicht leugnen, schließlich war sie dabei gewesen. »Wir haben uns gestritten, weil er mir meine Uhr nicht geben wollte, und, was viel schlimmer war, er hinderte mich daran zu gehen.«

Officer Green bedachte sie mit einem durchdringenden Blick. »Von erwachsenen Menschen erwartet man, dass sie sich entsprechend verhalten und Sachverhalte vernünftig regeln. Und damit meine ich keinen Mord.«

Nadine strich sich mit der rechten Hand durchs Gesicht, um die Strähne vor ihrem rechten Auge wieder nach hinten zu legen. »Er ist tot? Oh mein Gott, das wusste ich nicht. … Obwohl ich ihn abgrundtief gehasst habe, würde ich deswegen keinen Mord begehen. Auch nicht, wenn so ein Arsch, der jedes Mädchen nur flachlegen und ausnutzen will, es verdient. Wenn Sie meinen, er hätte mich gehen lassen, irren Sie sich gewaltig. Dafür war er viel zu geil auf mich!«

Jetzt war es raus! Obwohl sie es immer leugnen wollte, blieb ihr jetzt nichts anderes übrig, als die Wahrheit zu sagen. »Er wollte mit mir sogar an dem Tag ins Bett, dabei hatte ich mich von ihm getrennt. Als er versuchte, mich mit aller Gewalt am Gehen zu hindern, habe ich mich gewehrt. Das ist alles.«

Officer Logan wechselte einen flüchtigen Blick mit seiner Kollegin. »Okay, dann können Sie mir bestimmt sagen, wo Sie gestern Abend zwischen elf und zwölf Uhr waren.«

»Klar. Ich war zu Hause in meinem Zimmer und verfolgte das Fernsehprogramm.«

»Kann das jemand bezeugen?«, hakte Officer Green nach.

»Meine Eltern waren im Wohnzimmer.«

Das Klingeln von Marissas Handy unterbrach die angespannte Atmosphäre. »Hallo Kate, habt ihr was gefunden?«

Leider konnte Nadine nicht hören, was Kate ihr berichtete, jedenfalls schien es dieser Green zu gefallen.

»Das ist wunderbar, du rufst mich an.« Mit einem breiten Grinsen im Gesicht legte Officer Green auf. »Die Kollegen von der Spurensicherung haben jede Menge blaue

Tops bei Ihnen sichergestellt. Rein zufällig fanden wir am Tatort Schuhabdrücke, die ausgerechnet zu Ihren Schuhen passen, und blaue Faserreste, die womöglich noch zu einem Ihrer Tops gehören. Bleiben Sie weiterhin bei der Behauptung, zu Hause gewesen zu sein?«

Nadine nickte standhaft.

»Also noch mal von vorn«, donnerte Officer Logan, »wo waren Sie am dritten August um elf Uhr abends?«

Nadine seufzte kurz und begann, ihre Geschichte zu erzählen.

Das Ehepaar Mackintosh kam gerade vom Einkaufen zurück, als ihre Nachbarn sie vor der Apartmenttür abfingen. »Nadine wurde von den Cops mitgenommen. Was hat sie angestellt?«

Ungläubig sahen die beiden sich an.

»Christine, Edward, seid ihr euch sicher? Ich meine, man kann auch ziemlich schnell etwas missverstehen«, räumte Anthony ein.

Doch die Webbs verneinten es mit demonstrativem Kopfschütteln.

»Na gut. Wir gehen erst mal im Apartment nachsehen. Danke für den Hinweis«, vermittelte Clara, um nicht noch länger auf dem Flur mit den Nachbarn über so ein Thema zu reden. Immerhin wollte sie nicht, dass über ihre Familie komische Gerüchte durchs Haus ziehen.

»Nadine, komm mal sofort her!«, rief Anthony, nachdem er die Tür hinter sich geschlossen hatte. Jedoch blieb, wie befürchtet, eine Antwort seiner Stieftochter aus.

Daher beschloss Clara, in ihrem Zimmer nachzusehen, wo sie eine Nachricht der Polizei fand. »Der Wisch lag auf ihrem Bett. Hier steht, dass unsere Tochter auf dem Revier ist. Sie wollen sie verhören.«

Anthony ergriff instinktiv sein Handy. »Das werden wir doch mal sehen. Ich rufe unseren Anwalt an, der kann sich gleich auf den Weg zum Revier machen, genau wie wir.«

»Clark Jones, am Apparat. Was kann ich für Sie tun, Mr. Mackintosh?«

»Meine Stieftochter wurde während unserer Abwesenheit von der Polizei mitgenommen, zum Verhör in einer Mordsache. Sie müssen umgehend dorthin fahren, um sich des Falles anzunehmen. Meine Frau und ich kommen ebenfalls.«

Am anderen Ende entstand eine kurze Pause. »Im Moment ist ein Klient bei mir.«

Wutschnaubend rang Anthony um seine Fassung, die sich gerade in Wohlgefallen auflöste. »Wofür bezahle ich Sie überhaupt die ganze Zeit? Sehen Sie zu, dass Sie dorthin kommen, sonst können Sie Ihre Honorare vergessen! Es gibt noch genügend andere Anwälte, die sich um eine solche Anstellung reißen. Bedenken Sie mal, dass Sie regelmäßig Geld dafür bekommen, mich zu vertreten, wenn es mal Streit bei den Anlagegeschäften gibt. Diesen Fall gab es bis jetzt erst einmal in meiner zwanzigjährigen Berufszeit. Ich hoffe Sie verstehen, worauf ich hinauswill?«

»Natürlich Mr. Mackintosh. Es tut mir leid. Ich werde auf dem Revier anrufen, mein Mandat ankündigen und anschließend losfahren.«

Zwanzig Minuten vergingen.

Auf dem Besucherparkplatz, ein kameraüberwachter Bereich der Tiefgarage, trafen zwei schwarze Limousinen ein.

Es handelte sich um das Ehepaar Mackintosh und ihren Anwalt.

Die anfängliche Wut von Anthony gehörte inzwischen der Vergangenheit an. »Ich war eben etwas schroff zu Ihnen. Ich hoffe, Sie können meine Situation verstehen. Sie ist meine einzige Tochter.«

Verständnisvoll nickte Clark Jones und reichte ihm die Hand, welche Anthony, ohne zu zögern, annahm. »Lassen Sie uns Ihre Tochter da rausholen!«

Gemeinsam stiegen sie die Treppen bis ins Erdgeschoss hoch.

»Warten Sie bitte hier. Ich werde nachfragen, wo man Nadine verhört«, sagte der Anwalt.

Am Empfang saß ein Officer, der gedankenverloren in einer Zeitung blätterte. »Entschuldigung.« Erschrocken fuhr dieser auf. »Oh, ich habe Sie gar nicht bemerkt. Was kann ich für Sie tun?«

»Meine Klientin wurde zum Verhör hergebracht. Ihr Name ist Nadine Mackintosh.«

Der Officer sah in den Eingangsprotokollen nach. »Da ist sie ja. Verhörraum zwei. Der befindet sich im zweiten Stock. Dafür müssen Sie …«

Wissend nickte Clark. »Ich weiß, wie man hinkommt. Danke.« Er winkte den beiden zu, ihm zu folgen.

Eine neue innere Wut wuchs in Anthony mit jedem Schritt, den sie dem Raum näherkamen. »Wenn sie meiner Kleinen etwas angetan haben«, dachte er, »ist der Teufel los.«

Von außen konnten sie ihre Tochter bereits fluchen hören.

»Glauben Sie doch, was Sie wollen, ich war es nicht!«

Das war genug! Anthony stürmte in den Raum, wobei die Tür donnernd gegen die Wand flog. »Das reicht jetzt! Meine Tochter wird nichts mehr sagen.«

Officer Logan trat vorsichtig einen Schritt zurück. »Ganz ruhig bleiben, Mister! Es ist alles in Ordnung.«

»Das sehe ich leider etwas anders«, warf Clark Jones ein. »Sie durften sie nicht ohne meine Anwesenheit verhören. Gibt es Beweise, die diese Farce rechtfertigen?«

Hilfesuchend sah sich Logan nach seiner Kollegin um. »Die Spurensicherung hat bei der Durchsuchung Schuhe und blaue Kleidungsstücke sichergestellt. Darüber hinaus wurde von einer Zeugin ein Streit zwischen dem Opfer und der Verdächtigen beobachtet.«

Eifrig notierte sich Clark die Fakten. »Das ist doch bestimmt nicht alles, oder? Ansonsten nehme ich meine Klientin gleich wieder mit.«

Deprimiert nickte Officer Green. »Im Moment ist das alles. Die Kollegen der Spurensicherung untersuchen gerade die sichergestellten Beweise auf Faser- und DNA-Spuren. Die Ergebnisse liegen uns morgen früh vor.«

»Nadine, du kannst jetzt zu deinen Eltern gehen, wir sind hier fürs Erste fertig. Oh, bevor ich es vergesse, ich brauche noch Ihre Namen für meine weiteren Ermittlungen.«

Der sonst so selbstbewusste Jack Logan war inzwischen recht kleinlaut geworden. »Officer Green, und das ist mein Kollege, Officer Logan.«

»Wenn Sie stichhaltige Beweise vorweisen können,

kommen wir gerne wieder. Schönen Tag!«, verabschiedete sich Clark, mit einem leichten Grinsen im Gesicht.

Zurück in ihrem Apartment herrschte Totenstille, bis Clara sich entschloss, diese zu brechen. »Was ist überhaupt passiert?«

Nadine trat nervös von einem auf den anderen Fuß. »Wie sage ich es nur am besten?«, dachte sie. »Larry ist tot. Er wurde in einem Haus von seinem Vater gefunden. Die Bullen haben Schuhabdrücke und Faserreste sichergestellt. Tja, irgendwie scheinen die Abdrücke auf den ersten Blick mit einem Paar von meinen identisch zu sein. Sie haben hier alles auf den Kopf gestellt und meine blauen Tops eingesackt. Den Rest konntet ihr eben selbst miterleben.«

Anthony schüttelte den Kopf. »Ohne einen konkreten Verdacht wären sie nie auf dich gekommen. Folglich muss mehr gewesen sein.«

»Ja, verdammt! Ich hatte einen Streit mit dem Kerl. Er wollte mir meine Uhr nicht wiedergeben, dabei wusste er ganz genau, dass sie mir viel bedeutet. Er wollte mich flachlegen. Aber das lasse ich nicht mehr mit mir machen. So traf Larry meine Verteidigung vollkommen unerwartet. Seine Mom muss das Ende des Streits mitbekommen haben.«

»Aber wie kommen deine Schuhabdrücke an den Tatort?«, hakte Anthony nach.

»Das ist wieder typisch, du glaubst mir nicht.«

»Ich versuche lediglich, dir zu helfen. Deine Mutter und ich würden alles für dich tun. Nur du musst zugeben, dass meine Frage berechtigt ist.«

Nadine nickte, da ihr dieser Punkt ebenfalls sehr suspekt erschien.

Den kurzen Besuch von Amanda hatte sie vollkommen aus dem Gedächtnis verdrängt.

»Wenn ich das wüsste, wären die Cops bestimmt schon an einer anderen Spur dran.«

»Dann wollen wir mal hoffen, dass sie keine weiteren Indizien finden, die dich belasten.«

Nadine schaute ihrem Stiefvater mit einem nichtssagenden Blick in die Augen. »Ich gehe lieber in mein Zimmer.«

»Nadine, dein Stiefvater meint es nicht so.« Clara stellte sich zwischen ihre Tochter und Anthony.

»Das kann sein, Mom.«

»Wie sieht es mit Abendessen aus, ihr beiden?«, fragte Anthony, der sich schuldig gegenüber seiner Tochter fühlte.

»Nein danke, mir ist der Appetit vergangen.« Trotzig verließ Nadine den Raum.

Sie musste dringend auf andere Gedanken kommen, so entschied sie, die Stereoanlage bis zum Anschlag aufzudrehen und sich von der Musik beschallen zu lassen.

Jetzt fehlte noch ein kleines Detail. Angestrengt kramte sie in ihrer Handtasche nach dem Handy. Auf dem Display sah sie, dass fünf Anrufe eingegangen waren.

Alle von Amanda.

Die Nummer ihrer Freundin war durch die Wahlwiederholungsfunktion schnell gewählt, nur schien diese ihr Handy ausgeschaltet zu haben. »Das ist ein wirklich beschissener Tag. Am liebsten wäre ich jetzt mit Freunden unterwegs und würde das schöne Wetter genießen und einfach nur Spaß haben. Ich meine, schlimmer kann es nicht werden.«

Sie schloss die Augen. »Jetzt führe ich auch noch Selbstgespräche.« Das war eindeutig zu viel. Es musste schnell eine Ablenkung für ihre Gedanken her. Vielleicht konnten ihre Eltern, die zum Glück zu Hause waren, dem Spuk ein Ende setzen.

Mit hängendem Kopf ging sie ins Wohnzimmer. »Seht ihr euch einen Film an?«

»Ja, willst du uns Gesellschaft leisten?«, antwortete Clara, die sich freute, dass ihre Tochter ein bisschen Zeit mit ihnen verbringen wollte.

Nadine nickte und setzte sich zu den beiden auf die Couch.

»Möchtest du ein paar Snacks, Schätzchen?«

»Danke, … äh, Dad. Eine Cola zum Runterspülen wäre auch nicht schlecht.«

Anthony machte sich gleich daran, für alle einen kleinen Imbiss zusammenzustellen.

Amanda hatte sich zurückgezogen.

Sie kauerte in der hintersten Ecke ihres Zimmers. Die Kündigung ihres Jobs nagte sehr an ihren Nerven. »Wie soll ich jetzt noch mit meinen Freundinnen auf die Piste oder shoppen gehen?« Vereinzelte Tränen rannen ihr übers Gesicht. Wem konnte sie sich anvertrauen? Ihre beste Freundin war nicht zu erreichen.

So entschied sie, ihr Tagebuch in die Geschehnisse der letzten zwei Tage einzuweihen.

Auszug aus Amandas Tagebuch, 4. August:

Ich habe gestern ein schlimmes Verbrechen begangen. Einen Mord. Eigentlich wollte ich es gar nicht. Es ist einfach passiert. Warum war Larry auch so gehässig zu mir? Ich meine, wenn er mich nicht erpresst hätte, würde er noch leben. Aber das war noch nicht das Ende. Aus reiner Verzweiflung gab ich Nadine heimlich ihre geliehenen Klamotten, die ich bei dem Mord getragen hatte, wieder zurück. Jetzt werden die Cops bestimmt hinter ihr her sein. Denn wie ich Larrys Mom kenne, hat die alte Ziege bestimmt gleich Nadine verdächtigt – wegen der Auseinandersetzung. Was soll ich tun? Ich kann Nadine unmöglich die Wahrheit sagen, sonst verliere ich nachher noch alles, was mir je wichtig war. Sie wird bestimmt nicht angeklagt. Die müssen doch prüfen, wo sie in der Nacht gewesen war. Ihre Eltern geben ihr ein Alibi, und alles ist in Ordnung. Oder nicht?

Hier brach Amanda ab.

Zerrissen von Gefühlen, schloss sie ihr Tagebuch und verstaute es wieder unter der Matratze ihres Bettes.

Kapitel 3

Es war gerade acht Uhr morgens, als die Türklingel Clara aus dem Schlaf riss. »Was? Wie spät ist es?« Verschlafen warf sie einen Blick auf die Uhr, die auf ihrem Nachttisch stand. »Acht Uhr. Wer kann das nur sein?«

Noch etwas benommen zog sie sich einen Bademantel über. »Anthony, stehst du bitte auf? Jemand hat an der Tür geläutet.«

Langsam öffnete er die Augen. »Ich komme gleich hinterher.«

Zur Vorsicht warf Clara einen Blick durch den Türspion.

Draußen standen die beiden Polizisten von gestern. »Was wollen die schon wieder?«, fragte sie sich. Mit grimmigem Gesichtsausdruck öffnete sie die Tür. »Was …«

Officer Logan und Officer Green ließen sie nicht ausreden, sondern stürmten umgehend das Apartment. »Wo ist sie?«, fragte Officer Green.

»Wen meinen Sie?«

»Das wissen Sie ganz genau: Ihre Tochter«, entgegnete Officer Logan schroff. »Lass uns mal in ihrem Zimmer nachsehen!«

Anthony, der gerade hinzugekommen war, baute sich vor den beiden Ordnungshütern auf. »Was wollen Sie noch von ihr? Unser Anwalt war, glaube ich, gestern mehr als deutlich gewesen, was den weiteren Ablauf angeht!«

Officer Green reichte ihm ein Schreiben. »Das ist ein vorläufiger Haftbefehl. Jetzt machen Sie den Weg frei!«

»Darauf werde ich nicht warten«, donnerte Officer Logan und drückte Anthony einfach zur Seite.

Die Tür von Nadines Schlafzimmer war nur angelehnt, sodass er mit einem Ruck hereinplatzen konnte. »Sofort aufstehen, Miss Mackintosh!«

Aufgeschreckt fuhr Nadine hoch. »Ich glaube, ich spinne. Raus aus meinem Zimmer, Sie perverses Schwein!«

Verwundert sah der Officer sie an. »Sie müssen mich wohl verwechseln.«

Erst in dem Moment, wo sie die Stimme des Cops erkannte, wusste Nadine, wer sich ungebetener Weise in ihrem Zimmer herumtrieb. »Was ist jetzt schon wieder?«

»Ich stelle die Fragen. Sie werden sich unverzüglich anziehen und mit aufs Revier kommen!« Nadine fühlte sich wie im falschen Film. »Verlassen Sie den Raum, damit ich mich erstmal anziehen kann!«

Ohne eine weitere Antwort gewährte Jack ihr die gewünschte Privatsphäre.

Verärgert zog Nadine die Klamotten vom gestrigen Tag an, um die lästigen Cops nicht zu lange warten zu lassen.

»Was wollen die von mir?«, fragte sie sich. »Ich bin unschuldig.«

Angetrieben von Neugier, Frust und Furcht, ging sie ins Wohnzimmer, wo sich die anderen, man konnte es an der Gesprächslautstärke gut ausmachen, unterhielten.

Allerdings bekam sie nur einen Bruchteil von der Unterhaltung mit. »... DNA-Spuren von Ihrer Tochter ...«

Mutig ergab sie sich in ihr Schicksal. »Da bin ich.«

Jack trat vor sie, um eine mögliche Flucht zu verhindern. »Hiermit verhafte ich Sie, Nadine Mackintosh, im Namen der Stadt New York. Sie haben das Recht, zu schweigen. Alles, was Sie sagen, kann und wird vor Gericht gegen Sie verwendet. Strecken Sie Ihre Hände aus!«

Machtlos tat sie, was Officer Logan von ihr verlangte. Sekunden später schlossen sich die Handschellen.

»Nadine, ich rufe unseren Anwalt an, der wird dich umgehend rausholen.«

Clara beobachtete hilflos, wie ihre Tochter von den Polizisten abgeführt wurde, während Anthony Mr. Jones anrief.

»Mr. und Mrs. Mackintosh, wir müssten Sie beide auch noch auf dem Revier sprechen. Sie können uns gerne folgen«, bemerkte Officer Green, bevor die Polizisten mit Nadine das Apartment verließen.

Wieder wurde Nadine in denselben Verhörraum geführt.

»So, gestern behaupteten Sie, dass Sie nichts mit dem Mord zu tun haben. Aber wie erklären Sie Ihre DNA an den Faserresten? Sie müssen demnach am Tatort gewesen sein. Also raus mit der Wahrheit!«

»Officer Green, ich bin unschuldig. Ich gebe zu, dass Larry einen Streit mit mir hatte. Nur umgebracht habe ich ihn nicht.«

Die Geduld von Officer Logan neigte sich dem Ende entgegen. »Sie können so viel lügen, wie Sie wollen. Die

Beweise sprechen eine eigene Sprache, die uns sagt, dass Sie am Tatort waren. Ihr Anwalt kann Ihnen auch nicht mehr helfen.«

»Meinen Sie also …????«, fragte Mr. Jones, der gerade den Raum betrat. »Ich dachte, ich hätte mich gestern klar und deutlich ausgedrückt!«

»Die neuen Beweise belasten Ihre Mandantin«, erklärte Marissa. »Unsere Kollegen von der Spurensicherung konnten die DNA von den Faserresten mit der Ihrer Mandantin vergleichen. 100 Prozent identisch!«

Grübelnd wanderte Mr. Jones im Raum auf und ab. »Kann es nicht sein, dass jemand die Kleidung meiner Mandantin getragen und danach zurückgebracht hat?«

Protestierend verschränkte Nadine die Arme vor der Brust. »Was der Anwalt sagt, hört sich doch glaubwürdig an. Da will mir bestimmt jemand was anhängen! Sie sollten besser den Unbekannten schnappen, anstatt mich hier zu verhören. Das versuchte ich gestern ja, zu erklären, aber ich wurde schlicht ignoriert. Und bei diesem penetranten Verhör haben Sie mich so bedrängt, dass ich nicht mehr … Aber jetzt werde ich meine Chance nutzen. Amanda, eine gute Freundin von mir, hatte sich die Klamotten bei mir ausgeliehen, sie steht auf meinen Style.«

Officer Logan drehte den Stuhl, auf dem sie saß, zu sich herum. »Verkaufen Sie uns nicht für dumm! Diese Masche bringen alle, die ihre Felle davonschwimmen sehen. Sie greifen nach dem letzten Strohhalm, um uns auf eine falsche Fährte zu locken. Nur zu schade, dass die Kollegen lediglich Ihre DNA und die von Larry gefunden haben! Wenn Ihre Freundin das Top getragen …«

»Jack, komm wieder runter! Sind Nadines Eltern mit Ihnen gekommen, Mr. Jones?«

Der Anwalt nickte zustimmend.

»Könntest du vielleicht die Aussagen ihrer Eltern aufnehmen?«

Widerwillig stimmte Jack zu.

Als Jack den Verhörraum nebenan betrat, sprangen Clara und Anthony wie explodierende Knallfrösche aus den Stühlen. »Unsere Tochter ist unschuldig«, schoss es zeitgleich aus ihnen heraus.

»Das wird sich zeigen. Im Moment stehen die Fakten jedenfalls gegen sie. Doch was mich allerdings brennend interessiert, ist, wo Sie beide vorgestern Abend gegen elf waren?«

Anthony entschloss sich, die Fragen des Officer zu beantworten, um seine Frau, die bereits nervlich angegriffen war, zu entlasten. »Zu Hause. Wir haben den ganzen Abend in die alte Flimmerkiste gesehen. Und lassen Sie mich kurz überlegen. Ja, gegen ein Uhr sind wir ins Bett gegangen.«

»Wo befand sich Ihre Tochter zu diesem Zeitpunkt?«

»In ihrem Zimmer. Sie muss wohl früh eingeschlafen sein, denn als ich nach ihr sehen wollte, war alles still.«

»Können Sie sich an die ungefähre Uhrzeit erinnern, Mr. Mackintosh?«

Grübelnd strich sich Anthony mit der rechten Hand durchs Gesicht. »Das muss gegen zehn gewesen sein. Definitiv, der Film endete mit dem Glockenschlag unserer Wanduhr.«

»Sind Sie in das Zimmer Ihrer Tochter gegangen?«

Innerlich trat er dem Officer für diese hinterhältige Frage tausendmal in den Allerwertesten, während er äußerlich den Kopf schüttelte.

»Dann können Sie nicht wissen, ob Ihre Tochter im Bett lag oder nicht. Sie hätte genauso gut den Mord begehen können.«

Wutschnaubend schlug Clara mit der Faust auf den Tisch. »Das reicht! Meine Tochter ist keine Mörderin! Ich habe sie schließlich zur Welt gebracht und zwanzig Jahre großgezogen.«

»Beruhigen Sie sich bitte, Mrs. Mackintosh! Ich versuche immerhin, einen Mord aufzuklären.«

»Fangen Sie erstmal an, richtig zu ermitteln, Sie inkompetenter …«

Officer Logan überhörte die letzte Bemerkung der Mutter lieber, damit die Vernehmung nicht aus dem Ruder lief. »Mr. Mackintosh, besteht die Möglichkeit, dass Nadine das Apartment unbemerkt verlassen kann?«

»Ja, aber wenn sie das Gebäude verlässt, muss sie immer am Portier vorbei.«

Wie konnten sie das übersehen? »Ich werde den Mann anrufen. Wie ist sein Name?«

»Bill Hanson.«

Eilig notierte er den Namen. »Das wäre für den Moment alles. Sollten sich noch Fragen ergeben, melde ich mich bei Ihnen.«

Unterdessen war Clark Jones so weit, dass die Polizistin Nadine in seine Obhut übergab. »Sie tun das Richtige,

Officer Green. Meine Mandantin hat bis jetzt noch keine Straftat begangen, was Sie positiv werten sollten, zumal ebenfalls keine Fluchtgefahr besteht. Und denken Sie daran: Erst Zeugen, die meine Mandantin am Tatort gesehen hätten, würden eine Verhaftung rechtfertigen.«

»Sie haben ja recht, Mr. Jones. Also Nadine, Sie können gehen, fürs Erste. Sie müssen in der Stadt bleiben, solange die Ermittlungen noch nicht abgeschlossen sind.«

»Wohin sollte ich gehen? Ich meine, was habe ich zu befürchten?«

Marissa zuckte mit den Achseln. »Wir melden uns.«

Niedergeschlagen betrat Marissa das Büro, wo ihr Kollege sehnsüchtig auf sie wartete.

»Wie ist es bei dir gelaufen, Jack?«

»Die Eltern bezeugten nochmals ihre Unwissenheit. Doch zum Schluss kam ein wichtiger Hinweis. Der Portier des Apartmenthauses müsste unsere Verdächtige gesehen haben.«

»Bei mir lief es leider nicht so gut. Der Anwalt hat sie mitgenommen. Er meinte, die Beweise wären zu schwammig, um sie länger festzuhalten.«

Jack sah seine Kollegin verständnisvoll an. »Das macht nichts. Der Portier wird unser fehlendes Puzzleteil liefern. Dann haben wir sie. Momentan ist nur das Unausweichliche verschoben.«

Alle dachten über die vergangenen drei Stunden nach, bis Nadine die Stille nicht mehr aushielt.

»Ich finde, das ist eine Frechheit. Nur weil meine DNA an einer dusseligen Faser war, werde ich gleich wie eine Mörderin abgestempelt.«

Clara sah ihre Tochter mit einem leeren Blick in die Augen.

»Was ist los, Mom?«

Doch anstatt ihr eine Antwort zu geben, ließen ihre Eltern sie allein im Flur stehen.

»Da stimmt was nicht«, dachte Nadine.

Leise schlich sie hinter ihnen her, um den Grund ihrer Verschwiegenheit herauszufinden.

Aber was sie anschließend mit anhörte, brach ihr in gewisser Weise das Herz.

Ihre Eltern hatten sich gerade im Wohnzimmer auf der Couch niedergelassen, als sich Nadine hinter der Tür versteckte.

»Anthony? Meinst du, äh …, ich meine, könntest du dir vorstellen, dass Nadine etwas mit dem Mord zu tun hat? Sie muss ihn nicht gleich umgebracht haben. Vielleicht lockte sie ihn zu dem Haus und jemand anderes ermordete Larry.«

Anthony senkte seinen Kopf. »Ich habe bereits daran gedacht, nur ich glaube …, besser gesagt, ich hoffe, dass sie nichts mit dem Mord zu tun hat. Aber wenn sie etwas weiß oder sogar die Tat beging, sollte sie es uns freiwillig mitteilen, denn ich werde sie nicht beschuldigen, weil ich ein Gefühl in der Magengegend verspüre, das mir sagt, dass sie uns etwas verschweigt. Nadine ist immerhin unsere Tochter, Clara.«

Das konnte unmöglich wahr sein!

Ihre Eltern würden niemals an ihrer Unschuld zweifeln. Oder etwa doch?

Tränenüberströmt verließ sie das Versteck und schlich auf ihr Zimmer. Es war für sie unbegreiflich, dass ihre Eltern so über sie sprachen, zumal sie davon ausgehen konnten, dass sie das Gespräch verfolgte.

Zum Beweis ihres Frustes schlug sie die Zimmertür hinter sich zu.

Anthony und Clara zuckten erschreckt zusammen. So ein Verhalten kannten sie von Nadine nicht, allerdings war sie auch nie zuvor in einer solchen Situation gewesen.

»Was meinst du?« Clara versuchte verzweifelt, ihrem Mann in die Augen zu sehen, aber dieser wich ihren Blicken immer wieder aus. »Hat sie unser Gespräch belauscht?«

Ertappt sah er ihr in die Augen.

Sein Blick war von einer Leere durchzogen, die ihr das Blut in den Adern gefrieren ließ.

»Ich finde, wenn sie uns belauscht hat, sollte einer von uns mit ihr reden. Sie soll nicht meinen, dass alle gegen sie sind und keiner zu ihr hält!«

Anthony wandte den Blick von seiner Frau ab. »Ich werde gehen und mit ihr reden!«

Clara nickte erleichtert. »Wenn sie nicht reden will, zwing sie nicht dazu! Ich werde derweil das Frühstück oder besser Mittagessen zubereiten.«

Bevor er ihr Zimmer betrat, klopfte er zweimal an die Tür, der Höflichkeit halber.

Nichts geschah.

Hartnäckig wiederholte er sein Klopfen. »Nadine? Kann ich reinkommen?«

Wieder erhielt er keine Reaktion, worauf er an dem Türknauf drehte. Zu seiner Verwunderung war die

Türverschlossen. »Du weißt, wenn du mit uns reden möchtest …, wir sind immer für dich da!«

Mit diesen Worten kehrte er der Tür den Rücken zu und ging zurück in die Küche, wo Clara ungeduldig auf ihn wartete.

»Was ist? Was hat sie gesagt? Nun sag was!«

Ohne auf die Fragen zu antworten, setzte er sich auf einen Barhocker und ließ seinen Blick durch das Zimmer kreisen, bis er seiner Frau in die Augen guckte. »Sie hat gar nichts gesagt. Sie reagiert nicht mal auf mein Klopfen. Ich finde, wir sollten sie den ersten Schritt machen lassen.«

Eine halbe Stunde verging, bevor Nadine sich wieder blicken ließ.

»Ich habe euer Gespräch belauscht, dabei dachte ich eigentlich, dass du zu mir hälst, Mom. Bei Anthony war ich mir da nie so sicher. Er ist nur mein Stiefvater.«

»Kind, das hast du falsch verstanden. Wir würden …«

Nadines Aufmerksamkeit wurde jäh auf die Tageszeitung gezogen, wo eine beunruhigende Headline die Titelseite schmückte.

Ausschnitt aus der New York Times, 5. August:

…

Vor zwei Tagen wurde ein zwanzigjähriger Mann in einem Haus ermordet.

Er soll nach Aussage der Polizei die Flurtreppe heruntergestoßen worden sein. Jüngsten Berichten zufolge wurde eine Verdächtige festgenommen. Hierbei handelt es sich angeblich um eine Freundin des Opfers, nähere Angaben wurden von der Polizei nicht bekannt gegeben, um die Ermittlungen nicht zu gefährden.

Um den Vorfall genauer zu untersuchen, fordert die Polizei die Bevölkerung auf, dass sich mögliche Augenzeugen unverzüglich mit dem Polizeirevier in Verbindung setzen. Die Aussagen könnten zur Aufklärung des Falls beitragen.

...

Ein kalter Schauer rann ihren Rücken hinunter.

Der Bericht gab ihr das Gefühl, bereits verurteilt zu sein, obwohl nur von einer Verdächtigen die Rede war. Doch sie wusste, wen sie damit meinten.

»Hieß es nicht in der Gesetzgebung, dass man so lange als unschuldig gilt, bis das Gegenteil bewiesen ist?«

Wütend schmetterte sie die Zeitung auf den Boden. »Das kann ... Ich glaube, die wollen mich fertig machen!« Mit zitternder Hand fuhr sie sich durch ihr langes, blondes Haar. »Ich werde lieber eine heiße Dusche nehmen und danach einkaufen gehen. Vielleicht geht es mir anschließend besser.«

»Jedenfalls half es mir früher immer, schöne neue Klamotten anzuprobieren und zu kaufen«, dachte sie reumütig.

Clara sah sie bestürzt an. »Du musst etwas essen. In fünf Minuten ist das Mittagessen fertig.«

»Nimm es mir nicht übel, aber ich esse unterwegs. Ich brauche Zeit, um über alles nachzudenken.«

Angetrieben von einer inneren Kraft, die sie nicht erklären konnte, marschierte sie ins Badezimmer.

Unter der Dusche fühlte sie, wie sich ein seltsames

Gefühl in ihren Körper ausbreitete. Kurz darauf brach sie in Tränen aus. Schluchzend hielt sie sich beide Hände vors Gesicht und ließ ihren Gefühlen freien Lauf.

»Das ist so unfair! Warum muss das ausgerechnet mir passieren?«, fragte sie sich, während sie die Tränen aus den Augen wischte.

In diesem Augenblick wurde ihr klar, dass sie so nicht weiterleben konnte. Etwas musste geschehen, bald!

Beflügelt von der wiederkehrenden Stärke, die sie zuvor angespornt hatte, ergriff sie mit der rechten Hand ein Handtuch, das neben der Dusche hing. Rasch trocknete sie sich ab und ging zum Wachbecken hinüber, das Handtuch um die Taille geschlungen.

Ein dunkelblaues Haargummi half ihr, die nassen Haare hinten zu einem Pferdeschwarz zusammenzuhalten.

Halbnackt verließ sie das Bad und ging in ihr Zimmer.

Im Kleiderschrank wühlte sie nach den passenden Anziehsachen, die ihre derzeitige Stimmung widerspiegeln sollten. Schnell hatte sie das passende Outfit gefunden, welches aus einer schwarzen, enganliegenden Stoffhose, einem schwarzen Top und schwarzen Lederstiefeletten bestand.

So gekleidet, machte sie sich zu Fuß auf den Weg in die Manhattan Mall.

Kathryn trauerte allein zu Hause, was man von ihrem Mann weniger behaupten konnte.

Dieser war wie jeden Tag ins Büro gefahren, um seinem Job als selbstständiger Immobilienmakler nachzugehen.

Insgeheim war sie froh darüber, so konnte sie ihren Plan, den Cops unter die Arme zu greifen, in die Tat umsetzen.

»Man muss der blinden Justitia nur die Augenbinde abnehmen«, dachte sie.

... Nach eineinhalb Stunden erreichte das Taxi sein Ziel.

Das kriminaltechnische Labor.

Zufrieden stieg Kathryn aus und marschierte geradewegs auf den Haupteingang zu.

An der Anmeldung saß eine junge Frau, die intensiv damit beschäftigt war, eine Kosmetikzeitschrift zu studieren.

»Entschuldigung, Miss, ich würde gerne meinen ... Sohn sehen.«

Gelangweilt, beinahe desinteressiert ergriff Linda Gunn eine Besucherliste. »Sie müssen sich zuerst eintragen.«

Kathryn stutzte, entsetzt über das Verhalten, tat jedoch, worum sie gebeten wurde. »Hier haben Sie Ihre Liste wieder!« Wütend knallte sie den Wisch auf den Tresen.

»Wer wird denn gleich so aufbrausend sein?«, erkundigte sich die Beamtin und nahm dafür die Liste zur Hilfe. »Oh, Mrs. Anderson. Ich wollte nicht unhöflich erscheinen.«

An Kathryns Gesichtsausdruck konnte Linda erkennen, dass ihre Entschuldigung nicht den gewünschten Effekt hervorrief.

Jetzt blieb ihr nur eine Möglichkeit, den vorangegangenen Patzer auszumerzen. Sie musste den Pathologen, so schnell es ging, hierherbekommen. Dies konnte sie mithilfe des internen Computer-Kommunikationssystems erledigen, indem sie eine Nachricht direkt auf seinen PDA schickte.

»Dr. Horatio Belkamp wird Sie gleich abholen. Er ist der zuständige Pathologe.«

Es verstrichen nur wenige Minuten, bis Dr. Belkamp, in einem typischen weißen Arztkittel den Flur hinunterkam. »Mrs. Anderson, mein Beileid zu Ihrem Verlust. Ich schätze, Sie wollen zu Ihrem Sohn.«

Kathryn versuchte, tapfer zu bleiben. »Ja.«

Gemeinsam fuhren sie mit dem Fahrstuhl eine Etage tiefer in die gerichtsmedizinische Abteilung des Labors. Hier wirkte alles sehr steril, die Wände waren weiß gestrichen und der Fußboden glänzte in einem satten Grau. Irgendwie kam es ihr so vor, als stände sie in einem Krankenhausflur, woraufhin sie über eine alte Narbe strich, die wie auf Kommando anfing zu zwicken.

Am Ende des Ganges blieb der Arzt stehen. »Das muss wohl der Autopsieraum sein«, dachte Kathryn.

»Schaffen Sie den letzten Gang allein?«

»Ich denke, ja.« Sie schluckte einmal und schritt auf die einzige belegte Bahre zu.

»Wenn Sie mich brauchen, rufen Sie kurz! Ich bin im Vorraum.« Mit diesen Worten drehte er sich um.

Langsam schritt sie auf die Bahre zu, wobei ihr erster Blick auf das Gesicht ihres Sohnes fiel, welches man von dem Laken befreit hatte. Er sah so friedlich aus, als wenn er schlafen würde.

Mit zitternder Hand strich Kathryn über sein kaltes Gesicht und die Haare.

Inständig hoffte sie, dass ihr keine Träne entwich. Sie wollte stark für ihren Larry sein.

Jedoch gelang es ihr nicht lange.

Während sie ihn auf die Stirn küsste, bahnte sich die erste Träne ihren Weg. »Ich wollte stark für dich sein, doch ich schaffe es nicht. Bitte, vergib mir!«

Gerade bemerkte sie noch, dass ihre Beine nachgaben …

Im Verhörraum zwei wurde derweil der Portier Bill Hanson von Logan und Green befragt.

»Haben Sie am Abend des dritten August Nadine Mackintosh das Haus verlassen sehen?«

Nachdenklich legte Bill Hanson seinen Kopf stützend in die gefalteten Hände. »Ich bin mir nicht sicher. Warten Sie einen Moment! So gegen acht kamen die Williams' und um elf die Browns zurück. Dazwischen ist niemand gegangen oder gekommen.«

»Und Sie waren die ganze Zeit am Empfang?«, hakte Officer Green nach.

»Die meiste Zeit über.«

»Was soll das heißen?«, erkundigte sich Jack, der langsam ungeduldig wurde.

»Nun, man kann schlecht den ganzen Tag ohne eine Toilettenpause herumkriegen. Ich war auch ein paar Mal auf dem WC. Aber höchstens für zehn oder fünfzehn Minuten.«

»In dieser Zeit hätte Miss Mackintosh das Gebäude rein theoretisch verlassen können?«

Bill nickte.

»Gibt es noch einen anderen Ausgang?«, fragte Marissa, um alle Möglichkeiten in ihrer Analyse zu berücksichtigen.

»Nun, die Tiefgarage, allerdings wird diese videoüberwacht, und den Notausgang im hinteren Teil des Gebäudes.«

»Das ist eine gute Nachricht. Marissa, ruf die Spurensicherung an, damit sie die Bänder und den Notausgang begutachten. Das wäre dann alles. Sie dürfen jetzt gehen, Mr. Hanson.«

Eifrig wählte Marissa die Nummer von Kate Hawk.

»Was gibts, Meg?«

»Hi, Kate. Ihr müsst noch mal in das Apartmenthaus, Broadway 1440. Kontrolliert dort bitte den Notausgang auf Fingerabdrücke und anschließend die Aufnahmen der Videoüberwachung aus der Tiefgarage!«

»Na gut, wir fahren gleich hin. Bis dann.«

Beide legten fast gleichzeitig auf. »Sie machen sich auf den Weg, Jack.«

Kapitel 4

Es war wieder ein schöner Tag.

Die Sonne schien, und alle, die ihr auf dem Weg begegneten, sahen zufrieden aus, was ihre Sorgen ein bisschen verblassen ließ. »Zum Glück liest keiner die Tageszeitung«, dachte sie erleichtert.

Nach fünfundvierzig Minuten hatte Nadine die Mall erreicht, jetzt konnte sie sich vollständig auf ihre liebste Beschäftigung konzentrieren: SHOPPEN!

Nur in welches Geschäft sollte sie zuerst gehen? In die Parfümerie oder lieber zu dem Juwelier?

Spontan entschied sie sich für Letzteres, immerhin war ihr aktueller Schmuck zwei Monate alt, somit seit vier Wochen überfällig.

Auf ihrem Weg dorthin bemerkte sie, dass der Friseursalon HairWorld seinen Betrieb eingestellt und der Inhaber seinen Salon anscheinend an ein Bekleidungsgeschäft verkauft hatte. Nach dem Namen, LeatherArt, zu urteilen, musste es sich jedenfalls um einen Laden für Lederwaren handeln.

Aber sie wollte ganz sicher sein, weshalb sie beschloss,

das Geschäft einmal von innen anzusehen. Und zwar jetzt.

Sofort nachdem sie die Tür geöffnet hatte, eilte ihr bereits eine Verkäuferin helfend entgegen.

Diese war vielleicht fünf Zentimeter größer als Nadine, mit rotblondem Haar, wozu sie eine schwarze Lederhose und ein dazugehöriges schwarzes Ledertop trug.

»Hi! Kann ich dir vielleicht weiterhelfen?«, fragte die Verkäuferin mit einem breiten Lächeln auf dem Gesicht.

»Äh …, nein. Ich wollte mich eigentlich nur umsehen.«

»Gerne. Aber wenn du Hilfe brauchst, sag mir Bescheid! Ich werde mich sofort um dich kümmern!«

Die Verkäuferin wandte sich von ihr ab und verschwand in den hinteren Teil des Geschäfts, während sich Nadine ihrerseits auf den Weg zu den Hosen machte, die sich links von ihr befanden. Wobei sie inständig hoffte, hier eine schwarze Hose aus Nappaleder zu finden, die sie bereits seit einiger Zeit suchte.

Beim Anblick der vollgepackten Ständer weiteten sich ihre Augen.

Es gab Hosen aus Schlangenleder, Büffelleder und Nappaleder. Doch das Kuriose daran war, dass es drei verschiedene Sorten Nappaleder gab: Ziegennappa, Lammnappa und Rindnappa.

»Hä? Sollte es nicht nur eine Sorte geben, die sehr weich ist?«, fragte sie sich verwirrt.

Hilfesuchend blickte sie sich nach einer Verkäuferin um, als sie eine Stimme hinter sich hörte.

»Kann ich dir nun weiterhelfen?« Die Stimme gehörte zu der Verkäuferin, die sie gerade suchen wollte.

»Äh …, ja! Sie können mir in der Tat helfen. Ich suche

eine Lederhose, die besonders weich ist. In einer Mode-zeitschrift stand, dass Nappaleder sehr weich sein soll – nur haben Sie hier mehr als eine Sorte.«

Die Verkäuferin ging, ohne ein Wort zu verlieren, an ihr vorbei.

»Will sie jetzt ihren Kollegen von meiner Unwissenheit berichten oder lässt sie mich wie eine dumme Gans stehen?«, dachte Nadine automatisch. Doch als die Verkäuferin vor dem Ständer für Lammnappa stehen blieb, wusste sie Bescheid.

»Hier! Das ist sehr weich und ich trage es selbst gerne. Wenn du Glück hast, finden wir noch eine Hose in deiner Größe, da Lammnappa sehr begehrt und immer schnell ausverkauft ist.«

Aber wie der Zufall es wollte, fand Nadine eine passende schwarze Hose. »Wo sind die Umkleideräume?«

Die Verkäuferin drehte sich in die entsprechende Richtung. »Ich werde dich besser hinführen, wenn es dir recht ist.«

Nadine nickte dankend.

Gemeinsam machten sie sich auf den Weg zu den sechs Kabinen, von denen lediglich zwei belegt waren.

Zielstrebig steuerte Nadine die rechts außenliegende Umkleide an.

»Passt dir die Hose oder brauchst du eine andere Größe?«, fragte die Verkäuferin, die vor der Kabine wartete.

Als Antwort auf ihre Frage zog Nadine den Vorhang zurück und trat heraus.

Anmutig wie ein Model drehte sie sich um die eigene Achse, damit die Verkäuferin sich selbst ein Urteil bilden konnte. »Ich finde, sie sitzt wie angegossen! Was meinen Sie?«

Die Verkäuferin nickte ihr zu. »Sie steht dir!«

Eigentlich stand Nadines Entscheidung fest, um jedoch ganz sicherzugehen, drehte sie sich noch einmal vor dem Spiegel. »Ich nehme sie! Und wo ich gerade hier bin, nehme ich auch gleich noch eine in Rot mit. Sofern eine vorrätig ist!«

»Ich sehe gleich nach. Du kannst hier warten, wenn du magst.«

Das kam für Nadine kaum in Frage, dafür war sie viel zu neugierig.

»Und, und?«, löcherte Nadine, bis sie entsetzt feststellte, dass sie die schwarze Lederhose immer noch trug. Ooops!

»Wir haben drei in deiner Größe.«

Die Verkäuferin nahm eine Hose vom Ständer, die sich Nadine umgehend schnappte.

»Na, dann werde ich mich mal wieder umziehen.«

Schnell hatte sie ihre Stoffhose angezogen, die beiden Lederhosen unter den linken Arm geklemmt und sich auf den Weg zur Kasse begeben, als ihr die Verkäuferin entgegenkam.

»Soll ich dir die Hosen abnehmen?«

Nadine überlegte nicht lange. »Das wäre nett, danke.«

Gemeinsam machten sie sich auf den Weg zur Kasse, wo Nadines Blick auf die Tageszeitung fiel, welche auf dem Tresen lag. Schlagartig kam ihre überwundene Depression wieder zum Vorschein. Sie zitterte, was auch der Verkäuferin auffiel.

»Geht's dir nicht gut? Brauchst du Hilfe?« Hastig schaute

sie sich im Geschäft um, ob jemand in der Nähe war, der ihr helfen konnte. Doch sie sah niemanden.

Innerlich rechnete sie damit, dass ihre Kundin jede Sekunde zusammenbrechen würde.

»Nein, mir fehlt nichts. Trotzdem danke für Ihre Hilfsbereitschaft. Wie viel muss ich für die Hosen bezahlen?«

Alles, was sie jetzt wollte, war so schnell wie möglich raus an die frische Luft, um auf andere Gedanken zu kommen.

»Das macht 250 Dollar!«, entgegnete die Verkäuferin, die sich allmählich wieder beruhigte.

Gelassen griff Nadine in ihre linke Gesäßtasche und zog eine Geldklammer mit lauter 50-Dollarscheinen heraus.

Fünf der Scheine wechselten bei der Transaktion den Besitzer. »Eine Quittung brauche ich nicht.«

Die Verkäuferin verstaute die Scheine in der Kasse. »Äh …, würdest du vielleicht, wenn ich Feierabend habe, mit mir einen Cappuccino trinken gehen? Ich bin neu in der Stadt und habe noch nicht viele Fr …, um ehrlich zu sein, keine Freunde gefunden! Ich würde mich freuen, wenn du ja sagen würdest.«

»Der Tag hat bereits beschissen angefangen. Vielleicht wird es witzig, und etwas Ablenkung kann ich im Moment gut gebrauchen«, dachte Nadine.

»Ich würde mich freuen! Wann haben Sie …, ich meine …«

»Entschuldigung! Ich habe ganz vergessen, mich vorzustellen. Ich heiße Casey. Und du?«

»Ich heiße Nadine. Also, was ich eben fragen wollte: Wann hast du frei?«

Casey schaute auf ihre Armbanduhr. »In ungefähr

zwanzig Minuten. Es kann auch ein paar Minuten länger dauern. Man weiß ja nie, ob man noch einen Kunden beraten muss, oder so.«

Nadine nickte ihr verständnisvoll zu. »Ich werde mich in der Zwischenzeit etwas umsehen.«

Die Zeit verging wie im Flug.

Sie war gerade darin vertieft, die Ledertops zu begutachten, als Casey hinter ihr auftauchte.

»So ein Top würde an dir mit Sicherheit gut aussehen!«

Erschrocken fuhr Nadine zu ihr herum. »Das könnte sein, aber ich habe für heute genug gekauft, glaube ich zumindest. Außerdem wollten wir einen Cappuccino trinken, oder nicht?«

Casey nickte.

Fünf Minuten später standen beide vor dem Café.

Nadine öffnete die Tür und wartete, bis Casey eingetreten war, danach folgte sie ihr.

»Lass uns einen Tisch im hinteren Teil suchen! Ich möchte mich ungestört unterhalten.« Ihre neu gewonnene Freundin stimmte dem Vorschlag ohne Widerspruch zu. »Wie du willst.« Den wahren Grund konnte Nadine ihr unmöglich nennen.

»Ich kann ihr schlecht sagen, dass ich wegen des Zeitungsartikels unter einem temporären Verfolgungswahn leide«, dachte sie, während beide einen freien Tisch ansteuerten.

»Was möchten Sie bestellen, Miss? Hallo? Miss?«

Erst durch Caseys Stupser merkte sie, dass ein Kellner sie anstarrte.

»Oh, wann sind Sie … Entschuldigung, haben Sie etwas gesagt? Ich war mit den Gedanken woanders.«

Der Kellner verdrehte die Augen und gab ein leises Brummen von sich. »Was möchten Sie bestellen?«

»Einen Cappuccino, bitte mit extra viel Sahne, wenn's geht.«

Nachdem er die Bestellung auf seinem Block notiert hatte, wandte er sich von den beiden ab in Richtung Theke.

Nadine wollte den Kellner auf der Stelle zurückpfeifen, als ihr Casey zu verstehen gab, dass sie bereits bestellt hatte.

Entspannt lehnte sie sich in dem Korbstuhl zurück, wobei ihr Blick durch die Räumlichkeiten strich. »Hm. Ich glaube, in diesem Café bin ich zum ersten Mal«, dachte sie überrascht.

Das sollte schon was heißen!

In der Regel war sie immer dagewesen, wenn ein neues Café eröffnet wurde, aber aus irgendeinem Grund hatte sie diese Eröffnung wohl verpasst.

»Nadine?«

Sie blickte in das irritierte Gesicht von Casey, die sie fragend musterte. »Du siehst erschöpft aus.«

»Ich muss wohl die Nacht über nicht gut geschlafen haben«, versuchte sich Nadine zu entschuldigen. »Wo hast du eigentlich gewohnt, bevor du nach New York gekommen bist?«

Casey nahm ihre Kaffeetasse, nippte kurz daran und setzte sie anschließend wieder zurück auf die Untertasse. »Ich bin in Los Angeles aufgewachsen, bis ich vor einem

Jahr nach New York zog! Doch lass mich von Anfang an erzählen, wenn es dir nichts ausmacht!«

»Wenn es nicht zu lange dauert«, neckte Nadine ihre Begleitung.

Unbeeindruckt von dieser Bemerkung fuhr Casey mit ihrer Geschichte fort: »Ich wurde vor sechsundzwanzig Jahren in Downtown Los Angeles geboren, was vermutlich etwas über die finanziellen Verhältnisse meiner Eltern aussagt.

Damals lebte mein Dad jedenfalls noch glücklich mit meiner Mom zusammen, bis zu jenem Tag, an dem er uns aus heiterem Himmel wegen einer anderen Frau verließ. Später mussten wir von Freunden erfahren, dass er, bevor er uns im Stich ließ, mit dies …, dieser Person bereits über ein Jahr zusammen war! Das hat meine Mom tierisch mitgenommen, und ich konnte ihr nicht richtig beistehen. Du musst wissen, dass ich zu diesem Zeitpunkt acht Jahre alt war. Genau genommen, verstand ich erst mit vierzehn, was mein Dad meiner Mom angetan hatte. Ich verfluchte ihn für diese Entscheidung, die er damals traf.

In der Schule blieb ich stets eine Außenseiterin. Das lag an vielen Gründen, einer davon war, so glaube ich, dass wir nicht viel Geld für neue Markenklamotten und ähnliches übrig hatten. Ich musste immer Second Hand-Sachen tragen und damit ist man bei den angesagten Kids gleich unten durch. Aber es gab ja zum Glück - für mich - noch andere Außenseiter, die sich nicht darum kümmerten, wie ich mich stylte, die mich so akzeptierten, wie ich war.

Aber meine neuen Freunde waren nicht umsonst von den anderen ausgeschlossen worden. Den Grund dafür erfuhr ich erst später.

An einem Tag sollte für mich eine Party arrangiert werden. Leider kann ich mich nur an Bruchstücke von dem Gelage erinnern. Bis zu diesem Zeitpunkt kannte ich Alkohol lediglich vom Hörensagen. Meine Mom hätte mich bestimmt angeschrien und mir den Umgang mit meinen Freunden verboten. Aber ich kam immer erst nach Hause, wenn sie bereits im Bett lag.

In der ersten Zeit war alles cool, bis wir Ausweise fälschten, um in die Clubs zu kommen. Man kann von Glück reden, dass man uns nicht mit den Ausweisen erwischt hat. Sonst wären wir mit Sicherheit in den Knast gewandert.

Wir waren erst sechzehn, wussten nicht, was wir taten, wobei die anderen ihren Spaß daran bekundeten, das Gesetz in ihrem Sinne auszulegen. Wenn sie mal kein Geld hatten, besorgten sie sich welches von Mitschülern – auf die eine oder andere Weise!

Ich spielte oft mit dem Gedanken, die Clique zu verlassen, aber sie waren die Einzigen, die sich mit mir abgaben! Allerdings war das nicht der Höhepunkt. Nein, der sollte ein Jahr später kommen.

Meinen siebzehnten Geburtstag feierte ich mit meinen Freunden in einem abgefahrenen Club, in dem die Cops öfter mal Razzien durchführten, um den Drogendealern eins auszuwischen. Ausgerechnet an dem Tag drehte mir ein Kerl eine kleine Pille an. Er meinte, ich könnte sie ruhig nehmen, sie würde einen länger wachhalten. So naiv, wie ich damals war, nahm ich sie!

Äh …, langweile ich dich?«

Nadine sah Casey erstaunt an. »Wie kommst du darauf? Wir sind hier, um uns zu unterhalten, und du erzählst ja nichts von rosa Häschen, die in einem Märchenwald wohnen, sondern von deiner Teenager-Zeit!«

»Also gut! Dafür werde ich mich jetzt kürzer fassen. Denn ich habe so das Gefühl, dass du mir nicht ganz die Wahrheit gesagt hast.«

Unschuldig schüttelte Nadine den Kopf.

»An diesem Tag hatte ich mein erstes Mal mit Ecstasy, danach kam Heroin und zum Schluss Kokain.

Ich wurde süchtig.

Tja, von dem Zeitpunkt an nahm das Schicksal seinen Lauf. Auf der Mädchentoilette wurde ich beim Kokainschnupfen erwischt, worauf man mich von der Schule schmiss. Danach verließ mich die Clique, weil ich nicht mit nach Miami gehen wollte, um dort als Dealerin zu arbeiten.

Aber das war noch nicht mal das Schlimmste.

Meine Mom fand in meinem Zimmer ein Päckchen mit Kokain, was den Rausschmiss aus der Wohnung bedeutete. Sie gab mir zehn Minuten Zeit, meine Klamotten zu packen und zu verschwinden.«

Die alten Gefühle kamen wieder in Casey hoch, erste Tränen rannen über ihre Wangen. Kurze Zeit später fing sie an, leise zu weinen.

Ein paar Gäste drehten sich genervt zu den beiden jungen Frauen um.

Nadine ignorierte gekonnt die abfälligen Bemerkungen und hielt lieber die Hand ihrer neuen Freundin fest, die von dem ganzen Trubel nichts mitbekam. »Geht's wieder?«

Casey nickte kurz. »Ja, aber können wir bitte gehen. Möchtest du vielleicht mein Apartment sehen?«

Nadine brauchte keine Sekunde, um eine Entscheidung zu treffen. »Kellner! Wir wollen zahlen!«, rief sie.

Es vergingen nur drei Minuten, bis der Kellner mit der Rechnung in der Hand an ihren Tisch kam. »Zahlen Sie zusammen oder getrennt?«

»Wir bezahlen zusammen! Wie viel bekommen Sie?«

Der Mann rechnete schnell die beiden Beträge zusammen. »Das macht dann fünfzehn Dollar!«

Wie zuvor holte Nadine ihre Geldklammer aus der Hosentasche, zog einen Fünfziger heraus und gab diesen dem Kellner. »Stimmt so!«

Das Wechselgeld war ihr im Moment egal. »Wofür hat mein Stiefvater denn so viel Kohle?«, dachte sie.

Anschließend verließen sie gemeinsam das Café.

Draußen hielt Casey abrupt an und drehte sich zu Nadine um, die gerade die Eingangstür hinter sich schloss. »Also, … wollen wir … äh … in mein Apartment?«

»Das hatten wir doch gesagt.«

»Wir fahren mit meinem Auto, wenn du einverstanden bist, und nachher bringe ich dich nach Hause«, sagte Casey hastig.

»Wohin zum Teufel gehen wir?«, fragte sich Nadine. Casey hatte von ihrem Wagen gesprochen, aber inzwischen waren sie bereits drei Blocks vom Café entfernt.

Gerade als Nadine sie fragen wollte, wo sie gewöhnlich parkte, begann Casey, laut zu fluchen.

»Guck dir das an!« Wutentbrannt riss sie einen Stapel Strafzettel von der Windschutzscheibe und schmiss sie in den Rinnstein. »Das darf nicht wahr sein!«, tobte sie. »Ich sollte das nächste Mal vielleicht früher aufstehen, damit ich einen Parkplatz bekomme, der den Cops nicht missfällt.« Sie ging zur Fahrertür und schloss diese mit dem Schlüssel, den sie aus ihrer linken Hosentasche zog, auf.

Die Fahrt dauerte ungefähr fünfzehn Minuten.

Vor sich sah Nadine einen alten Wohnblock, der mit Sicherheit seit zwanzig Jahren keinen Tropfen Farbe mehr gesehen hatte. Es war schlicht ein grauenhafter Anblick. »Hier würde ich auf keinen Fall wohnen wollen«, dachte sie, »aber dennoch besser, als auf der Straße leben zu müssen.«

Casey steuerte direkt auf das Gebäude zu und kam mit quietschenden Reifen am Straßenrand zum Stehen. »So, da wären wir.«

Sie stellte den Motor ab.

Nadine zögerte. Doch sie konnte jetzt keinen Rückzieher machen, darum gab sie ihrem Herz einen Ruck und stieg aus.

Gleich nachdem sie den Wagen verlassen hatte, schloss Casey ab. »In dieser Gegend kann man nicht vorsichtig genug sein! Ich meine, der Wagen ist zwar nichts Besonderes, aber ich kann mir nicht mehr leisten.«

Sie ließ kurz den Kopf hängen, bevor beide ihren Weg in Richtung Haupteingang fortsetzten. Ihr Apartment lag im dritten Stock.

Vergeblich suchte Nadine nach einem Fahrstuhl, was demnach wohl oder übel hieß, dass sie Treppen steigen musste.

»Wer weiß, was sich hier alles auf den schmuddeligen

Fluren herumtreibt«, dachte sie mit einem Anflug von Ekel. Jedoch kam es wie so oft anders, das Treppenhaus sah richtig sauber aus, und weit und breit war kein Mensch zu sehen.

Vor der Tür mit der Nummer 286 blieb Casey stehen. »Home, sweet home!«, flötete sie, wobei der Wohnungsschlüssel ihr Reich freigab.

»Du kannst ruhig reinkommen.«

Nadine folgte der Bitte, immerhin wollte sie nicht unhöflich erscheinen.

»Möchtest du was trinken? Cola, Wasser, vielleicht ein Bier?«, rief Casey aus der Küche, die sich gleich neben dem Wohnzimmer befand.

»Eine Cola wäre großartig!«

Wenige Minuten später kam Casey mit den Getränken zurück, die sie auf dem schwarzen Couchtisch abstellte.

Entspannt ließ sie sich auf dem Sofa nieder und streckte ihre Hand nach der Flasche Bier aus, um gleich darauf einen tiefen Schluck zu nehmen. »Ah! Das tat gut. Manchmal braucht man das, nach einem anstrengenden Arbeitstag. Ich meine, man fühlt sich danach immer etwas entspannter. Man kann seinen gesamten Stress einfach runterspülen, um so den nächsten Tag zu überstehen, ohne in Depressionen zu verfallen.«

Nadine nickte ihr zustimmend zu. Was sollte sie sonst auch tun? Sie kannte bisher nur das College-Leben, und das Einzige, worum sie sich dabei kümmern musste, waren die Prüfungen. Darüber hinaus wünschte sie sich, nie in eine solche Lage zu geraten.

Wenn sie Pech hatte, traf das bereits zu, wobei sie an Larrys tragischen Unfall und das überstandene Verhör dachte.

Die ganzen Anschuldigungen, dass sie die Mörderin wäre, ließen nichts Gutes erahnen. Im schlimmsten Fall würde sie verhaftet, verurteilt und lebenslang eingesperrt werden. Aber hey, immerhin musste sie sich dann keine Sorgen mehr um ihre Zukunft machen!

Gleichgültig zuckte sie einmal kurz mit den Schultern, während sie nach ihrem Glas griff.

»Ich will dich wirklich nicht mit meinen Problemen langweilen! Nur ich wüsste sonst niemanden, mit dem ich mich, na ja, … unterhalten könnte. Der Kontakt zu meiner Mom war nach dem Rausschmiss ebenfalls beendet.« Casey hielt einen Moment inne und nahm noch einen Schluck aus der Flasche, bevor sie fortfuhr.

»Ich kenne ein paar Arbeitskollegen, mit denen ich über ganz normale Dinge wie das Wetter etc. rede. Aber ich würde mit keinem über meine Privatsphäre sprechen, dafür fehlt denen das gewisse Etwas. Ich soll immer für alle da sein, nur für mich ist keiner da!«

Nadine nickte ihr verständnisvoll zu.

Sie konnte Casey in diesem Moment gut verstehen, denn irgendwie wollte ihr auch keiner so richtig zuhören. Ihre Eltern sagten zwar, dass sie ein offenes Ohr für sie hätten, doch in Wirklichkeit sah es ganz anders aus, das spürte sie.

Und was war eigentlich mit ihrer sogenannten besten Freundin Amanda los? Nach der Sache mit Larry hatte sie sich nicht wieder bei ihr gemeldet. Wollte sie vielleicht nichts mehr von ihr wissen? Es schien jedenfalls so, als hätte sich die ganze Welt gegen sie verschworen.

Aber nun wusste sie, dass sie nicht allein war, dass es noch jemanden gab, dem es genauso ging wie ihr.

»Ich weiß, wie du dich fühlst! Manchmal geht es mir

genauso. Man denkt, dass man so viele Freunde hat, die zu einem stehen, nur wenn man sie wirklich einmal braucht, sind sie unabkömmlich.«

»Ich habe viel erlebt, seit ich aus der Wohnung meiner Mom raus bin. Aber wie du siehst, lebe ich immer noch und habe ein Dach über dem Kopf. Okay, über den Job lässt sich streiten, unbezahlte Überstunden, Krach mit Kollegen und teilweise grabschende Kunden. Aber es ist dennoch besser, als auf der Straße zu leben.« Sie nahm ihre Flasche Bier in die Hand und leerte den Rest mit einem Schluck.

»Es gibt nicht nur schlechte Seiten, wenn du das jetzt denken solltest. Man fühlt sich einfach großartig. Niemand, der einem Vorschriften machen oder mit einem schimpfen kann. Ich sage immer, dass es wie beim Adlerbaby ist, das zum ersten Mal mit den Flügeln schlägt und gleich darauf das Nest verlässt, um einen Probeflug zu machen.

Es fliegt in die Freiheit.

Von dem Zeitpunkt an ist es nicht mehr ausschließlich von der Mu ...« Sie brach abrupt ab, als sie Nadines fragenden Blick bemerkte. »Ich habe wohl etwas den Faden verloren, sorry. Was ich eigentlich sagen wollte, war, dass es nichts Schöneres gibt, als frei zu sein.«

Den ganzen Tag über hatte sich Amanda Trübsal blasend in ihrem Zimmer verkrochen. Aber jetzt war es an der Zeit, auf andere Gedanken zu kommen. »Ich muss dringend raus, sonst drehe ich durch.«

Ihr Handy brachte sie auf die rettende Idee.

»Hey, Judy! Was machst du heute Abend?«

Am anderen Ende der Leitung hörte sie ein langgezogenes Gähnen. »Ich wollte mir einen Film ansehen und dazu etwas Popcorn essen. Und du?«

»Ich hatte mir so gedacht …, wir …, ich meine, du und ich, könnten uns ein wenig … na ja, amüsieren! Was meinst du? Bist du dabei?!?«

Judy kicherte leise in den Hörer. Normalerweise war sie immer diejenige, die zu Hause blieb und für die Schule lernte. Ausgehen und Party machen gehörten nicht zu ihren Lieblingsbeschäftigungen. Aber sie konnte ja mal eine Ausnahme machen, wenn sie schon einmal gefragt wurde.

»Oh, wie lange habe ich auf diesen Moment hingefiebert!«, dachte sie, »Amanda ist sonst immer mit Nadine unterwegs.«

»Ein bisschen Abwechslung könnte ich gut vertragen. Wann geht es los?«, fragte Judy, mit wachsender Begeisterung.

Amanda überlegte kurz, da traf es sie wie ein Blitzschlag. Der Wagen ihrer Mom stand unten in der Tiefgarage zur freien Verfügung. »Ich hole dich in einer halben Stunde ab.«

Judy willigte mit einem langgezogenen »Cool!« ein.

»Bis gleich, Jud.« Prüfend sah Amanda an sich herunter. »Das sind definitiv die Klamotten von gestern«, sagte sie sich, »doch zum Umziehen fehlt mir die Zeit.«

Kurzerhand entschloss sie sich, wenigstens ihr dunkelbraunes Spaghettiträger-Top und die schwarzen High Heels aus Leder anzuziehen. Den Rest erledigte eine Überdosis Parfüm, das ihren Körpergeruch in Wohlgefallen auflöste.

Ihr Blick fiel auf die Wanduhr. »Shit! Ich komme noch zu spät!«, fluchte sie, wobei sie sich hektisch nach den Autoschlüsseln umschaute. Wo hatte sie sie nur hingelegt? Vielleicht in der Küche?

»Aah!« Eine Lichtreflexion verriet ihr, dass die Schlüssel auf der Arbeitsplatte lagen. »Nicht einmal mehr zehn Minuten«, dachte sie, »um bei Judy zu sein.«

Zum Glück war sie fertig und konnte sich umgehend auf den Weg machen.

Judy hingegen wartete bereits sehnsüchtig auf Amanda.

Zwar blieben ihrer Freundin noch fünf Minuten, aber sie war so aufgeregt, mal wieder auf die Piste zu gehen, dass sie am liebsten schon vor einer Stunde losgefahren wäre.

»Wo bleibt sie denn? Das dauert viel zu lange.« Hektisch marschierte sie in ihrem Zimmer auf und ab, um sich abzulenken. Doch es half nichts.

Amanda hatte sich unterdessen hinters Steuer gesetzt, als ihr Handy klingelte.

»Ja? … Ach Judy, du bist es. Ich bin gerade auf dem Weg zu dir.«

Am anderen Ende der Leitung trat ein kurzes Schweigen ein. »Klasse! Bis gleich, bye.«

Bevor Amanda etwas erwidern konnte, war die Verbindung bereits getrennt.

»Das fängt ja gut an«, dachte sie frustriert.

Die Anspannungen der letzten Tage nagten sichtlich an

ihren Nerven, weshalb sie einmal tief Luft holte und den angestauten Frust herausblies. »Besser, jedenfalls für den Moment«, gestand sie sich selbst.

Mit neu gewonnener Kraft jagte sie den Wagen in einer Rekordzeit über die Straßen von New York.

»Ich habe es fast rechtzeitig geschafft«, sagte sie erleichtert, nachdem sie neben ihrer Freundin, die ungeduldig auf dem Bürgersteig stand, zum Stehen kam.

»Hi!«

Amanda nickte, um keine Zeit mehr zu verlieren. Immerhin wollte sie einen guten Platz in ihrem derzeitigen Stammclub ergattern, weshalb sie ungeduldig mit dem Gaspedal spielte, bis Judy ordnungsgemäß angeschnallt war. Dann trat sie das Gaspedal bis aufs Bodenblech.

Das CoCo war der Club, in dem sich momentan das junge Volk traf. Er lag etwas außerhalb von Manhattan, damit sich niemand über die laute Musik, die bis in die frühen Morgenstunden dröhnte, und die meist betrunkenen und pöbelnden Gäste beschweren konnte.

Bereits gegen acht Uhr abends wartete eine Menschenmasse vor dem Eingang auf den langersehnten Einlass, was an sich erstaunlich war. Denn jemand, der sich hier nicht auskannte, hätte in dieser Gegend keinen Club vermutet. Zumal sein äußeres Erscheinungsbild dem eines Lagerhauses glich, was vom früheren Verwendungszweck des Gebäudes herrührte. Innen hingegen war alles entkernt worden, mit Ausnahme der Galerie. Von ihr aus hatte man einen guten Blick auf Bühne und Tanzfläche. Ansonsten gab es noch eine Bar, zwölf Stehtische, zwei

Billardtische, drei Sofas, vier Séparées und natürlich ausreichend Toiletten.

Zugegeben, die Ausstattung war nicht gerade die Beste, aber das interessierte niemanden so richtig, letztlich wollte man bloß FEIERN.

Ein kleines Manko blieb jedoch ungesühnt. Der fehlende Parkplatz. In dieser Angelegenheit übernahmen die Gäste selbst das Ruder und erklärten die angrenzende Seitenstraße zum offiziellen Parkplatz.

Judy, die es nicht mehr aushielt, rutschte unaufhörlich auf ihrem Sitz hin und her. Alle fünf Sekunden warf sie einen Blick auf ihre Armbanduhr. »Es ist fast acht! Können wir jetzt mal langsam zum Eingang gehen? Ich halte es keine Minute länger mehr aus!«

Statt Judys Quengelei sofort nachzugeben, kontrollierte Amanda lieber noch ein letztes Mal ihr Make-up im Rückspiegel. Erst danach sagte sie: »Na, dann lass uns reingehen!«

Das ließ sich Judy nicht zweimal sagen.

Draußen hörte man bereits die ersten Töne der Band, die ihre Instrumente stimmte, wodurch die Menge, die vor dem Eingang stand, noch ungeduldiger wurde und den Türstehern ganz schön auf die Pelle rückte.

»Hey, bleibt locker!«, schrie einer der beiden. »Es sind nur noch drei kurze Minuten, bis ihr reinkönnt.« Von dem ganzen Tumult bekamen die beiden Freundinnen nichts mit, da sie pünktlich zum Einlass das hintere Ende der Menschenschlange erreichten. Bevor die beiden hineingingen, warfen sie einen kritischen Blick auf das Plakat, das sich rechts neben der Eingangstür in einem Schaukasten befand.

»Sag mal, kennst du die Band?«, fragte Judy, immer noch auf den Namen starrend.

»Lass mich mal überlegen. ›Hurricane‹ …, ›Hurricane‹. Nee, der Name sagt mir im Moment nichts. Aber das macht die Sache wesentlich interessanter.«

Dieser kleine Exkurs kostete die beiden die besten Plätze in der ersten Reihe vor der Bühne. Daher beschlossen sie, sich an der Bar mit Getränken einzudecken und danach den Auftritt der Band von der Galerie aus zu verfolgen.

Begleitet von einem höllischen Applaus, gefolgt von Jubelschreien, trat die Band auf die Bühne.

»Danke für eure super Stimmung. Wir hoffen, dass ihr nach unserem Auftritt genauso gut drauf seid.«

Wieder hallte ein ohrenbetäubender Beifall durch den Club.

Nadine fand die Geschichte von dem Adlerbaby passabel, wenn sie allerdings bedachte, wie Casey lebte, erlosch jeglicher Gedanke an Freiheit in ihr. Aber das konnte sie ihr schlecht erzählen, es hätte nur ihre Gefühle verletzt.

»Casey, ich …«, setzte sie an, bis ihre neu gewonnene Freundin ihr ins Wort fiel.

»Nein, sag nichts! Ich kann mir denken, was dir auf dem Herzen liegt.« Sie schaute Nadine in die Augen. Dort sah sie den fragenden Ausdruck. »Nun, ich gebe zu, dass meine Wohnung nicht gerade ein Palast ist, aber ich fühle mich hier wohl.«

»Ich habe nichts gegen deine Wohnung oder deinen Lebensstil«, gestand Nadine, obwohl das kaum der kompletten Wahrheit entsprach. Aber das musste Casey ja nicht erfahren.

»Ehrlich. Ich habe am eigenen Leibe zu spüren bekommen, wie ungerecht die Welt, das Leben, sein kann.« Sie holte tief Luft und fuhr fort: »Das war nicht eine meiner besten Erfahrungen in meinem bisherigen Leben. Doch nun lass uns lieber über etwas anderes reden!«

Hastig leerte Nadine ihr Glas in einem Zug.

»Ich könnte jetzt auch ein Bier vertragen, wenn du noch eins hast.«

»Klar. Ich hole schnell eins«, entgegnete Casey fröhlich, die sich sogleich ein Zweites mitbringen konnte.

»Das ist der richtige Zeitpunkt, um zu verschwinden«, dachte Nadine.

Zwar wusste sie nicht, warum sie auf einmal diesen Drang verspürte, aber was sie mit Bestimmtheit sagen konnte, war, dass er immer größer wurde. Nur machte Casey ihr einen Strich durch die Rechnung, indem sie schneller als erwartet zurückkam.

»Danke«, heuchelte Nadine mit gestelltem Grinsen im Gesicht.

»Du siehst bedrückt aus. Was ist los? Du kannst es mir ruhig sagen.«

Nadine schüttelte geistesabwesend den Kopf. »Nein, es ist nichts. Vielleicht sollte ich … besser gehen.«

Irgendetwas stimmte nicht mit ihrer neuen Freundin, und Casey wollte Nadine auf keinen Fall ohne eine Erklärung ziehen lassen. »Ich sehe, dass mit dir was nicht okay ist. Hey, wofür sind Freundinnen denn da? Also raus damit! Was ist los? Du kannst mir vertrauen.«

Nadine nickte resigniert und begann, Casey die Geschehnisse von Anfang an zu erzählen.

Nachdem sie sich Casey anvertraut hatte, fühlte sie eine innere Zufriedenheit, die sie wieder aufatmen ließ, wie eine Last, die von ihren Schultern genommen worden war.

»Ich kann verstehen, warum du mir nicht gleich davon erzählen wolltest. Wenn ich ehrlich bin, hätte ich ebenfalls gezögert, immerhin kennen wir uns erst seit ein paar Stunden. Doch wenn du jemanden zum Reden brauchst, weißt du, wo du mich finden kannst. Egal, zu welcher Tageszeit.«

Das Angebot war zwar sehr zuvorkommend, nur wusste Nadine nicht, ob sie es annehmen sollte. »Danke.« Verlegen sah sie auf den Boden, wobei ihr Blick zufällig auf ihre Armbanduhr fiel.

Es war bereits halb eins. »Höchste Zeit, nach Hause zu gehen«, dachte sie. »Ich sollte jetzt gehen, sonst flippen meine Eltern noch völlig aus.«

Sichtlich enttäuscht über die Entscheidung ihrer Freundin, prostete Casey ihr zu und leerte anschließend ihre Flasche. »Wenn du willst, kann ich dich wie versprochen nach Hause bringen.«

Nadine schüttelte den Kopf, gleichzeitig stellte sie ihre leere Bierflasche auf dem Wohnzimmertisch ab. »Ich werde lieber ein Taxi nehmen.« Sie stand auf. »Könnte ich wohl dein Telefon benutzen?«

»Dieses Mauerblümchen Judy«, dachte Amanda, »muss

sich gleich wieder verdrücken, wenn es nicht so läuft, wie sie es sich vorstellt.«

Sie bahnte sich einen Weg durch die aufgebrachte Masse, die vor dem Eingang gegen die Türsteher anging, um zu ihrem Wagen zu gelangen. Alles, was sie wollte, war, so schnell wie möglich zu verschwinden.

Der Club widerte sie an, im Augenblick jedenfalls. Normalerweise verließ sie ihn nie ohne einen männlichen Begleiter.

Frustriert raste sie mit quietschenden Reifen vom Gelände, was beinahe einem Fußgänger das Leben gekostet hätte.

»Fahr lieber Fahrrad!«, schrie der unter Schock stehende Mann hinter Amanda her, die jedoch keine Notiz davon nahm, sondern ihre Fahrt Richtung Innenstadt fortsetzte.

»Ich könnte jetzt gut einen Whisky vertragen«, dachte sie, »danach geht es mir bestimmt besser. Nur müsste ich dafür hier links ab!«

Die Straße war zum Glück nicht stark befahren, sodass sie das Bremspedal bis zum Anschlag durchtrat und das Lenkrad ruckartig nach links herumriss. Der Wagen reagierte sofort und schlitterte um die Kurve.

Sie fühlte sich wie bei einer Verfolgungsjagd. Ihr Herz fing an, gegen den Brustkorb zu hämmern, gefolgt von einem weiteren Adrenalinstoß, der sie veranlasste, den Wagen noch einmal zu beschleunigen. Wie von einer Hornisse gestochen, trat sie auf die Bremse.

»Shit, shit!«, fluchte sie vor sich hin, da sie soeben an dem Laden vorbeigerast war. Ohne Rücksicht auf Verluste legte sie den Rückwärtsgang ein, um das kurze Stück zurückzusetzen. Endlich am Ziel.

Sie schaltete den Wagen aus und verließ ihn noch im selben Augenblick. Wie üblich hatte es sich ein Obdachloser vor dem Eingang gemütlich gemacht, in der Hoffnung, dass ihm jemand ein bisschen Geld gab. Unbeeindruckt betrat Amanda den Laden, sie konnte ohnehin nichts mit Bettlern anfangen.

Freundlich begrüßte sie den Inhaber, der an der Kasse stand, mit einem: »Guten Abend, Carl.«

Durch ihre vielen Besuche waren die beiden sich nähergekommen. Er hatte zwei Kinder, über die er nicht sehr gerne sprach, aus welchem Grund, wusste sie nicht. Seine Frau war vor einigen Jahren an Krebs erkrankt und letztes Jahr gestorben. Nun lebte er allein.

»Hi, Amanda! Das Übliche?«

Sie nickte und ging zielstrebig zu dem Regal mit dem Jack Daniels-Whisky. Ehrfürchtig nahm sie eine Flasche des bernsteinfarbenen Getränkes heraus. »Könntest du die Flasche bitte auf meine Karte schreiben?«

»Längst geschehen. Aber …, trink nicht alles auf einmal aus!«

Beide mussten unweigerlich lachen.

Zum Abschied winkte sie ihm zu, bevor sie den Laden verließ.

Erleichtert ließ sie sich hinters Steuer sinken und öffnete die Flasche. Wie ein Weinkritiker inhalierte sie den ersten Duft, den der Whisky verströmte. Der Geruch war überwältigend. Jetzt wollte sie mehr, also nahm sie einen Schluck und verschloss anschließend die Flasche. Das reicht für den Anfang, dachte sie, sonst ist die Flasche gleich leer.

Kurze Zeit später startete sie den Motor und machte sich auf den Weg zu ihrem Zufluchtsort.

Clara wanderte im Wohnzimmer auf und ab, was ihrem Mann allmählich sämtliche Nerven raubte. »Es ist viertel vor eins. Normalerweise ruft sie an, wenn sie später kommt. Das ist nicht Nadines Art! Sie weiß ganz genau, dass ich mir Sorgen um sie mache! Jetzt sag halt auch mal was!«

Anthony überlegte gut, wie er auf die Ausführungen seiner Frau reagieren sollte, denn wenn er etwas Falsches sagte, würde sie mit Sicherheit komplett die Beherrschung verlieren und vielleicht sogar die Polizei anrufen. »Beruhige dich erst mal! Sie ist alt genug, um auf sich selbst aufzupassen. Außerdem …«

Mit einer mahnenden Handbewegung brachte Clara ihn zum Schweigen. »Das heißt aber nicht, dass ich mir keine Sorgen machen darf. Was, wenn sie untergetaucht ist und erst wiederkommt, sobald Gras über die Sache gewachsen ist? Es könnte auch gut sein, dass wir sie nie wiedersehen!«

Sie brach abrupt ab und bedeutete ihrem Mann, ebenfalls keinen Ton von sich zu geben.

Da war das Geräusch wieder.

Irgendjemand schloss die Apartmenttür auf.

»Nadine, bist du das?«, rief sie erwartungsvoll durch die Wohnung.

»Ja, Mom. Ich bin's!«

»Nadine!« Clara rannte sofort auf ihre Tochter zu und nahm sie in den Arm. »Wir haben uns solche Sorgen um dich gemacht. Geht es dir gut?«

Überrannt von den Gefühlen ihrer Mutter, nickte Nadine vorsichtig, bevor sie eine Antwort in Erwägung zog. »Ja, nur was ist eigentlich los? Ist jemand gestorben?«

Das entsetzte Gesicht ihrer Mutter holte sie schnell auf

den Boden der Tatsachen zurück. »Oh! Sorry, war nicht so gemeint.«

»Nein. Schon in Ordnung, Liebes. Wir haben uns Sorgen um dich gemacht, deshalb fand ich deinen Scherz nicht ganz so amüsant. Ich meine …, du hättest ja auch …, weil du nicht angerufen hast.«

Allmählich verstand Nadine das Verhalten ihrer Mom. Sie mussten zu dem Schluss gekommen sein, dass sie sich etwas antun würde. »Mom, du weißt doch, dass ich so eine Dummheit nie machen werde. Das ist nicht mein Stil.«

Clara nickte zustimmend.

»Ich werde dann mal schlafen gehen.«

Während sich Nadine ihren Träumen hingab, kämpfte Amanda mit der harten Wirklichkeit, was ihr schließlich zum Verhängnis werden sollte.

Ihr geheimer Zufluchtsort war ein abgelegener Platz auf Long Island, von dem man eine hervorragende Aussicht auf die Bucht von Manhattan und die Freiheitsstatue hatte.

Wie jedes Mal, wenn sie ihren Ort aufsuchte, prostete sie ›Elli‹ mit der Flasche Whisky zu. »Du lässt mich nie im Stich, habe ich recht? Ich meine, egal, was passiert war, habe ich dich an deinem Platz gefunden. Ich konnte dir alles anvertrauen und danach ging es mir besser. Aber ich befürchte, dieses Mal wirst du mir nicht helfen können, oder?«

Sie nahm einen großen Schluck Whisky, bevor sie fortfuhr. »Nein! Ich fürchte, niemand kann mir helfen. Die Suppe werde ich wohl allein auslöffeln müssen.«

Gelassen stieg sie aus dem Wagen und ging ein paar Schritte Richtung Wasser. »Nur wie komme ich aus der

Sache raus?« Hilfesuchend blickte sie in den sternenklaren Himmel, bis ihr endlich die Lösung für all ihre Probleme einfiel. »Man sagt, dass der Alkohol einen auch umbringen kann! Vielleicht stimmt das in gewisser Weise.«

Auf dem Rückweg zum Wagen leerte sie die Flasche mit einem hämischen Grinsen in einem Zug und öffnete anschließend die Beifahrertür. Aus dem Handschuhfach holte sie einen Block samt Kugelschreiber heraus.

Eifrig fing sie an, ihre Gedanken niederzuschreiben, wobei einzelne Tränen ihr Gesicht hinunterrannten und den Worten so mehr Bedeutung verliehen, indem die Farbe ein bisschen verlief. Zum Schluss legte sie den Block oben auf das Armaturenbrett.

Jetzt fehlte nur noch ein kleines Detail zur Vollendung ihres Planes.

Schwungvoll zerschmetterte sie die Flasche am Türrahmen, wodurch dutzende Scherben zu Boden rieselten.

Mit leicht zitternder Hand nahm sie eine der größeren Scherben und schnitt sich die Pulsadern beider Handgelenke auf.

»Das war's also. Goodbye schöne Welt. Ich hof …fe …«

Es fiel ihr schwer, die Augen offen zu halten, sie fielen ihr immer wieder zu. Und mit einem Mal war alles schwarz um sie herum. Sie driftete in eine nicht enden wollende Bewusstlosigkeit, wobei ihr lebloser Körper langsam im Autositz zusammensackte.

Die ersten Sonnenstrahlen erhellten den Platz und nahmen Amanda mit auf ihre letzte Reise

Kapitel 5

Die Nacht war wieder einmal viel zu schnell vorüberge-
gangen, jedenfalls kam es Nadine so vor. Zu allem Überfluss öffnete ihre Mutter gerade klopfend die Tür.

»Aufstehen, Liebling!«

Als Nadine nicht darauf reagierte, setzte sich Clara auf
das Bett und rüttelte ihre Tochter einmal richtig durch.
»Du weißt doch, dass wir heute Morgen einen Termin
beim Rechtsanwalt haben. Also komm! Das Frühstück
steht schon auf dem Tisch.«

Widerwillig blinzelte Nadine mit den Augen. »War
das wirklich heute, dass wir zu diesem Rechtsverdreher
müssen?«

Ihre Mutter antwortete ihr nicht, sondern verließ stattdessen das Zimmer.

Wie gerne wäre Nadine im Bett geblieben, aber der Termin war wichtiger, er könnte immerhin ihre Zukunft retten.

Eine halbe Stunde später stand sie frisch geduscht und
angezogen in der Küchentür.

»Morgen.«

Erschrocken fuhr ihr Vater hinter der Zeitung, zusammen. »Du hast mich ganz schön erschreckt. Nun setz dich erst mal hin und frühstücke in Ruhe!«

Nadine setzte sich noch etwas träge zu ihm an den Tisch. »Ich kann jetzt unmöglich essen«, dachte sie. Die Vorstellung an den bevorstehenden Besuch bei dem Anwalt hatte ihr dermaßen auf den Magen geschlagen, dass ihr der Appetit gänzlich vergangen war. Allerdings konnte ein Kaffee ihren vernebelten Geist wieder auf Vordermann bringen.

»Steht irgendwas Interessantes in der Zeitung?«, fragte sie ihren Stiefvater, während sie einen Schluck Kaffee zu sich nahm.

»Du bist nicht in den Schlagzeilen, wenn es das ist, was du meinst«, scherzte er.

Nadine fand das jedoch nicht so komisch, trotzdem musste sie unweigerlich über seine Bemerkung lächeln. »Das war aber unterhalb der Gürtellinie«, gab sie zurück.

»Das war es nicht«, protestierte er. »Ich überlasse dir gerne die Zeitung, damit du selbst die Schlagzeilen lesen kannst.«

Er hielt ihr die Zeitung direkt vor die Nase, doch sie schüttelte dankend den Kopf und trank lieber einen weiteren Schluck. »Wenn du nicht willst, kann ich auch nichts dafür. Nur beschwer dich später nicht!«

Sie machte eine abfällige Handbewegung und trank ihren Kaffee aus.

»Anthony, ich wäre so weit.«

Dieser legte die Zeitung auf den Tisch. »Na dann los, sonst kommen wir noch zu spät.«

Es war elf Uhr, als sie die Kanzlei betraten. Leider eine halbe Stunde zu spät.

Sie hatten nicht mit einem derart großen Stau gerechnet, der ihre Fahrt zur 7th Avenue so verzögerte.

Clara hoffte inständig, dass Mr. Jones ihre Verspätung entschuldigen würde.

Die Kanzlei Jones & Partner befand sich im Erdgeschoss eines vierstöckigen Bürokomplexes. Das Gebäude war bereits etwas älter, was man an der Baustruktur sowie an einigen Rissen, die die Front zierten, sehr gut erkennen konnte.

Clara hatte die Räumlichkeiten ihres Anwalts noch nie zuvor betreten, und so staunte sie nicht schlecht über die Ausstattung, die wohl ein kleines Vermögen gekostet haben musste. Überall standen rustikale Mahagoni-Möbel, mit Ausnahme des Glastisches, auf dem sich einige Zeitschriften stapelten.

Die Sekretärin, die hinter ihrem Schreibtisch saß, telefonierte angestrengt. »Verstehen Sie bitte die Lage meines Chefs. Er kann … Ja, er wird Sie zurückrufen.« Kopfschüttelnd legte sie auf. »Was kann ich für Sie tun?«

Clara war etwas nervös. Für einen Augenblick kam es ihr so vor, als hätte es ihr die Sprache verschlagen. »... Guten Morgen. Wir haben einen Termin bei Mr. Jones, Familie Mackintosh.«

Nach kurzem Suchen in ihrem Terminkalender strich die Sekretärin einen Namen durch. »Bitte nehmen Sie einen Moment Platz! Mr. Jones wird Sie gleich empfangen.« Sie wies auf die Sitzreihe neben dem Glastisch.

Doch bevor sie sich hinsetzen konnten, fing sie ihr Anwalt an seiner Bürotür ab. »Mr. und Mrs. Mackintosh, Nadine. Darf ich Sie hereinbitten?«

Ohne zu zögern, folgten sie seiner Aufforderung.

Der Raum war wie der Rest der Kanzlei mit rustikalen Möbeln ausgestattet. Ein großer Schreibtisch, auf dem ein heilloses Durcheinander herrschte, stand in der Mitte. Überall lagen Gesetzesbücher und Akten herum. Genauso hatte sich Clara das Büro eines Rechtsanwalts vorgestellt.

Clark Jones nahm hinter seinem Schreibtisch Platz. »Bitte setzen Sie sich!«

Das ließen sich die drei nicht zweimal sagen.

»Ich will ehrlich zu Ihnen sein. Im Moment sieht es gar nicht gut aus.« Er wandte sich direkt an Nadine. »Eben erfuhr ich, dass die Polizei heute Morgen zwei Zeugen vernommen hat, die schwören, Sie am Tatort gesehen zu haben. Daraufhin hat die Staatsanwaltschaft Anklage erhoben. Am zehnten August ist die Verhandlung. Sollten die Zeugen ihre Aussagen vor Gericht bestätigen, stehen unsere Chancen ziemlich schlecht, zumal Sie kein wirkliches Alibi für die Tatzeit haben. Die DNA-Spuren sind auch nicht so ohne.«

Nadine wollte gerade etwas auf diese Feststellung hin erwidern, doch Mr. Jones bedeutete ihr, noch einen Moment zu warten. »Was ich sagen wollte, war, dass der Richter und die Staatsanwältin Ihre Aussage bezüglich des Alibis nicht glauben werden, da Sie niemand auf Ihr Zimmer begleitet und sich während der Tatzeit bei Ihnen aufgehalten hat. Sollten dann noch die zwei Zeugen glaubwürdig erscheinen, ist Ihre Aussage nichts mehr Wert. Aber ich verspreche, dass ich mir diese Zeugen gründlich vornehmen werde.«

»Wie kann das sein? Ich meine, es kann mich keiner gesehen haben, da ich nicht dort war, sondern zu Hause. Das heißt, dass die Zeugen lügen, nur warum machen sie das? Ich habe ihnen nichts getan. Ich kenne sie mit Sicherheit noch nicht einmal. Also was soll das?«

»Nun, wie es im Moment aussieht, würde ich sagen, dass es sich vielleicht um eine Verwechslung handelt. Sie sind immerhin die Hauptverdächtige und leider auch die Einzige mit einem ersichtlichen Motiv. Deshalb wird die Polizei nicht weiter nachforschen. Die sind von Ihrer Schuld überzeugt.«

Nadines bedrückter Gesichtsausdruck ließ ihn kurz innehalten. »Das muss nicht unbedingt negativ für uns sein. Ganz im Gegenteil. Wenn die Staatsanwaltschaft keine weiteren Nachforschungen anstellt und wir es schaffen, die Zeugen zu verunsichern, haben wir so gut wie gewonnen.«

Ein hinterhältiges Lächeln huschte über Nadines Gesicht. »Na, dann sehen Sie zu, dass Sie etwas finden, um die Aussagen der Zeugen zu entkräften.« Nach dieser langen Zeit der Verzweiflung spürte sie endlich wieder einen Hauch von Hoffnung in sich aufkeimen, die allerdings nicht lange anhielt. »Was ist denn mit den anderen Beweisen?« Leider nahmen die Erwachsenen von ihrem Einwurf keine Notiz.

»Sie sind sicher, dass Sie unsere Tochter aus diesem Schlamassel herausbekommen?«, fragte Clara vorsichtig.

Clark nickte zuversichtlich. »Ja.«

Daraufhin meldete sich auch Anthony, der die ganze Zeit das Gespräch still beobachtet hatte. »Ich hoffe für Sie, dass es wirklich so einfach ist. Ansonsten lernen Sie …«

Clara legte ihre Hand auf die seine und ergriff für ihn das Wort. »Was mein Mann sagen wollte, war, dass Sie Ihr Bestes geben sollen. Wir legen das Leben und die Zukunft unserer einzigen Tochter in Ihre Hände. Ich hoffe, Sie verstehen unsere Sorge. Es ist wohl besser, wenn wir jetzt gehen. Die Verhandlung ist bereits in vier Tagen. Sie haben bestimmt noch viel Arbeit vor sich.«

Gleichzeitig standen alle auf.

»Wir sehen uns bei der Verhandlung«, sagte Nadine, für ihre Eltern mitsprechend.

»Ja. Bis dann«, bestätigte Clark Jones.

Auf dem Weg nach Hause sagte niemand etwas. Es war buchstäblich die Ruhe vor dem Sturm, nur dass dieser erst in vier Tagen seine volle Stärke entfalten würde.

Nadine fühlte sich zu ihrer Verwunderung entspannt und gelassen, genau in der richtigen Stimmung, um ihre gestrige Shopping-Tour fortzusetzen. Zum Glück hatte sie ihr Handy eingesteckt.

»Hallo?«, drang es verschlafen an ihr Ohr.

»Casey, ich bin's, Nadine.«

Am anderen Ende hörte sie ein Rascheln. »Hi, Nadine. Schon so früh auf den Beinen? Es ist doch erst, oh …, halb zwölf.«

Eine kurze Pause entstand zwischen den beiden, bevor Nadine das Gespräch wieder an sich zog. »Was hältst du davon, wenn wir Shoppen gehen?«

Casey musste nicht lange überlegen, immerhin hatte sie heute einen freien Tag. »Wann soll ich dich abholen?«

Bevor Nadine darauf antwortete, fuhr sie in Gedanken die verbleibende Strecke nach Hause ab. So berechnete sie die ungefähre Fahrzeit. »Ich schätze, wir werden in 15 Minuten zu Hause sein.«

Wieder hörte sie am anderen Ende ein Rascheln. »Das müsste ich schaffen. Ach, wenn du nichts dagegen hast, könnten wir zusammen zu Mittag essen. Ich bin nämlich eben erst aufgestanden und mein Magen knurrt wie verrückt.«

Ausgelöst durch Caseys Worte, meldete sich auch Nadines Magen. »Einverstanden. Also bis gleich.«

Sie trennte die Verbindung.

Casey saß bereits wartend auf der Motorhaube ihres Wagens, als die Mackintoshs eintrafen.

Schnell verabschiedete sich Nadine von ihren Eltern und ging zu ihrer Freundin. »Wollen wir dann los?«, fragte diese.

Roseanne Higgs machte sich langsam Sorgen um ihre Tochter Amanda, die letzte Nacht nicht in ihrem Bett verbracht hatte. Diese Tatsache war zwar nichts Ungewöhnliches, da sie öfter bei Freundinnen blieb oder sich sonst wo herumtrieb. Nur diesmal war es anders, das konnte sie förmlich spüren.

Ihr Mann, David, versuchte, sie den ganzen Morgen über zu beruhigen, leider ohne Erfolg. Auch er kannte seine Tochter und ihre Eigenheiten. »Schatz, sie ist nicht zum ersten Mal über Nacht weggeblieben, ohne sich zu melden. Wie oft hat sie uns gesagt, dass wir sie nicht mehr wie ein kleines Mädchen behandeln sollen?«

Eine kleine Pause entstand zwischen den beiden, bevor Roseanne resigniert nickte. »Vielleicht mache ich mir nur unnötig Sorgen. Ich meine, sie ist immer wieder zu uns zurückgekehrt.«

Die beiden Freundinnen hatten ihr erstes Ziel erreicht.

Es handelte sich um ein Fast Food-Restaurant der Fresh-BurgerStyle-Kette in der Beaver Street. Sie fuhren direkt an den Drive-in-Schalter, wo Casey ihre Bestellung – zwei Cheeseburger, zweimal Pommes mit Mayo und zwei Cola – aufgab.

Kurze Zeit später hielt jede ihren Cheeseburger in der Hand. Der Duft der frisch zubereiteten Burger und Pommes erfüllte den Innenraum des Wagens.

Das Verlangen nach mehr überwältigte Casey. Sie schaffte es gerade noch, den Wagen auf dem Parkplatz ordentlich in eine Parklücke zu steuern, bevor sie gierig ihr Essen herunterschlang, ohne es im Entferntesten richtig zu genießen.

Nadine versuchte, es ihr gleich zu tun, scheiterte jedoch bereits beim zweiten Bissen. »Ich glaub' mein Appetit ist größer gewesen als mein Magen.«

»Kann ich dann deine Pommes haben?«

Zuvorkommend hielt Nadine ihr die Packung entgegen. Gierig machte sich Casey über die verbliebenen Pommes her.

»Jetzt fühle ich mich fit genug, um shoppen zu gehen.«

Clark Jones traf sich derweil mit der Staatsanwältin, Lucy Taylor, zum Lunch, um über den Fall Mackintosh zu sprechen.

Das Lokal war für diese Uhrzeit erstaunlich leer, was ihrer Unterhaltung nur zugutekam.

»Was darf ich Ihnen zu trinken bringen?«, fragte ein übereifriger Kellner an Clark gerichtet.

»Wir nehmen einen Rotwein«, entschied er für sie beide.

Die Bestellung auf einen Block notierend, verließ der Kellner die beiden wieder in Richtung Küche.

Nun waren sie ungestört.

»Lucy, Sie können sich bestimmt denken, warum ich Sie zum Lunch eingeladen habe. Darum möchte ich gleich zur Sache kommen.«

Bevor er fortfahren konnte, legte Lucy ihm eine Mappe mit Unterlagen, die sie aus ihrer Aktentasche hervorholte, vor die Nase. »Das sind die Unterlagen, die Sie so interessieren.«

Hastig überflog Clark die Papiere. »Zugegeben, gibt es da eine Kleinigkeit, die mich bereits die ganze Zeit beschäftigt. Warum sind die Zeugen erst jetzt zu Ihnen gekommen und nicht gleich nach der vermeintlichen Tat?«

Man konnte seiner Kollegin ansehen, dass er sie mit seiner Frage in die Ecke drängte, allerdings nutzte es ihm zu diesem Zeitpunkt wenig. Vor Gericht musste er sie so einschüchtern, doch bis dahin war sie bestimmt auf diese Fragen vorbereitet.

»Vielleicht haben sie im ersten Augenblick nicht an ein Vergehen gedacht und wurden erst durch den Zeitungsbericht über den Mord informiert.« Schulterzuckend nahm sie einen Schluck Rotwein zu sich, den der Kellner gerade serviert hatte. »Aber eigentlich ist es mir egal, immerhin sind sie zur Polizei gegangen und machten dort ihre Aussage.«

Casey hatte am Straßenrand der 8th Avenue, Ecke West 46th Street, eine Parklücke entdeckt, die sie umgehend für sich beanspruchte. »Da haben wir echt Glück«, gab sie zu. »Einen besseren Platz als diesen werden wir bestimmt nicht finden.«

Sie schaltete den Motor aus.

»Wollen wir mit unserer Tour loslegen?«

»Ich hatte befürchtet, du würdest nie fragen.«

Während Casey auf eine Lücke in der Blechlawine warten musste, öffnete Nadine die Tür und stieg aus.

Kurze Zeit später sah Casey eine Chance, auszusteigen, die sie dementsprechend nutzte.

»Ich würde sagen, dass wir zuerst über den Time Square gehen, Richtung Rockefeller-Center«, schlug Nadine vor. »Dort ein paar Geschäfte durchstöbern und auf dem Rückweg die 7th Avenue unsicher machen.«

Casey gefiel der Vorschlag auf Anhieb. »Auf geht's!«

Seite an Seite marschierten sie auf ihr erstes Ziel zu.

»Sag mal, Casey, wo wollen wir überhaupt anfangen, wenn wir den Square erreichen?«

»Nun ich würde sagen, dass wir, …« Auf der gegenüberliegenden Straßenseite entdeckte Casey eine ihr bekannte Person, der sie gekonnt den Rücken zudrehte. »Lass uns ganz schnell weitergehen! Bitte!«

»Was ist los?«

Casey deutete mit einem Kopfnicken auf die andere Straßenseite. »Das ist eine alte Bekannte von mir. Ihr Name ist Marcey Henning. Wir waren damals auf der High School in einer Klasse. Ich habe dir von meinen kleinen Drogeneskapaden erzählt. Sie war eine aus der Clique. Nur was macht sie jetzt hier? Eigentlich wollten alle nach Miami!«

»Meinst du, sie sind dir nach New York gefolgt?«, wollte Nadine wissen.

»Das wäre möglich. Immerhin haben sie das damals nicht so hingenommen, dass ich gegangen bin. Vielleicht wollen sie sich an mir rächen.« Aus den Augenwinkeln heraus konnte Casey gerade noch erkennen, dass Marcey die Straße überquerte und auf sie zusteuerte.

Diese Tatsache löste eine unbehagliche Vorstellung in Nadines Kopf aus, in der sie als Ringrichterin der beiden fungierte, wenn sie nicht schnell handelte. »Ich würde vorschlagen, wir …«

»Casey!!« Erwartungsvoll wartete Nadine auf die Reaktion ihrer Freundin, die den Ruf anscheinend ignorierte und sich stattdessen in Bewegung setzte.

Mit großen Schritten nahm Nadine die Verfolgung auf.

»Casey, jetzt warte doch mal! Bitte. Wir werden dich sowieso finden, egal, wo du dich versteckst!«, rief Marcey ein letztes Mal, jedoch ohne Erfolg. Enttäuscht über ihren Fehlschlag, gab sie auf.

»Ich glaube, wir haben sie abgehängt«, bemerkte Nadine beiläufig und blieb stehen.

»Du hast recht. Sie muss wohl eingesehen haben, dass sie nicht erwünscht war. Dann lass uns trotzdem schnell weitergehen.«

Nach wenigen Minuten war ihr Ziel, der Time Square, erreicht, wo sich Dutzende von Reisegruppen tummelten.

»In welches Geschäft wollen wir zuerst gehen?«, fragte Nadine ungeduldig.

»Wenn ich ehrlich bin, ist mir die Lust am Shoppen vergangen«, gab Casey zu. »Ich meine, wir könnten über den

Broadway gehen und danach von der West 49th Street wieder zurück auf die 8th Avenue zum Auto.«

Nadine war über die Antwort ihrer Freundin nicht besonders glücklich, aber sie wollte nicht mit ihr streiten. »Wir können auch ein anderes Mal shoppen.«

Casey nickte zustimmend. »Klar.«

Ihr Spaziergang verlief ohne weitere Zwischenfälle, bis sie zum Parkplatz kamen. Aber dort, wo sie den Wagen ursprünglich abgestellt hatten, fanden sie nun ein anderes Fahrzeug vor. »Das gibt's nicht! Wer hat meinen Wagen gestohlen?«

Wie der Zufall es wollte, kontrollierte gerade ein Polizist die geparkten Fahrzeuge.

»Officer!«, rief Casey dem Mann aus einiger Entfernung zu. »Haben Sie zufällig einen schwarzen Ford Mustang gesehen, der hier stand?«

Der Polizist überprüfte sein Bündel Strafzettel. »Kann es sein, dass Ihr Wagen dort parkte?« Er zeigte auf einen weißen Chevy, der auf ihrem vorherigen Parkplatz stand.

Leicht zögernd nickte Casey zustimmend.

»Tja, was soll ich Ihnen sagen? Der Wagen ist auf der Verwahrungsstelle, da Sie falsch geparkt und so die Zufahrt für den Krankenwagen blockiert haben. Der Parkplatz ist für einen Anwohner gedacht, wie man auf dem Schild unschwer erkennen sollte. Aber das passiert hier laufend, dass die Leute einfach den Platz belegen und sich nachher über den Strafzettel und die Kosten aufregen.« Er reichte ihr einen der Durchschläge. »Wir waren doch gerade bei dem besagten Zettel. Damit können Sie Ihr Fahrzeug wieder auslösen. Nächstes Mal achten Sie besser darauf, wo Sie Ihren Wagen abstellen. Ich wünsche dennoch einen schönen Tag.«

Bevor Casey richtig reagieren konnte, war der Polizist bereits weitergegangen. »Shit! Jetzt ist er einfach in irgendeine Seitenstraße verschwunden. Dabei wollte ich wissen, wie viel ich bezahlen muss.«

Nadine entdeckte den Polizisten, wie er einen weiteren Strafzettel an eine Windschutzscheibe heftete. »Äh, Casey ...« Kurzerhand entschloss sie sich, Casey lieber nichts von ihrer Entdeckung zu erzählen. »Wir können doch auf der Verwahrungsstelle fragen, was du blechen musst. Ich bezahle den Wisch natürlich.«

Ihre Freundin stimmte ihr zu. »Okay!«

Sie wollte gerade Richtung Bushaltestelle gehen, als Nadine sie am Arm packte. »Lass uns das Taxi nehmen«, scherzte sie und zeigte auf den Abschleppwagen, der sich in dem Moment vor den Chevy setzte. »Ich schätze, wenn wir den Fahrer höflich bitten, wird er uns bestimmt mitnehmen.«

Gemütlich gingen die beiden auf den Wagen zu, um den Fahrer nicht von seiner Arbeit abzulenken. »Entschuldigung, könnten Sie uns wohl mit zur Verwahrungsstelle nehmen? Mein Auto wurde vorhin abgeschleppt.«

Der Fahrer schaute sich die beiden jungen Damen ausgiebig an. »Springt rein!«

»Danke«, bemerkte Nadine beiläufig.

Die Fahrt verlief weitgehend schweigend, nur hin und wieder wurde der Fahrer von seiner Einsatzzentrale angefunkt, was Nadine wenig ausmachte, da sie während der ganzen Tour ihren Gedanken nachhing.

»Hey, was ist los?«, fragte Casey neugierig. »An was denkst du gerade?«

Erschrocken fuhr Nadine zusammen, als ihre Freundin sie leicht am Arm berührte. »Hm. Ich habe dich nicht richtig gehört. Ich war wohl mit meinen Gedanken woanders.«

Casey nahm es ihr nicht übel, sie wäre selbst gerne ihren Gedanken nachgegangen, nur dafür war sie viel zu verärgert. Allein die Vorstellung an das bevorstehende Ereignis bereitete ihr Magenscherzen.

»Ach, nichts.«

Nadine zuckte mit den Schultern und widmete sich wieder ihrer vorherigen Beschäftigung.

»So meine Damen, wir sind angekommen«, unterbrach sie der Fahrer, als er den Abschleppwagen auf den Hof der Verwahrungsstelle manövrierte.

Casey verließ dicht gefolgt von Nadine den Wagen, nachdem sie zum Stehen kamen.

»Ich würde gerne hier draußen warten. Im Moment kann ich keine Cops mehr sehen. Nimm erst mal dreihundert Dollar mit!«

Casey drehte sich zu ihr um. »Wie du willst.«

Sie machte auf dem Absatz kehrt und betrat das Gebäude, dessen Halle die gesamte Etage einnahm. An sechs Schaltern fertigten Angestellte im Minutentakt die Leute ab, um ein weiteres Anstauen der Schlangen zu verhindern.

Wie sehr wünschte sie sich, von jedem Anwesenden einen Dollar zu erhalten, damit sie ihren Wagen auslösen könnte, ohne das Geld ihrer Freundin annehmen zu müssen. Doch dieses Glück würde ihr nicht widerfahren, so sehr sie es auch hoffte.

Es dauerte eine Dreiviertelstunde, bis sie an der Reihe war. »Hallo.« Sie überreichte der Sachbearbeiterin den Strafzettel. »Ich möchte gerne meinen Wagen auslösen.«

Die Dame ging zu einem der Computer, die gegenüber dem Schalter auf Schreibtischen standen, wo sie die Nummer des Strafzettels eingab. Nach ein paar Sekunden sah sie alle relevanten Daten auf dem Bildschirm, die sie auf einem Quittungsbeleg ausdruckte. Mit diesem kam sie zu ihr zurück. »So, das macht insgesamt zweihundertzehn Dollar.«

Casey traute ihren Ohren nicht. »Das kann unmöglich so teuer sein«, dachte sie. »Da ist bestimmt etwas schiefgelaufen. Mein Wagen wurde nur abgeschleppt und nicht generalüberholt.« Innerlich spürte sie, wie der Zorn langsam die Kontrolle über sie gewann. »Können Sie nicht noch einmal nachrechnen?«

Die Dame tat, worum sie gebeten wurde, und nahm einen Taschenrechner zur Hand. »Es sind zweihundertzehn Dollar. Entweder Sie bezahlen oder der Wagen bleibt hier.«

Casey holte ein paar Mal tief Luft, um sich zu beruhigen. »Einen Moment«, bat sie, während sie das Geld von Nadine hervorholte. »So, zweihundertzehn Dollar«, sagte sie barsch und knallte die Scheine auf den Tresen. »Kann ich jetzt meinen Wagen aus der Haft befreien?«

»Die Kopie zeigen Sie dem Officer, der an dem Tor hinter dem Gebäude steht. Er wird Ihnen den Wagen wieder aushändigen.«

Frustriert stiefelte Casey mit dem Beleg hinaus, direkt in die Arme ihrer ungeduldig wartenden Freundin. »Ich habe gedacht, dass sie dich nicht mehr gehen lassen wollten«, scherzte Nadine.

»Sehr witzig. Wirklich! Aber mir ist das Lachen eben vergangen«, entgegnete Casey schroff.

»Tut mir leid. Ich wollte dich nicht kränken.«

»Dann lass uns meinen Wagen holen!« Sie zeigte links am Gebäude vorbei. »Wir müssen den Weg langgehen, um auf die Rückseite zu kommen.«

Das gesamte Ausmaß des Grundstücks wurde erst sichtbar, als sie den Parkplatz für die abgeschleppten und beschlagnahmten Fahrzeuge erreichten. Hier reihten sich rund fünfhundert Fahrzeuge neben- beziehungsweise hintereinander.

»Hoffentlich ist mein Mustang in diesem Getümmel«, dachte Casey überwältigt. Gleichzeitig steuerte sie auf den Officer zu, der an dem Pförtnerhäuschen Wache schob. »Entschuldigung. Ich möchte meinen Wagen wieder mitnehmen.«

Prüfend kontrollierte der Mann den Quittungsbeleg, den Casey ihm gegeben hatte. »Hmm … Scheint alles in Ordnung zu sein. Ihr Wagen ist erst vor einer halben Stunde hergekommen, daher können Sie ihn leicht finden. Er steht in der letzten Reihe.«

Der Officer betätigte einen kleinen roten Knopf, der sich hinter der Tür des Pförtnerhäuschens befand. Mit einem leisen Summen öffnete sich das Tor. »So, meine Damen, das hätten wir. Fahren Sie immer vorsichtig, und das nächste Mal parken Sie besser auf ausgewiesenen Parkplätzen!«

Ohne Kommentar ließ Casey den Mann stehen, während sie sich auf den Weg zu ihrem Fahrzeug machte, dicht gefolgt von ihrer Freundin.

Da stand er.

Casey öffnete den Wagen mithilfe der Fernsteuerung und stieg ein. »Haben sie dich auch gut behandelt?«, fragte sie ihren Mustang, der freudig bei dem ersten Startvorgang aufheulte.

»Hattest du vor, ohne mich zu fahren?«, wollte Nadine wissen, die sich in letzter Sekunde auf dem Beifahrersitz niedergelassen hatte.

»Wo denkst du hin? Ich würde dich nie im Stich lassen. Schon gar nicht an so einem Ort.«

»Na, dann lass uns verschwinden!« Ganz dem Wunsch von Nadine entsprechend, trat Casey das Gaspedal bis zum Anschlag durch, was den Wagen katapultartig vom Platz schießen ließ.

»Was wollen wir jetzt machen?« Casey warf einen kurzen Blick auf die Uhr, die in der Mittelkonsole des Armaturenbretts eingebaut war. »Ist es wirklich schon halb vier? Das kann nicht wahr sein. Der Tag ist fast vorüber, und wir haben noch nichts unternommen.« Sie dachte angestrengt nach. »Wir könnten nachher ein bisschen auf die Piste gehen, wenn du nichts anderes vorhast?«

Nadine gefiel die Idee auf Anhieb. »Klar! Ich hatte mir sowieso den Abend freigehalten.«

Zwar öffnete das CoCo erst in paar Stunden seine Türen, trotzdem beschloss Casey, ohne Umwege dorthin zu fahren.

»Wir können jetzt zum CoCo fahren und etwas spazieren gehen, um die Zeit totzuschlagen, bis wir letztlich hineindürfen.«

»Umso früher wir dort sind, desto bessere Plätze erhaschen wir«, stimmte Nadine ihrer Freundin zu, die bereits automatisch den Weg zum CoCo eingeschlagen hatte.

»Wir sind gleich angekommen. Noch ein paar Blocks, dann kann die Party losgehen.«

Das CoCo lag direkt vor ihnen.

Casey steuerte auf den sogenannten Parkplatz, auf dem bis jetzt nur die Fahrzeuge der Angestellten parkten, zu. Angesichts der vielen freien Plätze entschloss sie sich, in der hinteren Reihe zu parken, damit man später nicht im Getümmel warten musste. »Endlich hat man mal einen der begehrtesten Plätze erwischt.«

Gemeinsam stiegen sie aus und machten sich auf den Weg, einmal um den Block zu gehen, wie sie es sich vorgenommen hatten, damit sie pünktlich wieder am Eingang waren, sobald die Türen sich öffneten.

»Ich bin gespannt, welche Band nachher auftritt.«

Casey zeigte auf eine Anzeigetafel. »Wie es aussieht, ist diese Woche ›Hurricane‹ für die musikalische Unterhaltung zuständig.«

Der Name der Band war Nadine nicht geläufig, was sie aber nicht im Geringsten störte. Im Gegenteil, es weckte ihre Neugier auf etwas Neues.

Das Industrieviertel war nicht besonders gut durch Straßenlaternen erhellt, somit der ideale Ort für die Menschen, die es vorzogen, ihre Geschäfte im Dunkeln zu vollziehen, um keine Aufmerksamkeit auf sich zu lenken. Normalerweise mied Nadine diese Gegenden. Aber diesmal machte sie eine Ausnahme, denn niemand würde auf zwei Frauen losgehen, dachte sie. Oder doch?

Sie befanden sich bereits auf dem Rückweg, als eine Stimme sie aufforderte, stehen zu bleiben. Wie paralysiert gehorchten sie und sahen sich nach der Person um, die sie ansprach. Doch sie konnten niemanden sehen.

»Ich kriege euch alle, dann könnt ihr mir nie mehr entkommen«, drohte die Stimme, gefolgt von einem närrischen Lachen.

Nadine signalisierte Casey mit einem Augenwink, weiterzugehen und das Gerede nicht zu beachten.

»Hey, wollt ihr wohl gefälligst meinen Anweisungen folgen!«

»Darauf kannst du lange warten, du Spinner!«, rief Casey über ihre Schulter hinweg.

»Geh lieber zum Arzt, du Psycho!«, ergänzte Nadine.

Etwas außer Atem erreichten sie wieder den Parkplatz.

Erst jetzt traute Nadine sich, sich umzusehen, ob der Typ ihnen gefolgt war. »Er ist uns anscheinend nicht hinterhergerannt«, bemerkte sie erleichtert.

»Es wäre sehr leichtsinnig von ihm gewesen, uns zu verfolgen. Wir sind nicht mehr allein. Von Minute zu Minute kommen mehr Leute, um einen guten Platz zu ergattern, dah ...«

Nadine unterbrach sie. »Los! Sonst kriegen wir nachher die verhassten Plätze. Darauf hab' ich echt keinen Bock.«

Casey warf einen flüchtigen Blick auf ihre Uhr. »Es dauert noch zwanzig Minuten, bis sie die Türen öffnen. Die meisten sitzen sowieso in ihren Autos.«

Ihre Freundin nickte resigniert, hielt aber dennoch auf den Eingang zu, wo sich eine kleine Menschenschlange gebildet hatte, die ungeduldig dem Beginn des Einlasses entgegenfieberte. Ordnungsgemäß reihten sich die beiden hinter den anderen ein, wobei sie nach bekannten Gesichtern Ausschau hielten. Außer den zwei Türstehern, die von innen die Türen öffneten, war bis jetzt niemand unter den Anwesenden.

»Ihr könnt in fünf Minuten rein, also geduldet euch ein bisschen!«

Ein Raunen ging durch die Menge. Doch niemand machte Anstalten, sich in den Club zu stürzen.

Dann war es endlich so weit.

Die Schlange setzte sich in Bewegung, für zwei Schritte. Von vorne hörten sie, wie jemand die Türsteher anschrie und anschließend mit seiner Begleiterin aus der Masse trat. Nadine konnte den Mann verstehen, auch sie war ein paar Mal von den Türstehern zurückgewiesen worden, weil sie nicht entsprechend gekleidet war.

An diesem Abend würde ihnen das nicht passieren. »Hey, Michael, Steve. Wie geht's?«, fragte Nadine etwas anzüglich.

»Gut. Jetzt rein mit dir, sonst fangen die anderen hinter dir an, laut rumzuschreien!«, entgegnete Steve, der sie gleichzeitig weiterschob.

In der Haupthalle hielt Nadine sofort Ausschau nach den Plätzen, die sie zuvor im Geiste für sich reserviert hatte. Tatsächlich, sie waren noch frei. Hastig zog sie Casey hinter sich her, bis sie die Couch, die etwas versteckt am Rand der Tanzfläche in einer Art Nische stand, erreichten.

»Was darf ich euch bringen?«, fragte eine Kellnerin, die den beiden kaum Zeit ließ, sich entspannt hinzusetzen.

Angesichts der prompten Bedienung übernahm Casey diese Aufgabe. »Zwei Bier.«

Auf der Bühne war die Band mit den letzten Feinjustierungen der Instrumente beschäftigt, was die bisherigen Gäste nicht sonderlich störte. »Hallo, New York. Ich hoffe, ihr habt alle gute Laune mitgebracht und seid gut drauf! Wer uns nicht kennt, wird es nach diesem Abend bestimmt. Feiert schön und genießt unsere Musik!«, schrie Jerry, der Leadsänger, ins Mikrofon.

Die Menge klatschte und pfiff, um die Band willkommen zu heißen, woraufhin diese begann, ihren ersten Song zu spielen.

Bereits die ersten Töne reichten aus, die Menge noch mehr anzuheizen.

»Die Band ist verdammt gut, findest du nicht?«, rief Nadine ihrer Freundin zu.

Diese nickte rhythmisch mit dem Kopf. »Da stimme ich dir voll zu.«

Wie aufs Stichwort brachte ihnen die Kellnerin das langersehnte Hopfengetränk. Feierlich nahm Nadine ihre Flasche in die Hand. »Lass uns auf diesen Abend anstoßen, sodass er …, ach lass uns einfach nur anstoßen.«

Sie prosteten sich gegenseitig zu und tranken einen Schluck, anschließend hielten beide nach attraktiven jungen Männern Ausschau, die sie für diese Nacht als Abwechslung suchten. Doch in der bereits vertretenden Männerschar war nicht der Richtige für Nadine dabei.

»Das ist mal wieder typisch. Wenn ich auf Männerjagd bin, ist keiner dabei, der mir gefällt«, sagte sie leicht enttäuscht.

Casey wollte ihr gerade gut zureden, aber ihre Freundin wies sie mit einer Handbewegung an, zu schweigen. Stattdessen trank sie einen großen Schluck Bier.

»Schon gut. Vielleicht ist es im Moment besser, wenn ich in dieser Hinsicht eine Auszeit nehme.«

»Wir können uns ja auch so amüsieren«, schlug Casey vor und beschloss, an diesem Abend ebenfalls auf die Jagd zu verzichten.

Zwar war Nadine etwas überrascht über dieses Angebot, jedoch nicht abgeneigt, es anzunehmen. Sie konnte sich glücklich schätzen, eine Freundin zu haben, die auf sie Rücksicht nahm. Das hatte selbst ihre beste Freundin Amanda nie getan. Diese wäre, ohne zu zögern, mit dem nächstbesten Kerl losgezogen. Dennoch konnte sie mit ihr über alles reden, genauso wie mit Casey.

Die Türsteher mussten bereits nach einer Stunde einen Einlassstopp aussprechen, um die im Club befindlichen Besuchermengen unter Kontrolle halten zu können.

Nadine war gerne unter Menschen, aber das war selbst für sie zu viel, zumal sie so einen Ansturm in diesem Club bisher noch nie miterlebt hatte. Überall drängten sich die Leute aneinander vorbei, um zur Tanzfläche, Bar oder Toilette zu kommen. Doch sie wollte sich die Stimmung dadurch nicht ruinieren lassen. Stattdessen bestellte sie bei der abgehetzten Kellnerin ausreichend Nachschub.

»Casey, würdest du mich zum Gericht begleiten? Ich könnte eine Freundin gebrauchen, die mir zur Seite steht.«

»Wenn du es willst …, werde ich dich gerne begleiten«, stotterte Casey, die von dem Vertrauen ihrer neuen Freundin schlicht überwältigt war.

Ein Lächeln huschte über Nadines Gesichtszüge. »Danke.«

Das Klirren einer zu Bruch gegangenen Bierflasche

unterbrach das rege Treiben, und die umherstehenden Leute fingen an zu klatschen.

»Oh nö. Nicht das auch noch!«, stöhnte die Kellnerin und stellte die zwei Bier auf dem Tisch vor ihnen ab. »Das ist heute bereits das achte Mal, dass etwas zu Bruch geht.«

Leicht angewidert starrte Casey auf ihr Bier. »Ich glaube, ich habe ein Bier zu viel getrunken. Entschuldige mich kurz! Ich muss mal schnell aufs Klo.«

Nadine blieb nichts anderes übrig, als ihrer Freundin hinterherzuschauen.

Es dauerte nicht lange, bis Casey wieder neben ihr saß, mit einem blassen Gesicht, wie eine wandelnde Leiche. »Ich glaube es ist besser, wenn ich nach Hause fahre. Wenn du willst, kann ich dich wieder mitnehmen.«

Nadine war nicht sehr begeistert, von dem was sie hörte, aber sie wollte auch nicht allein zurückbleiben. »Lass mich noch mein Bier austrinken, danach fahre besser ich dich nach Hause.«

Ihre Freundin nickte zustimmend. »Beeil dich, bitte. Oh!« Erneut lief Casey Richtung Toilette.

Nadine wusste, wie sie sich im Moment fühlte. Früher war sie immer diejenige gewesen, die zum Klo rannte, um dort für ihren Übermut zu büßen. Doch inzwischen hatte sie gelernt, sich zu beherrschen, es langsam anzugehen und nicht zu viel durcheinander zu trinken und zu essen.

Nach kurzer Zeit, es waren vielleicht zehn Minuten verstrichen, kam Casey blasser als beim ersten Mal, zurück.

»Komm! Ich halte dich, damit du nicht hinfällst.« Helfend legte Nadine den linken Arm um die Schultern ihrer Freundin und geleitete sie zum Wagen. »Wo hast du deine Autoschlüssel?«

Casey griff in ihre rechte Hosentasche. »Hier ist er.«

Fürsorglich half ihr Nadine in den Sitz, schloss anschließend die Tür und stieg ihrerseits auf der Fahrerseite ein.

Während der Fahrt verschlechterte sich der Zustand ihrer Freundin zusehends, durch jede Erschütterung, jede Kurve, die ihr schwer auf den Magen schlug. Nadine versuchte, Casey so schnell wie möglich nach Hause zu bringen, jedoch war das anscheinend nicht schnell genug. Neben sich vernahm sie ein würgendes Geräusch.

»Kurbel die Scheibe runter!« Mit der linken Hand hielt Casey ihren Mund verschlossen und drehte mit der rechten die Scheibe herunter. Anschließend hielt sie sofort den Kopf aus dem Fenster.

Wieder hörte Nadine das würgende Geräusch. Trostspendend legte sie ihre rechte Hand auf die Schulter ihrer Freundin. »Das wird schon. Wir sind gleich bei dir zu Hause.«

Casey war über das baldige Ende der Fahrt sehr erleichtert, immerhin konnte sie sich dann in ihr Bett legen und den Magen zur Ruhe kommen lassen. »Wenn ich an morgen früh denke, diese Kopfschmerzen ... Nicht genug, dass es einem jetzt schlecht geht, nein, da muss am nächsten Tag immer noch eine Retourkutsche erteilt werden.«

Nadine hörte den Ausführungen ihrer Freundin aufmerksam zu. »Ich bleibe heute Nacht lieber bei dir, wenn du nichts dagegen hast. Es wäre möglich, dass du jemanden brauchst, der dir ... äh ... hilft, wenn du ...«

Casey unterbrach sie durch ein weiteres Würgen.

»Hey«, setzte Nadine von Neuem an, »wir sind da.« Zur Bestätigung schaltete sie den Motor ab, stieg aus und ging zur Beifahrerseite. »Du musst aufstehen.«

Hilfsbereit legte Nadine erneut den Arm um die Schultern ihrer Freundin und brachte sie so in ihr Apartment. Dort angekommen, gingen sie direkt ins Schlafzimmer, wo sich Casey aufs Bett gleiten ließ.

»Danke, für alles.«

Nadine winkte verlegen ab. »Ich bin im Wohnzimmer, wenn du mich brauchst.« Aber alles, was sie als Antwort erhielt, war ein leises Schnarchen. »Zum Glück ist Casey gleich eingeschlafen«, dachte sie. »Dann kann ich mich jetzt auch hinlegen.«

Das Sofa war zwar nicht sehr bequem, aber immer noch besser, als auf dem Fußboden schlafen zu müssen.

Kapitel 6

Am nächsten Tag hatte Clark Jones gegen neun Uhr einen Termin mit dem ersten Zeugen, dessen Kontaktdaten er sich von seiner werten Kollegin erschlichen hatte. »Die fällt jedes Mal darauf rein«, dachte er, »ein kleines Essen, und schon frisst sie mir aus der Hand!«

»Linda, ich werde gleich außer Haus sein. Bitte notieren Sie sich alle Anrufe! Sobald ich wieder zurück bin, müssen wir die Unterlagen für die Gerichtsverhandlung durchgehen. Sie können damit anfangen, alles zusammenzutragen, was wir bis jetzt haben.« Er griff sich seine Aktentasche. »Bis später.«

Der Central Park war zwar nicht gerade der Ort, wo er normalerweise seine Termine abhielt, aber in diesem Fall machte er eine Ausnahme.

Die angeblichen Zeugen waren ein Obdachloser und ein Bauarbeiter. Nicht dass er einen Groll gegen diese Menschen hegte, nur waren sie in gewisser Weise leicht zu manipulieren. Geld machte viele gesprächig.

Am vereinbarten Treffpunkt wartete sein Mann bereits

sehnsüchtig auf ihn. »Guten Morgen, Mr. Peter White. Setzen wir uns doch auf die Bank!«

»Wenn's sein muss«, entgegnete dieser forsch.

Geflissentlich überhörte Clark diese Bemerkung. »Es geht um den Mord vom dritten August. Sie haben an dem Abend angeblich meine Mandantin gesehen.« Er zeigte ihm ein Foto, welches er aus seiner Aktentasche hervorholte.

»Genau die war es. Aber das habe ich den Cops bereits gesagt. Ich verstehe nicht, warum Sie mich jetzt diesen ganzen Kram noch mal fragen. Sie müssen wissen, ich habe wichtigere Dinge zu tun.«

»Vielleicht kann Ihnen ja mein Freund etwas weiterhelfen.« Verstohlen zog Clark einen Zwanziger aus seinem Jackett. »Also, würden Sie sich bitte das Foto noch einmal ganz genau ansehen?« Wieder griff er in sein Jackett. Diesmal drückte er Peter einen Fünfziger in die Hand. »Nehmen Sie sich ruhig Zeit!«

»Wenn ich ehrlich bin.« Peter zögerte, bevor er fortfuhr. »Ich habe diese Frau an dem Abend gesehen.«

»Wie können Sie meine Mandantin gesehen haben, wenn diese nicht mal am Tatort war?«, hakte Clark nach, um den Mann aus der Reserve zu locken. »Sie wissen hoffentlich, was für Konsequenzen eine Falschaussage vor Gericht mit sich bringt?«

Mr. White schüttelte den Kopf. »Sie werden sie mir bestimmt gleich nennen.«

»Für eine Falschaussage stehen zwei Jahre Haft für Sie in Aussicht, ohne Schnaps!«, donnerte Clark.

»Dann habe ich ja nichts zu befürchten«, konterte Peter locker. »Kann ich jetzt gehen?«

»Ja, aber denken Sie daran, was ich Ihnen gesagt habe. Sie

zerstören die Zukunft eines jungen Menschen. Berücksichtigen Sie das, wenn Sie vor Gericht Ihre Aussage machen!«

Dankend verschwand der Obdachlose.

»Wenn der andere vermeintliche Zeuge genauso ist, wird das vor Gericht sehr interessant«, dachte Clark.

Aber Nick Stevens tauchte erst gar nicht auf.

Nadine wurde durch ein Poltern abrupt aus dem Schlaf gerissen. Noch etwas benommen, stand sie auf und warf als Erstes einen flüchtigen Blick auf die Wanduhr. »Oh, ich habe wohl verschlafen«, dachte sie.

Als Nächstes ging sie ins Schlafzimmer, wo sie ihre Freundin, auf dem Fußboden liegend, vorfand. »Casey, was ist passiert?« Vorsichtig schüttelte Nadine den regungslosen Körper, letztlich konnte sie nicht wissen, ob Casey sich bei dem Sturz verletzt hatte. »Du musst aufwachen, bitte!«, flehte sie.

Doch ihre Freundin reagierte noch immer nicht.

»Was soll ich nur tun?«, fragte sie die reglose Casey. Dunkel erinnerte sie sich an einen Erste-Hilfe-Kurs, den sie damals in der High School mitgemacht hatte. Zuerst fühlte sie den Puls, der sehr schwach und kaum spürbar war. »Jetzt komm schon!«, schrie sie Casey an und gab ihr gleichzeitig eine Ohrfeige, in der Hoffnung, dass diese sie auch im Unterbewusstsein hörte.

Tatsächlich. Nach einer weiteren Minute des Bangens kam Casey wieder zu sich. Sie röchelte und stöhnte, während sie versuchte, sich aufzurichten, was ihr jedoch auf Anhieb nicht gelang. »Könntest du mir aufhelfen?« Sie streckte Nadine zuversichtlich die Hand entgegen, die diese, ohne zu zögern, ergriff.

Leicht wankend setzte sich Casey aufs Bett, wobei sie sich theatralisch den Kopf hielt. »Ich fühle mich so, als wäre ein Truck durch meinen Schädel gebrettert. Oooh! Nadine, könnest du mir ein Aspirin aus dem Bad holen? Die Packung ist im Spiegelschrank.«

Auf der Waschbeckenablage stand ein Glas, das Nadine mit Wasser füllte. Anschließend öffnete sie den Schrank. Vorsichtshalber nahm sie gleich die ganze Packung heraus. Mit beiden Utensilien ging sie zu Casey, die sofort nach der Packung griff, zwei Tabletten herausholte und sie schluckte.

Casey bedeutete Nadine aus Spaß, ihr das Glas an den Mund zu halten, damit sie gleich daraus trinken könne. Zu ihrer Überraschung spielte ihre Freundin mit.

»Kann ich sonst noch etwas für Sie tun, Miss?«, fragte sie Casey untertänig.

Diese konnte sich nicht mehr beherrschen und lachte lauthals los. »Nein, das wäre dann alles.«

Nadine nickte gehorsam, stand auf und nahm ihr das leere Glas sowie die Aspirin-Packung ab. Aber bevor sie sich auf den Weg ins Bad machen konnte, hielt Casey sie am Shirt fest. »Äh, das war nicht so gemeint. Du musst das nicht wegbringen.«

Nadine drehte sich langsam zu ihr um. Über ihr Gesicht zog sich ein breites Grinsen. »Das weiß ich. Lass mich das mal machen, ich hatte sowieso vor, einen Kaffee aufzugießen. Natürlich nur, wenn du nichts dagegen hast.«

Casey schüttelte den Kopf. »Du könntest auch zwei

machen. Eventuell …, ich weiß auch nicht, irgendwie habe ich Hunger auf Rührei mit Speck.«

Nadines Eltern saßen gemeinsam am Küchentisch. »Das ist jetzt das zweite Mal hintereinander, dass sie sich nicht meldet. Dabei hat sie uns versprochen, anzurufen, wenn es später wird.«

Anthony kam es eher wie ein Déjà-vu-Erlebnis vor. »Liebes, wir haben gestern abgemacht, dass wir Nadine im Moment einen gewissen Freiraum lassen. Ich schätze, wenn dieser ganze Mist hinter uns liegt, wird sich alles wieder normalisieren.«

Aber schien Clara mit der Feststellung ihres Mannes nicht zufrieden zu sein.

»Dann ruf sie eben auf dem Handy an!«, lenkte er ein, bevor die Diskussion eskalierte.

»Gut, dass ich das Telefon eben mitgenommen haben«, frohlockte Clara, die bereits Nadines Nummer wählte.

Es klingelte. Jedoch nahm ihre Tochter nicht ab, stattdessen klinkte sich die Mailbox ein, die sie aufforderte, eine Nachricht und Telefonnummer zu hinterlassen. »Nadine, ruf bitte zu Hause an! Wir machen uns Sorgen.« Clara legte auf. »Vielleicht ist ihr was passiert. Du weißt, dass sie normalerweise immer ans Handy geht.«

Anthony machte sich zwar ebenfalls Sorgen, aber seine Stieftochter war fast volljährig und somit alt genug, um selbst zu entscheiden, wann sie nach Hause kam. »Ich glaube nicht, dass ihr etwas passiert ist, sonst wären wir bestimmt von der Polizei benachrichtigt worden. Außerdem ist Nadine keineswegs hilflos. Sie weiß, sich zu verteidigen. Wenn du mich fragst, hat sie sicherlich die Nacht bei ihrer neuen Freundin verbracht.«

»Casey, du kannst essen kommen!«, rief Nadine aus der Küche, während sie nebenbei die letzten Verzierungen an ihrem Frühstück beziehungsweise Mittagessen vornahm.

»Ich würde ja gerne, aber fühle ich mich immer noch schlapp.«

Irgendwie hatte Nadine das vorhergesehen und ein Tablett, das sie in einem der Unterschränke entdeckt hatte, mit den Leckereien hergerichtet. »Macht nichts. Dann komme ich eben mit dem Essen zu dir.« Vorsichtig balancierte sie das Tablett zu ihrer Freundin ins Schlafzimmer. »So, jetzt wollen wir mal zum schönen Teil übergehen.«

Hilfsbereit wollte Casey ihr das Tablett abnehmen, aber Nadine schüttelte streng den Kopf. »Das kommt nicht in Frage. Als deine Krankenschwester untersage ich dir jegliche körperliche Bewegung, die dich zu sehr anstrengt! Also, was möchtest du auf deinen Toast, Schinkenspeck oder nur Rührei?«

Mit einem beleidigten Gesichtsausdruck blickte Casey ihr tief in die Augen. »So schlecht fühle ich mich wirklich nicht.«

Geschlagen gab Nadine auf, was ihre Freundin veranlasste, ihr die Brotscheibe aus der Hand zu reißen.

»Die Masche funktionierte damals bei meiner Mom genauso wie bei dir.« Triumphierend biss Casey ein großes Stück ab. »Mmh, das schmeckt richtig gut.«

Inzwischen war Nadine ebenfalls damit beschäftigt, ihren Toast genüsslich zu verschlingen. »Oh, ich glaube, ich habe

mich selbst übertroffen. Es schmeckt fast so gut, wie …«
Entsetzt warf sie einen Blick auf den Wecker, der auf dem
Nachttisch neben dem Bett stand. »Verdammt! Ich habe
ganz vergessen, meinen Eltern Bescheid zu sagen, dass ich
bei dir bin. Sie machen sich im Moment sowieso viel mehr
Sorgen als normalerweise. Ich rufe sie lieber gleich an, wenn
ich noch mal dein Telefon benutzen könnte?«

Ihre Freundin nickte beiläufig, um den Toast nicht aus
den Augen zu lassen.

»Hoffentlich muss ich mir keine Standpauke anhören«,
dachte Nadine reumütig, als sie das schnurlose Telefon
vom Couchtisch nahm und die Nummer ihrer Eltern
eintippte. Angespannt wartete sie darauf, dass die Verbindung zustande kam. »Wo stecken die beiden nur? Um
diese Zeit sind sie doch eigentlich immer da.«

»Ja. Wer ist denn dran?«

Die eben noch plausibel klingende Entschuldigung emp-
fand sie bei dem Klang der Stimme ihrer Mutter falsch,
weshalb sie sich für die Wahrheit entschied. »Mom, ich
bin's. Ich wollte nur sagen, dass ich bei Casey übernachtet
habe, weil es ihr nicht gut ging. In einer Stunde komme ich
nach Hause.« Nadine machte eine kurze Pause. »Ich weiß,
dass ich euch früher hätte anrufen sollen, doch irgendwie
habe ich das verschwitzt.«

»Hauptsache, du bist wohlauf«, erwiderte Clara
erleichtert.

Am Rande des Wohnzimmers erregte etwas Nadines
Aufmerksamkeit, wodurch sie sich kurz ablenken ließ.
Es war Casey, die nach Beendigung des Frühstücks ihren
Gast aufsuchte. »Mom, ich muss jetzt Schluss machen. Bis
nachher. Bye.« Sie legte auf.

»Es ist besser, wenn ich jetzt gehe.« Sie sah zu Casey hinüber. »Aber erst werde ich meinen Toast aufessen.«

Ihre Freundin ging schulterzuckend zurück ins Schlafzimmer.

»Hey, was ist los?«, fragte Nadine, die ihr in den Raum folgte, woraufhin Casey sich zu ihr umdrehte.

»Nichts. Es ist nur, weil du gleich gehen willst. Danach bin ich wieder allein. Ich hatte gehofft, dass wir den Tag zusammen verbringen.« Verlegen wandte sie sich ab. »Ich könnte dich nach Hause fahren. Ein bisschen bei dir abhängen, Musik hören oder so.«

Bevor sich Nadine zu einer Antwort durchrang, aß sie ein Stück von ihrem Toast. »Warum nicht.«

»Lass uns keine Zeit verschwenden, du kannst unterwegs weiteressen. Das schmutzige Geschirr bringen wir einfach in die Küche. Ich packe es, wenn ich wieder zurück bin, in die Spülmaschine.« Casey nahm das Tablett und ging in die Küche, während Nadine den Rest ihres Frühstücks herunterschlang.

»Du willst nicht so gehen, oder?«, fragte sie mit vollem Mund.

»Was hast du gesagt?«, erkundigte sich Casey, als sie wieder zu ihr zurückkam.

Nadine bedeutete ihr, einen Moment zu warten, bis sie aufgegessen hatte. »Ich fragte, ob du so gehen willst.«

Erst jetzt fiel Casey auf, dass sie die ganze Zeit in Unterwäsche durch die Wohnung geschlichen war. »Ups. Total vergessen. Ich werde mich mal lieber anziehen.«

Aus Höflichkeit verließ Nadine das Zimmer, damit Casey sich in Ruhe zurechtmachen konnte.

»Ich gehe erst noch unter die Dusche. Du kannst in der Zwischenzeit etwas fernsehen oder Musik hören.«

Aber Nadine tat nichts dergleichen, stattdessen faltete sie die Decke, auf der sie geschlafen hatte, zusammen und legte sie ans Fußende der Couch. Nach getaner Arbeit sah sie sich im Wohnzimmer nach etwas Lesbarem um. Dummerweise fand sie auf dem Wohnzimmertisch nur ein paar alte Modezeitschriften, eine abgelaufene TV-Zeitschrift und eine aktuelle Kinozeitung. Sichtlich enttäuscht über die geringe Ausbeute, griff sie zur Fernbedienung des Fernsehers. Auf der Suche nach einer unterhaltsamen Sendung landete sie schließlich bei einem Musiksender.

»Mach mal ein bisschen lauter, ich will auch was hören!«

»Was ist denn mit deinen Nachbarn? Stört die die Musik nicht?«, hakte Nadine nach. Doch von ihrer Freundin kam keine Antwort, woraufhin sie die Lautstärke bis zum Anschlag aufdrehte und sich entspannt auf der Couch niederließ. Beinahe wäre sie so im Sitzen fest eingeschlafen.

»Ey, aufwachen! Ich dachte, wir wollten zu dir.«

Nadine öffnete die Augen, um gleich darauf in ein leicht verdutztes Gesicht zu sehen. »Ich habe nur kurz meine Augenlider entspannt.«

Casey griff nach der Fernbedienung und schaltete die Uhr des Fernsehers ein. 13:45 Uhr.

»Das gibt es nicht. Habe ich eine halbe Stunde geschlafen?«

Zur Bestätigung fuhr ihre Freundin mit der rechten Hand an ihrem Körper entlang. »Sieh mich an! Ich bin fertig. Das heißt, ich habe in der Zeit geduscht, mir Klamotten ausgesucht und sie angezogen.«

»Du siehst sehr gut erholt aus. Dann lass uns fahren, bevor es noch später wird.«

Nach einem kurzen Recken und Strecken ging Nadine zur Wohnungstür. »Casey, kommst du jetzt? Ich dachte wir wollten los.« Sie öffnete die Tür, drehte sich aber noch mal um, bevor sie über die Schwelle trat.

Ihre Freundin war nur wenige Schritte hinter ihr. »Einer musste doch den Fernseher ausschalten.«

»Das stimmt«, pflichtete ihr Nadine bei, die sich im selben Moment in Bewegung setzte, anstatt auf Casey zu warten.

In der Eingangshalle hatte diese Nadine glücklicherweise eingeholt, sodass sie gemeinsam das angenehm temperierte Gebäude gegen die pralle Mittagssonne eintauschen konnten. »Hätte ich bloß eine Klimaanlage«, dachte Casey, als sie den Wagen aufschloss und ihr die Hitze, die sich im Mustang angestaut, entgegenschlug. »Puh! Das ist schlimmer als in einer Sauna.«

Nadine machte auf der Beifahrerseite dieselbe Erfahrung. »Wir drehen am besten gleich die Fenster runter«, schlug sie vor.

Casey setzte sich hinters Steuer, ließ den Motor an und drehte das Gebläse auf die höchste Stufe.

Kurze Zeit später stieg auch Nadine ohne Bedenken, einen Hitzschlag zu erleiden, ein.

»Wollen wir unterwegs irgendwo anhalten, um uns etwas abzukühlen? Mit einem Eis?«

Skeptisch warf Nadine einen Blick auf ihre Uhr, 14:00 Uhr. »Die fünf Minuten machen jetzt keinen Unterschied mehr. Joanne's ist nur zwei Straßen von hier entfernt.«

Das Café lag exakt an der Ecke 8th Avenue, West 53rd Street. Eigentlich eine ideale Lage, jedoch mit einem kleinen Parkplatzproblem, was den beiden heute allerdings keine Schwierigkeiten bereitete.

Direkt vor dem Etablissement waren noch zwei Parkplätze frei, von denen Casey gleich einen für sich beanspruchte. Zufrieden stellte sie den Motor ab, stieg aus und wartete, bis Nadine sich zu ihr gesellte.

Die beiden Eingangsflügeltüren waren weit geöffnet, damit wenigstens ein kleiner Luftzug durch die Räumlichkeiten zog, wodurch man auf dem Bürgersteig die Deckenventilatoren hörte, die mit voller Leistung ihre Kreise drehten.

Innen gab es keine freien Tische mehr, sogar der lange Tresen, an dem normalerweise niemand saß, quoll förmlich von aneinander gequetschten Menschen über.

»Na super«, dachte Nadine, »da können wir ewig auf einen Platz warten.« Gerade wollte sie Casey den Vorschlag unterbreiten, bei ihr zu Hause ein Eis zu essen, als sie Joanne am Kücheneingang entdeckte. Schnurstracks bahnte sie sich einen Weg durch das überfüllte Café. »Hi, Joanne. Ziemlich voll heute, oder?«

Diese nickte nur und wies nebenbei eine Kellnerin an, sich um die neu eingetroffenen Gäste, die ratlos am Eingang standen, zu kümmern. »Hey, was macht die Kunst?«

Unsicher, ob sie ihr die Geschehnisse der letzten Tage offenbaren sollte, legte Nadine kurz den Kopf in den Nacken.

Zum Glück nahm ihr Casey die Entscheidung schlussendlich durch ihr unerwartetes Auftreten ab. »Ich dachte, dass ich dich nicht mehr einhole. Man bleibt förmlich in der Masse stecken.«

Das war Nadines Chance, vom derzeitigen Thema abzulenken. »Casey, das ist Joanne. Joanne, das ist Casey. So nun kennt ihr euch. Können wir jetzt über die Eis-Geschichte reden?«

Beide starrten sie fragend an.

»Eis, Sitzplatz, Essen. Klingelt was bei euch?«

Joanne, die Nadines Wink verstand, führte die Freundinnen in den hinteren Teil, wo die Toiletten und ein Raum mit dem Schild ›Zutritt verboten‹ an der Tür lagen. »Für unsere Stammgäste haben wir für solche Fälle einen separaten Raum hergerichtet.«

»Ich dachte immer, dass deine Mitarbeiter dort ihre Mittagspause verbringen«, kommentierte Nadine den Anblick des kleinen Raums, in dem sich drei Tische mit jeweils vier Stühlen befanden. Außer den Möbeln stand in jeder Ecke ein Ficus in einem Pflanzenkübel aus Terrakotta. »Ihr könnt euch irgendwo hinsetzen. Was du willst, weiß ich, Nadine, aber was ist mit dir, Casey?« Unschlüssig, für welche Eiskreation sie sich entscheiden sollte, wählte Casey das Naheliegende. »Ich nehme das Gleiche.«

Nadine und Casey setzten sich einander gegenüber an den mittleren Tisch und starrten ins Leere, um jegliche Bewegung, die die Schweißperlen aus den Poren treiben könnte, einzustellen. Selbst die Zeit schien unter der Hitze zu leiden. Minuten verrannen wie Stunden.

Aber das Warten hatte ein Ende, als Joanne mit zwei Bananensplit zurückkehrte. »Die kleine Abkühlung könnt ihr dringend vertragen«, verkündete sie, wobei sie jeder einen Eisbecher hinstellte und zur Krönung ein Schirmchen hineinsteckte. »Dann lasst es euch mal schmecken! Ach, bevor ich es vergesse, wenn ihr mehr wollt, dort drüben ist ein Haustelefon, das mit der Küche verbunden ist.« Sie zeigte auf die gegenüberliegende Seite, wo man eine Nische mit der Aufschrift ›Notruf‹ eingelassen hatte.

»Das ist eine geile Idee«, bemerkte Nadine, während sie ihre Hauptaufmerksamkeit auf den Eisbecher vor sich richtete. »Aber sag mal, hat Amanda heute keinen Dienst?«

»Du weißt es also noch nicht?«

Nadine schüttelte den Kopf.

»Sie wurde gefeuert.«

»Ach was! Wie ist das denn passiert?«, fragte Nadine neugierig. »Warum hat sie mich nicht angerufen?«, dachte sie. »Sonst meldet Amanda sich wegen jeder Kleinigkeit.«

»Keine Ahnung. Mein Mann hat sie zu sich gerufen. Danach hat sie ihre Sachen gepackt.« Ohne erkennbaren Grund verließ Joanne hastig den Raum.

Schulterzuckend machten sich Nadine und Casey wie zwei Geier über ihr Eis her. Doch anstatt etwas abzukühlen, wurde den beiden nur heißer. Es war wie ein Teufelskreislauf. »Ich dachte, dass mir nach dem Eis etwas kühler sein würde, stattdessen schwitze ich jetzt mehr als vorher. Vielleicht hilft eine zweite Runde. Möchtest du auch noch eins?«

Casey wischte sich just in dem Moment den Schweiß von der Stirn, was für Nadine ein eindeutiges Zeichen war. Sie stand auf, ging zu dem Telefon und nahm den Hörer ab.

Es klingelte zweimal, ehe auf der anderen Seite abgenommen wurde. »Was kann ich für euch tun?«, fragte eine nette Frauenstimme.

»Wir hätten gerne zwei Bananensplit, bitte.« Erschöpft legte sie auf.

»Es ist so warm, dass mir sämtliche Flüssigkeit aus dem Körper gezogen wird, allerdings werde ich mich nicht kampflos …« Nadine unterbrach sich selbst mit einem freudigen Aufschrei. »Ich werde mir selbst etwas Abkühlung verschaffen.« Noch bevor Casey die Absichten ihrer Freundin erahnen konnte, sollte sie sie mit eigenen Augen sehen.

Kurzerhand zog Nadine ihr Top aus und legte es auf den freien Stuhl neben sich. »So, jetzt ist es besser. Zum Glück habe ich gestern meinen Ausgeh-BH angezogen.«

Unweigerlich mussten beide darüber lachen, bis Casey wieder zurück auf den Boden kam, zum einen wegen der Hitze, zum anderen war es der Anblick ihrer Freundin. »Findest du dein neues Outfit nicht etwas zu gewagt? Ich meine, der schwarze BH mit den durchsichtigen Trägern sieht sexy aus, aber dadurch auch sehr freizügig.«

Nadine schüttelte entschieden den Kopf. »Ich passe mich den Wetterverhältnissen an. Ehrlich gesagt, liebe ich die schmachtenden Blicke der Jungs, die sich in ihren Köpfen die wildesten Fantasien ausdenken. Aber kann es sein, dass du ein bisschen eifersüchtig bist, oder irre ich mich?«

Verlegen wandte Casey den Blick von ihr ab. »Ich würde nicht direkt eifersüchtig sagen, lediglich etwas gekränkt.«

»Du kannst dein Shirt ruhig ausziehen. Es wird dich bestimmt niemand daran hindern. Abgesehen davon, fahren wir nach dem Eis sowieso zu mir. Die Wahrscheinlichkeit, dass uns Typen anmachen könnten, ist daher gleich null. Also zier' dich nicht! Draußen ist es sauheiß.«

Casey machte keine großen Anstalten, die Hitze zu verleugnen, die in ihr wütete, und zog ihr Top aus. Danach war sie sichtlich erleichtert. »Du hattest vollkommen recht. Jetzt fühle ich mich wesentlich besser. Aber mein BH sieht nicht so elegant aus wie deiner.«

»Der schwarze Leder-BH ist echt mal was anderes. Ich finde ihn hinreißend.«

Stolz präsentierte Casey den BH von allen Seiten wie bei einer Modenschau. »Ich war mir nicht sicher, ob er mir steht.«

Wie aufs Stichwort trat die Kellnerin Christine mit den sehnlich erwarteten Eisbechern ein. »Euch ist wohl ein bisschen heiß geworden, oder?« Christine deutete auf die Tops, wobei sie der Anblick der beiden halbnackten Frauen innerlich sehr erregte. Angestrengt versuchte sie, ihre sexuelle Neigung für das eigene Geschlecht, so gut es ging, zu verstecken. »Wenn ihr noch etwas braucht, verlangt nach der geil … Oh, das habe ich nicht etwa laut gesagt, oder? Äh, verlangt schlicht nach Christine. Das bin ich.«

»Hoffentlich erzählen die Gäste keinem von dem Ausrutscher«, dachte sie verlegen, während sie den Raum mit schmachtenden Blicken verließ.

Glücklicherweise brauchte sich Christine in dieser Hinsicht keine Sorgen zu machen, da die beiden ihren Ausführungen keinerlei Beachtung geschenkt, sondern sich sofort über ihr Eis hergemacht hatten.

»Puh. Jetzt bin ich fürs Erste gesättigt und abgekühlt. Du auch?«, fragte Casey, die sich vorsichtig über ihren Bauch strich.

»Das kann man wohl laut sagen.«

Gemeinsam gingen sie wieder in den Hauptbereich des Cafés, wo Christine an den hinteren Tischen ein paar Gäste bediente. »Ich komme gleich zu euch.«

»Brauchst du nicht. Ich habe das Geld auf den Tisch gelegt, inklusive Trinkgeld für dich«, entgegnete Nadine, die keine Zeit beim Bezahlen verlieren wollte. »Wir sehen uns bestimmt bald wieder.«

Kaum waren sie aus dem Café stolziert, warfen die ersten vorbeigehenden Passanten flüchtige Blicke auf die leichtbekleideten jungen Damen.

»Ladies, wollt ihr nicht mit zu mir kommen, für ein bisschen Fun zu dritt?«, drang eine maskuline Stimme durch die Reihen der Fußgänger.

Peinlich berührt sah sich Casey in der Menge nach dem Ursprung der widerlichen Anmache um. »Lass uns schnell fahren!«, sagte sie mit bestimmender Stimme, als sie den Wagen aufschloss.

»Geht es dir wieder schlecht?«, fragte Nadine besorgt.

»Hast du diese Anmache nicht mitbekommen? Ich weiß auch nicht. Irgendwie fühle ich mich beobachtet.«

Ihrer Freundin zuliebe drehte sich Nadine einmal im Kreis. Doch für sie benahmen sich die Leute wie immer. Gut, ein paar sahen mal in ihre Richtung, aber selbst das war normal. »Ich sehe niemanden, der dich beziehungsweise uns anstarrt oder beobachtet.«

Sie wandte sich wieder an Casey, die sich in der Zwischenzeit jedoch in den Mustang zurückgezogen hatte.

Genervt verdrehte Nadine die Augen und stieg zu ihr in den Wagen. »Du darfst das Geschwafel nicht an dich heranlassen, sonst haben die gewonnen.«

Aber diese Worte schienen Casey nicht sonderlich zu beruhigen. Im Gegenteil. Sie beschleunigte den Wagen auf eine wahnwitzige Geschwindigkeit, mit der sie durch Manhattan jagten.

»Fahr bitte etwas langsamer! Ich wollte gerne in einem Stück zu Hause ankommen.«

Starrköpfig überhörte ihre Freundin die Bedenken und hielt die Geschwindigkeit.

»Casey!«, schrie sie aus lauter Verzweiflung, aus Angst, ihr Leben zu verlieren. »Willst du uns umbringen?«

Verdutzt drehte sich Casey zu ihr. Die Panik in Nadines Augen veranlasste sie, den Fuß vom Gas- auf das Brems-pedal zu stellen, um auf die vorgeschriebene Geschwin-digkeit abzubremsen. »Tut mir leid. Ich …, ich habe wohl die Beherrschung verloren.«

Wie der Zufall es so wollte, kam die Einsicht zur rich-tigen Zeit, sonst wären sie mit Sicherheit durch eine Geschwindigkeitskontrolle der Polizei gerast und einen weiteren Strafzettel konnte sich Casey im Moment nicht erlauben.

»Wärst du von Anfang an so wie jetzt gefahren, d …«

Casey starrte sie durchdringend an, was Nadine veran-lasste, den Satz lieber nicht zu vollenden.

»Ich weiß. Trotzdem wollte ich so schnell, wie es geht, zu dir«, gestand sie niedergeschlagen.

Erleichtert atmete Nadine aus, nachdem Casey den Mus-tang in der Tiefgarage des Apartmenthauses abgestellt hatte. »Da wären wir. Zwar ein bisschen später als gedacht, jedoch unverletzt und in einem Stück.«

»Stimmt, du Weichei«, scherzte Casey, die anscheinend über den vorherigen Zwischenfall hinweggekommen war.

»Schön, dass es dir wieder besser geht, aber bitte be-nimm dich, wenn du meinen Eltern gegenüberstehst! Ich möchte nicht, dass sie einen schlechten Eindruck von dir erhalten«, mahnte Nadine, die etwas nervös den Schlüssel ins Schloss steckte. »Das ist ja merkwürdig. Die Tür ist abgeschlossen.«

»Wollen wir nicht reingehen? Oder hast du Angst, dass ich mit eurem Luxus überfordert bin?«, fragte Casey ungeduldig.

»Wo denkst du hin? Es ist nur …, ach vergiss es.« Kopfschüttelnd öffnete Nadine die Tür, wobei eine unsichtbare Totenstille aus dem Apartment zu strömen schien.

»Ich dachte, deine Eltern würden sich Sorgen um dich machen, dabei sind sie nicht mal zu Hause.«

Auf eine gewisse Art war Nadine erleichtert, dass ihre Eltern nicht zu Hause waren. So musste sie immerhin keine lästigen Fragen beantworten. »Jetzt sind wir wenigstens ungestört.« Doch der Verbleib ihrer Eltern war immer noch nicht geklärt. »Du kannst ja schon mal nach oben gehen. Mein Zimmer ist am Ende des Flurs. Ich werde uns derweil ein paar Getränke besorgen.«

Von Neugier getrieben, stürmte Casey die Treppe hoch, wo sie für einen Moment verharrte. »In welche Richtung ich gehen soll, hat sie nicht gesagt.« Spontan entschied sie sich für rechts. Langsam öffnete sie die Tür einen Spalt und warf einen flüchtigen Blick hinein. Volltreffer! »Wow! Ihr Zimmer ist bald so groß wie meine gesamte Wohnung«, staunte Casey, nachdem sie den Raum betreten hatte.

In der Küche suchte Nadine unterdessen nach einer Nachricht von ihren Eltern. Leider vergeblich. »Vielleicht sind sie nur kurz weggegangen«, dachte sie. Deshalb beschloss sie, nicht auf die Rückkehr der beiden zu warten, sondern sich stattdessen vollkommen um ihren Gast zu kümmern.

Mit den nötigsten Dingen, die sie aus der Küche mitgenommen hatte, ging Nadine nach oben. »Oh, wie es aussieht hat Casey meine CD-Sammlung gefunden«, stellte sie anhand der wackelnden Bilder, die im Flur an der Wand hingen, fest.

Vorsichtig öffnete sie die Tür, damit sie ihre Freundin nicht erschreckte. Was sie dann sah, verschlug ihr schlicht die Sprache. In der Mitte des Zimmers tanzte Casey im Rhythmus der Musik und sang dazu.

»Du kannst die Musik ruhig lauter machen, solange meine Eltern nicht da sind!«

Erschrocken fuhr Casey zusammen. »Du hast mich ganz schön erschreckt! Wie lange stehst du bereits in der Tür?«

Nadine grinste bis über beide Ohren.

»So lange also«, stellte Casey beschämt fest.

»Mach dir nichts draus! Ich fand deinen Tanz super, aber an deinem Gesang musst du noch etwas arbeiten.«

Kapitel 7

Der Wecker riss sie aus ihrem Schlaf.

Was ist passiert? Wie bin ich ins Bett gekommen? Wo ist Casey? Ihr Kopf dröhnte, als wäre eine Herde Elefanten, über sie hinweggetrampelt.

Entsetzt schaute sich Nadine in ihrem ehemals ordentlichen Zimmer um, in dem eher wie nach einer Atomexplosion aussah. Auf dem Boden lagen mehrere Whisky- und Bierflaschen verteilt genauso wie die Kissen ihres Sofas.

Vorsichtig stand sie auf. »Oh, verdammt! Ich glaub' mir wird schlecht.« Alles um sie herum drehte sich wie in einem Karussell. Hastig schloss sie die Augen, damit sie dem Effekt Einhalt gebieten konnte.

Es dauerte einen Augenblick, bis es vorbei war. »Ich könnte jetzt gut eine Dusche vertragen, danach geht es mir bestimmt besser«, dachte sie. Gleichzeitig ging sie leicht torkelnd aus ihrem Zimmer schnurstracks ins Bad.

Verschlafen sah sie an sich herunter. »Wieso habe ich noch meine Klamotten an?«, fragte sie sich. »Demnach bin ich bestimmt nicht von allein in mein Bett gekommen.«

Jemand musste sie hineingelegt haben. Zwanghaft

versuchte sie, sich zu erinnern, aber es lag immer noch ein tiefer Schleier über den Ereignissen des gestrigen Abends. Daher beschloss sie, nach dem Duschen mit Casey zu sprechen, um die Geschehnisse zu rekonstruieren.

Sie drehte den Hahn für das heiße Wasser auf, bis sich die ersten Nebelschwaden bildeten

Langsam zog sie sich aus, wobei sie ständig auf das fließende Wasser blickte, wodurch sie sich so entspannte, dass sie in einen kurzen Dämmerzustand verfiel. Bilder blitzten vor ihrem geistigen Auge auf. Sie zeigten sie und Casey, wie sie zusammen Bier tranken und …

Ein Klopfen an der Tür ließ sie schweißgebadet aufschrecken.

»Ist alles in Ordnung, Liebling?«

»Mir geht es gut, Mom. Ich wollte nur schnell duschen.«

Stille. Für einen Augenblick blieb Nadine bewegungslos stehen. »Keiner mehr anwesend, der mich beim Duschen stören kann«, dachte sie erleichtert.

Ihr verspannter Körper genoss das warme Wasser auf der Haut. Es war unbeschreiblich. Am liebsten wäre sie den ganzen Tag unter der Dusche stehen geblieben, jedenfalls heute. Doch ein weiteres Klopfen, diesmal ausgelöst von ihrem Stiefvater, unterbrach jäh ihre regenerative Phase. »Nadine, wie lange brauchst du noch?«

»Gib mir fünf Minuten, dann kannst du rein.« Enttäuscht drehte sie den Wasserhahn zu. »Oh, verdammt! Jetzt habe ich vergessen, was Neues zum Anziehen mitzunehmen«, fluchte sie. Kurzerhand band sie sich das Badetuch um ihre Hüfte und schloss die Tür auf.

Verdutzt blickte ihr Stiefvater sie an. »Was wird das denn, wenn es fertig ist? Du tropfst den ganzen Teppich voll. Hättest du dich nicht richtig abtrocknen können, bevor du das Bad verlässt?«

Ohne weiter darauf einzugehen, ließ sie Anthony einfach stehen.

Es musste definitiv etwas in der vergangenen Nacht vorgefallen sein, sonst hätte ihr Stiefvater nicht so reagiert. Aber das war im Moment nebensächlich.

Die Sonne schien ihr unverfroren ins Gesicht.

Schützend legte Casey ihre rechte Hand über die Augen, was ihr jedoch nicht half, wieder einzuschlafen. »Na super!«, stöhnte sie angewidert und öffnete die Augen. »Wie bin ich denn nur hierhergekommen?«

Bei klarem Verstand wäre sie nie an diesen Ort gefahren.

Das Blue Moon war wohl die heruntergekommenste Bar in ganz New York. Wer hier verkehrte, stand gesellschaftlich gesehen ganz unten. Zu allem Überdruss lag neben ihr auf dem Beifahrersitz ein junger Mann, der nach billigem Whisky stank. »Das reicht«, dachte sie. Vorsichtig griff sie über den Körper des Mannes hinweg nach dem Türöffner. »Raus mit dir, du Bastard!«

Mit einem gekonnten Schubser beförderte sie ihn aus dem Wagen. Eher der Mann begriff, was vor sich ging, hatte Casey bereits den Motor gestartet und die Türen verriegelt. Reumütig warf sie ein letztes Mal einen Blick auf ihre nächtliche Bekanntschaft, dann trat sie aufs Gaspedal.

Unterdessen hatte sich Nadine einen bequemen Jogginganzug angezogen, um ihrem Geist etwas frische Luft zu gönnen. Vor allen Dingen wollte sie so auf andere Gedanken kommen, vielleicht sogar in erster Linie ihren Eltern aus dem Weg gehen.

Draußen strahlte die Sonne mit voller Wucht, doch das machte ihr wenig aus, zumal der Wind für ausreichend Abkühlung sorgte.

Die ersten fünfzig Meter lief Nadine gleichmäßig und ruhig, bis sie wie angewurzelt stehen blieb. Ihr Puls fing an zu rasen. »Ist das nicht eben Casey gewesen?«, fragte sie sich. »Denn, wenn sie es war, steuert sie geradewegs auf unsere Wohnung zu.« Jetzt musste sie schnell handeln, sonst würde sie sie nicht mehr einholen.

Unterwegs nahm sie ein paar Abkürzungen, damit sie eventuell noch vor Casey am Ziel war. Immerhin musste sie nicht an Ampeln halten. »Ich schaffe es«, sagte sie sich immer wieder. Es blieb ihr auch nichts anderes übrig. Letztlich konnte keiner sagen, wie ihre Eltern auf einen weiteren Besuch von Casey reagieren würden, insbesondere nach letzter Nacht. Diese Erkenntnis ließ sie nur noch schneller rennen. Es war so, als wäre der Teufel persönlich hinter ihrem Leben her. Schwer atmend bog sie um die letzte Kurve.

Vom Weiten erkannte sie, wie ihre Freundin gerade aus dem Wagen stieg. »Casey, warte auf mich!«, rief sie. Leider ohne Erfolg, die Entfernung war schlicht zu groß. Vor ihrem geistigen Auge konnte Nadine sehen, wie ihr Stiefvater die Apartmenttür öffnete und die Freundin mit einer schroffen Bemerkung abwies. Sie musste diese Situation um jeden Preis verhindern. »Casey, ich bin direkt hinter dir!«, schrie sie erneut. Inständig hoffend, dass Casey diesen Ruf hören würde.

Nach Luft ringend, blieb sie auf dem Bürgersteig stehen. Ihr Herz raste und pochte so stark, dass sie Angst hatte, es würde aus ihrer Brust bersten.

»Du siehst ziemlich kaputt aus!«

»Ich wollte dich abfangen, bevor du von meinem Stiefvater ...« Nadine hielt inne. »Ich kann ihr unmöglich den Grund erzählen. Immerhin kenne ich ihn selbst nicht.«

»Ist er sauer? Oder warum hast du Angst davor, dass dein Dad mir die Tür öffnen könne?«

Nadine schüttelte irritiert den Kopf. »Kannst du dich etwa auch nicht mehr an letzte Nacht erinnern? Es ist wie ein dunkler Schleier, der alles unter sich verbirgt. Als ich aufgestanden war, begegnete ich meinem Stiefvater. Ich habe ihn lange nicht mehr so gesehen.«

Casey senkte den Blick und fuhr sich mit der linken Hand durchs Haar. »Die letzte Nacht muss ehrlich hart gewesen sein. Ich kann mich zwar nur an den Anfang erinnern, aber nach meinem morgendlichen Erlebnis gehe ich davon aus.«

»Wie, morgendliches Erlebnis? Erzähl schon!«, hakte Nadine interessiert nach.

Ihre Freundin schämte sich bis über beide Ohren, doch insgeheim wollte sie es erzählen, um das Geschehene besser zu verarbeiten. »Also gut. Ich bin in meinem Auto aufgewacht. Neben mir lag ein Mann, den ich vorher noch nie gesehen hatte. Nach dem ersten Schock dachte ich, dass es nicht mehr schlimmer werden könnte. Leider falsch, wie ich kurz darauf feststellen musste. Mein Wagen stand in einer Seitengasse, und zwar in der vom Blue Moon.«

Schockiert sah Nadine sie an. »Du warst wo? Im Blue Moon? Das glaube ich dir nicht!«

Casey nickte, und mit einem Mal wurden ihre Augen ganz groß. »Oh, oh! Ich glaube, es ist mehr passiert, als ich erst gedacht habe.« Sie schluckte ihren aufsteigenden Ekel hinunter. »Ich …, ich habe mit dem Kerl geschlafen. Verstehst du? Ich hatte Sex mit ihm! Das Schlimmste an der Sache ist, dass ich nicht mal weiß, ob er ein Kondom benutzt hat. Was ist, wenn er Aids oder sonst was hat?«

Nadine konnte die Panik ihrer Freundin nur allzu gut verstehen, denn man konnte heutzutage nicht vorsichtig genug sein. Trostspendend setzte sie sich neben sie auf die Motorhaube und klopfte ihr auf die Schulter. »Vielleicht sollten wir ins Krankenhaus fahren, damit sie einen HIV-Test machen. Sicher ist sicher.«

Zitternd geriet Casey ins Grübeln. »Es gibt so viele Dinge, die ich in meinem irdischen Dasein unternehmen wollte, ist das jetzt alles vorbei?«

»Ich habe Schiss, den Test machen zu lassen. Was ist, wenn er positiv ist? Ich weiß nicht, ob ich dann noch weiterleben möchte.«

Schockiert über die Äußerungen ihrer Freundin, schüttelte Nadine den Kopf. »Es gibt für alles ein Heilmittel, gerade, wenn man eine Krankheit im Anfangsstadium erkennt.«

Casey versuchte, dem Rat zu folgen, aber sie konnte sich nicht recht mit dem Gedanken anfreunden, eventuell HIV-positiv zu sein. »Du würdest mit ins Krankenhaus kommen, oder? Allein würde ich das bestimmt nicht durchstehen.«

»Lass uns sofort fahren, denn Zeit ist ein entscheidender Faktor«, pflichtete ihr Nadine bei.

Diesmal fuhr Casey ruhiger als am Tag zuvor, was möglicherweise den bevorstehenden Ereignissen geschuldet war. »Muss man das unbedingt im Krankenhaus machen lassen? Kann man das nicht selbst machen wie bei einem Schwangerschaftstest?«

Nadine traute ihren Ohren nicht. »Das ist wohl etwas komplizierter.«

»Es ist mir peinlich, mich auf HIV testen zu lassen«, gestand Casey enttäuscht.

»Das kann doch nicht wahr sein«, dachte Nadine. »Stell dich nicht wie ein kleines Kind an! Es wird dich keiner auslachen oder mit dem Finger auf dich zeigen und dir sagen, dass du hättest besser aufpassen müssen. Die haben solche Fälle bestimmt dutzende Male am Tag.«

Casey sah sie aus den Augenwinkeln ungläubig an. »Du willst mich nur aufheitern, damit ich mich besser fühle.«

»Es ist sinnlos, mit ihr vernünftig darüber zu reden, darum werde ich sie halt in ihrem Glauben lassen«, entschied Nadine.

Der Parkplatz des Krankenhauses war voll belegt. Ihnen blieb also nichts anderes übrig, als sich verkehrswidrig in den Zufahrtsbereich der Notaufnahme zu stellen.

Für solche Fälle bewahrte Casey immer eine kleine Geheimwaffe im Wagen auf. »Könntest du bitte mal im Handschuhfach nachsehen, ob dort ein Schwerbehindertenausweis liegt? Sonst werden die Cops meinen Wagen gleich wieder abschleppen lassen.«

Nach kurzem Wühlen brachte Nadine das begehrte

Papier zum Vorschein. »Hier! Aber seit wann brauchst du einen Ausweis? Du bist nicht behindert, oder?«

»Das stimmt. Der Schein ist eine Fälschung und somit illegal, doch schadet er niemandem.«

»Hätte ich bloß nicht gefragt«, dachte Nadine. »Ich will davon gar nichts wissen. Es ist im Moment auch vollkommen egal, denn wenn neben uns kein Krankenwagen vorbeifahren kann, nützt dir der Ausweis herzlich wenig. So etwas nennt man im Allgemeinen fahrlässige Tötung eines Menschen.«

Nadines Ausführungen verunsicherten Casey, die nicht für einen Mord verantwortlich gemacht werden wollte. »Wieso fahrlässige Tötung? Wir haben nichts getan.«

Innerlich schlug Nadine ihren Kopf gegen eine Hauswand, um die Sturheit ihrer Freundin besser zu verkraften, ohne die Beherrschung zu verlieren. »Wenn ein Krankenwagen mit einem in Lebensgefahr schwebenden Menschen an dem Wagen vorbei muss, es aber nicht schafft und daraufhin der Mensch stirbt … Was ist das wohl? Ich kann es dir sagen: Fahrlässige Tötung!«

Ihr schlechtes Gewissen veranlasste Casey, den Abstand zwischen dem Wagen und der gegenüberliegenden Hauswand schleunigst nachzumessen. »Ein Krankenwagen passt locker durch.«

In der Notaufnahme wütete ein Menschenauflauf, der wild auf die Mitarbeiter der Anmeldung einredete. Es kam den beiden vor, wie ein Jahrmarkt, wo jeder der Erste sein wollte, wodurch sie allerhand Krankheitsgeschichten mit anhören mussten. Zum Teil harmlose Sachen wie ein

Metallsplitter in der Hand. Ein abgetrennter Finger war das Schlimmste.

Nach unendlich lang wirkenden zehn Minuten des Wartens kamen sie an die Reihe. »Wie kann ich Ihnen helfen, Miss?«, fragte eine Krankenschwester Casey.

Diese hatte jedoch der Mut verlassen, sodass Nadine das Reden übernehmen durfte. »Meine Freundin möchte einen HIV-Test machen lassen.«

Die Krankenschwester nickte verständnisvoll und trat hinter dem Tresen hervor. »Bitte folgen Sie mir!« Sie führte sie zu den Behandlungsräumen, die am anderen Ende der Aufnahme lagen. »Miss, würden Sie mich bitte in Raum drei begleiten, damit ich Ihre Personalien aufnehmen kann?«

Hilfesuchend blickte Casey in Nadines Richtung, die vehement den Kopf schüttelte.

»Es ist besser, wenn du allein reingehst. Dir wird bestimmt nichts passieren, außerdem werde ich auf dich warten.«

Resigniert folgte Casey der Krankenschwester in das Behandlungszimmer und schloss die Tür hinter sich.

Es dauerte nicht lange, bis ein Arzt zu ihrer Freundin ins Zimmer ging, um die Untersuchungen durchzuführen. Jetzt fing auch Nadine an, ungeduldig den Flur auf- und abzutigern, denn wenn es eine Sache gab, die sie über alles hasste, war das, warten zu müssen.

»Miss Mackintosh?«

»Ja. Wie geht es meiner Freundin? Ist sie okay?«

Der Arzt legte seine Hand auf ihre Schulter. »Ich will

nicht zu viel versprechen. Morgen früh liegen die Ergebnisse der Blutuntersuchung vor. Auf Wunsch von Miss Craven behalten wir sie über Nacht hier. Sie gab mir den Schlüssel für ihren Wagen und sagte, dass Sie mit ihm nach Hause fahren sollen.« Er reichte ihr den Schlüssel, den sie zögernd entgegennahm. »Sie muss jetzt noch ein paar Untersuchungen über sich ergehen lassen. Es wäre besser, wenn Sie jetzt gehen. Hier können Sie im Moment nichts für ihre Freundin tun. Fragen Sie morgen an der Aufnahme nach Dr. Hammond. Das bin ich.«

Schweren Herzens akzeptierte Nadine die Entscheidung ihrer Freundin. »Aber ich komme gleich morgen früh wieder, um nach ihr zu sehen.«

Dr. Hammond nahm die Hand von ihrer Schulter und wandte sich zum Gehen. »In Ordnung.«

Gefühlvoll fuhr Nadine über das Lenkrad und ließ ihre rechte Hand über den Schlüssel, der bereits im Zündschloss steckte, gleiten. Vorsichtig drehte sie ihn nach rechts. Ohne Zögern sprang der Motor an.

Es kam ihr fast so vor wie bei einem ersten Date. Zuerst war man immer etwas nervös. Allerdings hielt dieser Zustand nie lange an, ganz anders als jetzt. Hier ging es nicht um ein Gespräch, sondern um die Verantwortung, den Wagen ihrer Freundin heil nach Hause zu bringen.

Dementsprechend benötigte sie doppelt so lange für den Heimweg. Sie wurde unterwegs sogar von ungeduldigen Autofahrern angehupt, überholt und mit wilden Handzeichen beschimpft, nur weil sie sich penibel an die Geschwindigkeitsgrenze hielt.

Immerhin war sie wohlbehalten, ohne irgendeinen Kratzer, in der Tiefgarage angekommen. Erleichtert schaltete sie den Motor ab. »Der Wagen steht mir wohl auch gut«, dachte Nadine, »zu schade, dass er Casey gehört.«

»Ich bin wieder da!«, rief Nadine quer durchs Apartment. Doch niemand antwortete.

Vielleicht waren ihre Eltern immer noch sauer.

Deprimiert ging sie in ihr Zimmer und drehte die Musik auf, damit sie trotzdem von ihnen registriert wurde. »Wollen wir mal sehen, wer hier wen ignoriert!«, donnerte sie gegen die Musik an.

Eine halbe Stunde verging, ehe es an der Tür klopfte, wodurch Nadine aus dem Betrachten einer Modezeitschrift gerissen wurde. »Ja?«

»Könntest du die Musik bitte leiser machen, sonst kommt gleich dein Dad, und der bittet dich dann bestimmt nicht mehr«, bemerkte Clara mit leicht verzerrtem Gesicht.

Widerwillig verringerte Nadine die Lautstärke mithilfe der Fernbedienung, die sie neben sich aufs Bett gelegt hatte, bis ihre Mutter zufrieden nickte.

»Er ist nicht mein Dad!«

»Ach, bevor ich es vergesse, in einer Stunde gibt es Abendessen. Also komm bitte pünktlich! Und das andere ignoriere ich jetzt mal.«

»Klasse, wenn die Tage so schnell vergehen, stehe ich in fünf Stunden vor Gericht. Dann kann ich genauso gut sitzen bleiben und auf mein Schicksal warten«, sinnierte Nadine.

»Nadine kommst du? Das Essen wird kalt.«

Verwundert starrte sie auf die Wanduhr. 18:00 Uhr. »Das darf nicht wahr sein!«, fluchte sie. Wieder war eine Stunde wie im Flug vergangen. Zu allem Überfluss meldete sich jetzt auch noch ihr Magen mit einem lauten Knurren.

In der Küche saßen ihre Eltern bereits am Tisch, denen sie, ohne ein Wort zu verlieren, Gesellschaft leistete.

Die Stimmung glich der bei einer Beerdigung, bis sich Anthony entschloss, die Geschehnisse der letzten Nacht anzusprechen. »Du und deine Freundin, ihr habt gestern eine kleine Party gefeiert? Oder war das eher ein ausgewachsenes Fest? Ich meine, so, wie sich Casey benommen hat.«

»Ich kann mich nicht daran erinnern.«

»Habe ich versäumt, dich über die tückischen Nebenwirkungen von Alkohol aufzuklären?«, witzelte er fragend.

»Nein, das musst du wohl vergessen haben. Du könntest mir jedoch sagen, was gestern eigentlich passiert ist«, entgegnete Nadine kühl.

Flüchtig wechselten ihre Eltern einen Blick untereinander, bevor sich ihr Stiefvater dazu durchrang, die Ereignisse aus seiner Sicht wiederzugeben. »Alles, was ich sagen kann, ist, dass ihr, als wir nach Hause kamen, die Musik so laut hattet, dass man jedes einzelne Wort der Songtexte draußen verstand. Ich bin umgehend in dein Zimmer gegangen. Tja, da sah ich auch, warum die Musik aus allen Membranen dröhnte. Casey tanzte mit einer Flasche Whisky in der Hand, während du ohnmächtig auf dem Bett lagst. Ich bat sie höflich, die Musik leiser zu machen.

Aber anstatt das zu tun, drehte sie die Musik weiter auf und beschimpfte mich anschließend. Du weißt, dass ich viel ertrage, doch ich lasse mich bestimmt nicht verarschen. Daraufhin habe ich sie schlicht vor die Tür gesetzt.«

Nadine schüttelte ungläubig den Kopf. »Das glaube ich nicht. Sie würde bestimmt keinen von euch beschimpfen.«

Ihren Mann verteidigend, sagte Clara. »Ich habe sie gesehen, wie sie geflucht ...«

Mahnend hob Nadine die Hand. »Es reicht! Ich will davon nichts mehr hören. Was geschehen ist, ist geschehen.«

»Lasst uns das Thema wechseln!«, sprang Clara ihr bei, damit der angespannte Familienfrieden nicht noch weiter auseinanderbrach. »Habt ihr heute einmal die Nachrichten gehört? In San Diego schoss ein Schüler mit der Waffe seines Vaters wild um sich. Dabei kamen zwei Lehrer und eine Schülerin ums Leben. Als man den Schüler beruhigen wollte, hielt er sich die Waffe an die Schläfe.«

»Das ist zu viel«, murmelte Nadine. »Wenn ihr mich bitte entschuldigen würdet, aber mir ist der Appetit vergangen.«

Ohne weitere Diskussionen ging sie in ihr Zimmer.

Casey saß bedröppelt auf dem Krankenbett.

Ihr schossen alle möglichen Dinge durch den Kopf, die sie gern noch erlebt hätte, doch wenn der Test positiv ausfiel, sah sie keinen Sinn mehr, weiterzuleben. Die Ärzte erzählten ihr zwar, dass eine HIV-Erkrankung nicht zwingend tödlich wäre, jedoch mit erheblichen Einschränkungen behaftet war. »Ich habe immer gedacht, dass es nicht mehr schlimmer werden könnte, bis jetzt jedenfalls.«

Immerhin hatte sie ein Einzelzimmer bekommen. So konnte sie ungestört über ein paar dringende Angelegenheiten nachdenken. Nur im Moment war ihr nicht danach zumute. Stattdessen ließ sie ihren Gefühlen freien Lauf.

Sie legte sich auf den Rücken und schloss die Augen. Was konnte sie auch sonst tun? Die kommenden Ereignisse waren unabwendbar.

»Ich hoffe, dass es Casey gut geht, dass sie sich auf keinen Fall aufgibt«, dachte Nadine, die krampfhaft versuchte, sich auf ihrem Sofa zu entspannen.

Schweißgebadet schreckte sie auf. »Casey, nein!«, rief sie im Halbschlaf. Es dauerte einen Augenblick, bis sie realisierte, dass sie einen furchtbaren Traum durchlebt hatte. Allmählich beruhigte sich ihr Herz und die Atmung wurde wieder gleichmäßiger. »Was ist passiert?«, dachte sie.

Verbissen bemühte sie sich, den Traum zu rekonstruieren. Leider traten nur Bruchstücke ans Tageslicht, die nichts Gutes verhießen. Etwas Schlimmes musste ihrer Freundin zugestoßen sein. »Es ist lediglich ein Traum gewesen, keine Prophezeiung. Oder doch?«, dachte sie, von ihren Gefühlen hin- und hergerissen, während sie in der Dunkelheit bereits nach ihrer Armbanduhr tastete. »Ich muss sichergehen, dass es Casey gut geht. Ich sollte besser im Krankenhaus anrufen.«

Auf ihrem Nachttischchen wurde sie fündig. Hastig betätigte sie den Knopf, der das Ziffernblatt erleuchtete. 2:35 Uhr. »Na, klasse! Es ist mitten in der Nacht.« Frustriert über die Tatsache, dass sie so früh wach geworden war, vergaß sie ganz ihre vorherige Sorge um Casey.

»Aufstehen!«, frohlockte Clara, die ihren Morgenmuffel sehr gut kannte und daher kurzerhand die Jalousien hochzog.

Murrend vergrub Nadine ihren Kopf unter der Bettdecke, um den Sonnenstrahlen zu entgehen. Doch Clara schien auf diesen Schritt bestens vorbereitet zu sein. Vorsichtig schlich sie zum Fußende.

Ohne Vorwarnung wurde die Decke vom Bett gerissen.

»Oh, Mom. Du weißt, dass ich sonntags immer länger schlafe.«

»Wenn ich Eure Hoheit daran erinnern darf, wer immer gemeckert hat, dass sie jeden Sonntagmorgen joggen wollte.«

Entsetzt fuhr Nadine hoch. »Ich wollte Casey heute im Krankenhaus besuchen. Shit! Ich gehe sofort duschen, ziehe mich an, jogge und fahre anschließend zum Krankenhaus.« Sie rannte an ihrer Mutter vorbei.

»Du solltest lieber nach dem Joggen duschen. Es reicht, wenn du dich jetzt erstmal wäschst«, riet Clara ihr noch.

Eine Viertelstunde später startete Nadine ihre Runde um die Blocks.

Zu diesem Zeitpunkt hatte sich Rechtsanwalt Clark Jones bereits mit seinem Detektiv getroffen, der für ihn Observierungen und weitreichende Nachforschungen durchführte. So war er dem vermissten Zeugen auf die Spur gekommen, vor dessen Apartment er sich im Moment befand.

Energisch klopfte Clark gegen die Tür.

»Wer ist da?«, ertönte eine Männerstimme auf der anderen Seite.

»Ich bin Clark Jones. Wir hatten gestern einen Termin. Es geht um Ihre Aussage bei der Polizei.«

»Moment.« Man konnte gut hören, wie mindestens drei Sicherheitsketten aus ihrer Führung entfernt sowie anschließend das eigentliche Schloss entriegelt wurde. »Sie können reinkommen.«

Vorsichtig betrat Clark die Wohnung, immerhin konnte er nicht wissen, wie der Mann auf seine Anwesenheit reagierte.

»Nick Stevens, richtig?«

Der Mann nickte.

»Warum sind Sie nicht zu unserem vereinbarten Treffen erschienen?«

»Ich konnte nicht von der Arbeit weg. Wir haben derzeit viel zu tun auf dem Bau. Ich meine, mein Chef hätte mich doch gleich rausgeschmissen.« Unsicher trat Nick von einem Bein auf das andere.

»Nun, um auf Ihre Aussage zurückzukommen. Sie sagten, dass Sie meine Mandantin am Tatort gesehen haben. Stimmt das?«

»In gewisser Weise. Eigentlich wollte ich den Cops nur sagen, dass ich eine junge Frau davonrennen sah. Aber die kamen ständig mit neuen Fragen. Meinem Chef habe ich versichert, dass der Zirkus eine halbe Stunde dauern würde. Nach einer Stunde saß ich immer noch bei denen. Die fragten immer das Gleiche, bis sie mir dann ein Foto von einer Frau zeigten.« Nick schluckte einen dicken Kloß, der in seiner Kehle steckte, hinunter. »Ich …, ich habe dann auf das Foto gezeigt.«

»Lassen Sie mich raten. Auf dem Foto war meine

Mandantin?« Clark holte zur Bestätigung ein Foto aus seiner Jackentasche.

»Das war sie!«

»Also, kommen wir jetzt zur Wahrheit! Was ist an dem Abend tatsächlich vorgefallen?«, bohrte er, sichtlich um Fassung ringend, nach.

»Mr. Jones, es tut mir leid. Ich wollte niemandem schaden. An dem Abend sah ich WIRKLICH eine junge Frau aus dem Haus rennen. Sie hatte schwarze Haare, mehr konnte ich leider in der kurzen Zeit nicht erkennen.«

»Mr. Stevens, sagen Sie bitte wenigstens vor Gericht die Wahrheit! Sonst werde ich Sie im Zeugenstand zerreißen!«

Casey erhielt bereits gegen zwölf Uhr ihr Mittagessen, das sie allerdings nicht anrührte. »Bevor die Ergebnisse der Untersuchungen nicht vorliegen, werde ich jegliche Nahrungsaufnahme verweigern«, ermahnte sie ihren knurrenden Magen.

Erst als Dr. Hammond das Zimmer betrat, wandelte sich ihr Selbstmitleid in puren Tatendrang. »Liegen endlich die verdammten Ergebnisse der Tests vor? Ich habe nämlich noch was anderes vor.«

»Ja. Es gibt eine gute und eine schlechte Nachricht.« Langsam schritt er auf sie zu. »Die gute Nachricht lautet: Der HIV-Test ist negativ ausgefallen.«

Erleichtert hob Casey ihre Hände vor die Brust.

»Die schlechte Nachricht ist, dass wir bei Ihnen eine Gonorrhöe feststellen konnten.«

Er schaute in Caseys fragendes Gesicht.

»Gonorrhöe bedeutet so viel wie Tripper. Sie gaben bei Ihrer Ankunft an, dass Sie mit einem Ihnen unbekannten Mann Geschlechtsverkehr hatten. Wissen Sie noch, ob er ein Kondom benutzte?«

Ablehnend schüttelte Casey den Kopf, wobei sie krampfhaft versuchte, ihre Scham zu verbergen. »Würden Sie mich bitte allein lassen. Ich brauche jetzt etwas Zeit zum Nachdenken.«

Schweigend verließ Dr. Hammond den Raum.

»Nadine, wo bist du?«, dachte Casey. »Ich brauche dich!«

Wie aufs Stichwort klopfte es an der Tür.

»Oh, Sie sind's«, bemerkte Casey, die beim Anblick der Krankenschwester enttäuscht den Kopf hängen ließ. »Ich dachte, Sie wären jemand anderes.«

Beleidigt sah Schwester Carry sie an. »Wen erwarten Sie denn?«

Casey merkte, wie die Neugier in den Augen von Carry aufleuchtete. »Ob Krankenschwestern wohl immer so interessiert an einem Patienten sind«, fragte sie sich, »um etwas Neues zu erfahren?«

Also tat sie ihr den Gefallen. »Meine Freundin, die mich gestern hierherbegleitet hat, wollte heute wiederkommen. Nur ist bis jetzt noch kein Lebenszeichen von ihr gekommen.«

»Vermutlich wurde Ihre Freundin aufgehalten und hat dadurch vergessen, Ihnen Bescheid zu sagen.«

Das klang plausibel, aber entsprach das auch der Realität? »Sie können das Essen ruhig mitnehmen. Mir ist nicht danach zu Mute.«

Just in dem Moment öffnete Nadine die Tür und betrat das Zimmer. »Hey. Wie geht's dir?«

Bedrückt ließ ihre Freundin den Kopf hängen. »Schön, dass du hier bist. Der HIV-Test ist zwar negativ ausgefallen, dafür habe ich mir einen scheiß Tripper eingefangen.«

Geschockt über den Befund, setzte sich Nadine zu Casey aufs Bett und drückte sie fest an sich. »Das kann nicht sein!«

»Ich werde besser gehen«, schlug Carry vor, während sie mit dem Tablett in den Händen den Raum verließ.

»Hat der Arzt gesagt, wie lange du bleiben musst bezüglich der weiteren Behandlungen?«

Casey überlegte kurz. »Aber wo du das erwähnst, könnten wir eigentlich gehen. Ich habe sowieso keine Lust mehr, hier herumzusitzen und darauf zu warten, dass sich irgendwann mal ein Arzt blicken lässt.«

»Okay«, dachte Nadine, »das musst du selbst wissen.«

Schweigend schaute sie zu, wie sich Casey anzog. »Ich wäre so weit.«

Doch bevor sie die Tür öffnen konnte, platzte Dr. Hammond hinein. »Was wird das denn? Wollen Sie uns etwa ohne Medikamente verlassen?«

Man konnte Casey in diesem Moment ansehen, dass sich ihre Entschlossenheit allmählich verflüchtigte. »Gewissermaßen hatten wir vor, nach Ihnen zu suchen, damit ich …« Sie brach ab. »In Ordnung! Ich wollte nur raus.«

Nadine trat ihr schützend zu Seite. »Schreiben Sie uns auf, welche Medikamente besorgt und wann eingenommen werden müssen. Ich sorge später dafür, dass sie sie auch regelmäßig nimmt.«

»Einverstanden«, erwiderte der Arzt und zog ein Rezept aus der Tasche seines Kittels hervor, das er an Nadine weitergab. »Hier steht alles drauf. In der Apotheke schreiben sie noch die Dosierung auf die Packung. Und, Casey, es ist ganz wichtig, dass Sie in den nächsten Wochen keinen Geschlechtsverkehr haben, sonst stecken Sie andere Menschen an. In fünf Tagen erwarte ich Sie zur Kontrolle wieder hier. Sie wollen sicher nicht, dass sich die Krankheit negativ auf Ihre Fruchtbarkeit auswirkt.«

Dankend verstaute Nadine das Rezept in ihrer Hosentasche. »Dann wollen wir mal los!«

Hilfsbereit hielt Dr. Hammond ihnen die Tür auf, während sich Casey an ihm vorbeizwängte. »Kommst du?«

Ohne weitere Diskussionen folgte Nadine ihrer Freundin durch den Flur und anschließend aus dem Krankenhaus. »Was hast du jetzt vor?«

Casey schüttelte den Kopf, wobei eine einzelne Träne über ihr Gesicht rann. »Ich weiß es nicht.«

»Hey, komm schon! Du darfst nur nicht anfangen, dich hängen zu lassen. Wir schaffen das, zusammen.« Symbolisch hielt Nadine ihr eine Hand entgegen.

Gemeinsam trotteten sie zum Wagen, wo Nadine den Griff löste, zur Beifahrertür ging und die Zentralverriegelung öffnete. »Du fährst!« Kurzerhand warf sie den Schlüssel über das Dach in Caseys Richtung, die ihn blitzschnell in der Luft abfing.

»Wo fahren wir hin?«, erkundigte sich Nadine, nachdem ihre Freundin zu ihr in den Wagen gestiegen war.

»Uns fällt bestimmt unterwegs etwas ein. Obwohl, ich würde gerne zuerst bei mir Halt machen, damit ich duschen und was anderes anziehen kann.« Entschlossen legte Casey den Rückwärtsgang ein. »Oder hast du eine andere Idee?«, vergewisserte sie sich sicherheitshalber, bevor sie den Mustang vom Parkplatz manövrierte.

»Ich werde diese Frage lieber unbeantwortet lassen. Das soll sie allein entscheiden, denn im Grunde ist es mir sowieso egal, wohin wir fahren«, beschloss Nadine im Geiste.

Zufrieden über das Schweigen ihrer Freundin, düste Casey los. Allerdings nahm sie nicht den direkten Weg zu ihrem Apartment, wie Nadine schnell feststellen musste.

»Weshalb machen wir einen Umweg?«

Leicht verwirrt sah Casey zu ihr hinüber. »Ich …, ich wollte, keine Ahnung. Das alles hat mich wohl mehr mitgenommen, als ich dachte.«

Diese Erklärung klang für Nadines Geschmack zwar etwas zu simpel, aber sie ließ sie gewähren.

Immerhin hatten sie ihr Ziel nach einer halben Stunde erreicht. »Besser später als nie!«, murmelte Nadine.

Doch Casey störte sich nicht an dem Sarkasmus ihrer Freundin und stieg stattdessen aus.

»Warte, ich habe das nicht so gemeint!«, versuchte Nadine, sich zu entschuldigen, gleichzeitig hechtete sie förmlich aus dem Wagen, um Casey, die bereits an der Eingangstür angekommen war, einzuholen.

»Beeil dich lieber, anstatt so einen sentimentalen Kram abzulassen!«

Das hatte voll ins Schwarze getroffen.

Innerlich nickte Nadine, vermied es aber, auf den Konter noch einen draufzusetzen.

»Ist alles in Ordnung? Du siehst so fertig aus«, neckte Casey ihre Freundin, als diese keuchend die Eingangstür passierte.

»Ich habe lediglich einen kurzen Sprint zur Auflocke-rung hingelegt«, konterte Nadine, die sich nun nicht mehr zurückhalten konnte und anfing, wilde Grimassen zu schneiden.

Darauf war Casey beim besten Willen nicht vorbereitet und lachte lauthals los.

Jetzt war alles wieder in Ordnung.

Eilig schloss Casey die Apartmenttür auf. »Du weißt, dass du alles benutzen kannst?«, fragte sie, damit Nadine sich in der Zwischenzeit nicht langweilte.

»Klar!«, entgegnete diese und machte sich prompt auf den Weg ins Wohnzimmer, wo sie sich auf das Sofa fallen ließ. »Nur fünf Minuten«, dachte sie.

»Hey, Dornröschen!«

Vor Schreck fuhr Nadine zusammen. »Was, was?«

»Eben ging dir alles nicht schnell genug, und jetzt schläfst du wie ein Baby.«

Nadine nickte zustimmend.

»Na gut. Inzwischen ist es 15:30 Uhr, wenn wir noch was unternehmen wollen, sollten wir uns langsam auf den Weg machen.« Gähnend streckte sich Nadine ausgie-big, um den letzten Schlaf aus den Knochen zu schütteln. »Was willst du Sonntagnachmittag gegen vier Uhr unter-nehmen? Die Clubs machen erst in ein paar Stunden auf.«

»Ich weiß zufällig, dass die Kinos geöffnet haben. Wir könnten uns also, bevor wir feiern gehen, einen Film an-sehen.« Angestrengt wühlte sie auf dem Wohnzimmer-tisch, bis das gewünschte Heft zum Vorschein kam. »Ah, da ist die Kinozeitung.«

»Läuft ein interessanter Film?«, fragte Nadine erwartungsvoll.

Hastig durchforstete Casey die Ausgabe nach dem aktuellen Wochenüberblick. »Ein Horrorfilm, THE DARK, eine Komödie, BEAUTIQUEEN, und ein Drama, HISTORY. Ich würde den Horrorfilm bevorzugen.«

Für die beiden anderen Filmgenre hatte Nadine im Moment auch nichts übrig, daher kam ihr der Vorschlag ihrer Freundin sehr entgegen. »Wann fängt der Film an?«

Gelassen winkte Casey ab. »Erst um 17:15 Uhr.« Entsetzt starrte sie auf ihre Uhr. »Das ist exakt in vierzig Minuten!« Beide sahen sich an. Die letzte Stunde war wie im Flug vergangen.

»Das schaffen wir«, versicherte Casey. »Wir gehen zu einer speziellen Vorstellung.«

Neugierig sah Nadine sie an.

»Heute findet eine Wohltätigkeitsvorstellung im Central Park statt. Die Einnahmen gehen an eine Aids-Stiftung.« Fest entschlossen packte Casey ihre Freundin bei der Hand und schleifte sie hinter sich her durchs Treppenhaus. Beinahe hätten sie noch eine alte Dame über den Haufen gerannt, die gerade im Begriff war, die Eingangstür aufzuschließen. Zum Glück konnte sie sich rechtzeitig auf den Bürgersteig retten.

Doch anstatt sich bei der alten Dame zu entschuldigen, stiegen sie in den Mustang ein und brausten davon.

Geschockt blickte die Frau dem immer kleiner werdenden Wagen hinterher.

»Das wird ganz schön eng. Noch fünfzehn Minuten bis

zum Anfang, dabei haben wir noch nicht einmal einen Parkplatz«, erinnerte Nadine ihre Freundin, die sie im Gegenzug vergnügt angrinste.

»An der Ecke E79th Street und 5th Avenue gibt es einen versteckten Parkplatz für die Stadtfutzies, den ich durch Zufall entdeckt habe.«

Zwar war Nadine dutzende Male an der Stelle vorbeigekommen, aber einen Parkplatz hatte sie nie gesehen. Bis jetzt zumindest. »Na, dann steht uns nichts mehr im Weg.«

Leider musste sie ihre eben neu entfachte Freude wieder auf Eis legen, denn als sie auf die E79th Street einbogen, gerieten sie direkt in einen Stau. »Ich hätte mich auch gewundert, wenn wir ohne Schwierigkeiten zur Vorstellung kämen. Und das so kurz vorm Ziel.«

In Gedanken stimmte ihr Casey zu, während sie fieberhaft nach einer Möglichkeit suchte, diesem Schneckenzirkus zu entkommen. Aber der Seitenstreifen war wieder zum Parkplatz umfunktioniert worden, sodass man über ihn nicht ausweichen konnte, was ein unnachgiebiges Stop-and-go auf den verbliebenen Metern zur Folge hatte.

»Fahrt doch einfach!«, fluchte Casey, wild hupend. Aber ihr verzweifelter Versuch, schneller vorwärtszukommen, scheiterte erneut. Verärgert schüttelte sie den Kopf.

»Wir werden es schaffen«, versicherte Nadine.

»Du hast ja recht. Es sind immerhin noch fünf Minuten, zumal dort unsere Abfahrt ist«, frohlockte Casey und bog in den schmalen Parkweg ein, dem sie bis zum Ende folgte. Erst vor einem Baum mit tiefhängenden Ästen hielt sie an. »Könntest du bitte die Äste zur Seite biegen, damit ich den Wagen unter dem Baum verstecken kann?«

Leicht verwirrt schaute Nadine sie an. »Verstecken?«

»Sonst schleppen die Behörden den Wagen ab. Normalerweise ist das Parken hier strengstens verboten.«

Ohne darauf zu antworten, stieg Nadine aus und ging auf den Baum zu. Bevor sie jedoch die Äste berührte, sah sie sich um, ob niemand in der Nähe ihre Aktion beobachtete.

Niemand zu sehen.

Schnell hob sie die störenden Äste an, damit Casey den Mustang in das Dickicht fahren konnte.

»Das sieht gut aus. Man kann ihn nicht mehr erkennen«, bemerkte Nadine, nachdem sie den Wagen vollkommen unter dem Blattwerk verborgen hatten. »Jetzt können wir zur Freilichtbühne gehen.«

Bereits von Weitem war an der provisorischen Kasse eine lange Schlange zu erkennen.

»Die werden bestimmt nicht eher anfangen, bis alle drin sind«, freute sich Casey. So konnten sie die letzten Meter auch in gemütlichem Tempo zurücklegen, denn warten mussten sie sowieso.

»Dafür haben wir uns so beeilt, um jetzt Schlange zu stehen. Hätte ich das früher gewusst, wären wir immerhin mit einer Tüte Popcorn bestückt«, ärgerte sich Nadine.

»Kaufst du auch eine Karte für mich, falls ich nicht rechtzeitig zurück bin?«

Leicht irritiert von dem Wunsch ihrer Freundin, nickte Nadine zustimmend, woraufhin Casey, rechts an der Schlange vorbei, in Richtung Eingang verschwand. »Will sie sich an der Kontrolle entlangschleichen, um uns ein paar gute Plätze zu reservieren«, dachte sie kurzeitig.

»Nicht einschlafen, andere wollen auch noch etwas haben, bevor der Film anfängt.«

War das Casey? Von Neugier getrieben, versuchte Nadine, rechts an der Schlange vorbeizusehen, ohne dabei ihren Platz an einen anderen zu verlieren.

Tatsächlich! Casey hatte sich in einer zweiten Schlange angestellt und tobte sichtlich erregt auf der Stelle. Anscheinend ging es ihr nicht schnell genug. Doch was gab es dort drüben? Mühsam reckte sich Nadine noch ein Stück weiter. Jetzt konnte sie es sehen. Ein Stand mit frischem Popcorn und kalten Getränken lockte die zahlreichen Besucher an wie Honig die Bienen.

Endlich hatte Nadine es bis zur Kasse geschafft. »Zwei Karten, bitte.«

Etwas träge riss die Kassiererin zwei Abschnitte von einer Rolle Eintrittskarten. »Das macht zehn Dollar.«

Nickend griff Nadine in ihre rechte Hosentasche und förderte eine Zehn-Dollarnote ans Tageslicht, die die Dame dankend entgegennahm. »Viel Spaß bei dem Film.«

Nadine schlenderte langsam auf ihre Freundin, die immer noch in der Schlange stand, zu. Gelegentlich warf sie einen flüchtigen Blick Richtung Leinwand, wo die allseits bekannte Vorschau auf bevorstehende Kinofilm-Starts lief. »Wenigstens verpassen wir die blöde Werbung«, dachte sie.

»Zweimal Popcorn«, bestellte Casey bei der Bedienung. »Plus zwei Cola«, warf Nadine von hinten ein.

Verunsichert sah die Kassiererin Casey an, die

bestätigend nickte, womit diese Unstimmigkeit beseitigt war. »Vier Dollar und fünfzig Cent, bitte.«

»Stimmt so«, entgegnete Casey, als sie der Dame fünf Dollar auf die Theke legte.

Gierig griff sich Nadine, die inzwischen an dem Stand angekommen war, ihren Anteil der Bestellung.

»Danke, dass du meine Sachen mitnimmst, Nadine.«

»Für Scherze ist keine Zeit. Lass uns lieber ein paar gute Plätze suchen, bevor es zu spät ist!«, konterte ihre Freundin.

Gemeinsam gingen sie zu dem provisorischen Eingang, wo man ihre Eintrittskarten entwertete.

»Es sind noch Plätze in der Mitte frei. Wir sollten uns beeilen, sonst sind sie weg!«, befahl Nadine mit einem militärischen Unterton in der Stimme, wobei sie ihre Ellbogen gegen die umherstehenden Leute einsetzte.

Allmählich setzte die Dämmerung ein. Demnach musste der Film jeden Augenblick beginnen. »Es sind zwar keine gepolsterten Kinosessel, aber besser ein ordinärer Klappstuhl, als den ganzen Film über stehen zu müssen«, dachte Nadine, während sie sich hinsetzten.

Als die Werbung endete und die Embleme der Filmstudios sowie des Produzenten über die Leinwand flackerten, kehrte endlich Ruhe unter den Anwesenden ein.

In der Zwischenzeit war die Sorge über den Verbleib ihrer Tochter Amanda so weit gewachsen, dass Roseanne und David begonnen hatten, den Freundeskreis abzutelefonieren.

»Hallo Clara. Sag mal, ist Amanda zufällig bei euch? Ihr Handy ist seltsamerweise abgeschaltet.«

Die Antwort kam prompt. »Nein! Aber Nadine ist auch unterwegs. Vielleicht ist sie bei ihr.«

Enttäuscht legte Roseanne auf, um im selben Moment den Telefonspeicher nach Nadines Handynummer zu durchsuchen.

Es klingelte. »Hallo.«

Innerlich fiel Roseanne ein Stein vom Herzen, jetzt musste nur ihre Tochter in der Nähe sein. »Ist Amanda bei dir?« Im Hintergrund hörte sie, wie jemand Nadine zurief, das Handy abzuschalten. »Nein. Ich habe seit Längerem nichts mehr von ihr gehört. Was ich zugegeben recht merkwürdig finde, genauso wie ihren letzten Besuch.«

Diese Aussage löschte den letzten Funken ihrer Hoffnung, der bis dahin noch geflackert hatte.

»Nad …«, setzte Roseanne ein letztes Mal an, bevor sie merkte, dass diese die Verbindung inzwischen getrennt hatte. Was konnte sie jetzt tun? Alle, die sie kannten, wollten ihre geliebte Tochter entweder nicht gesehen haben oder waren verreist. Es blieb ihr also nur noch eine Option: die Polizei.

»911. Notruf. Sie sprechen mit Ingrid Thurman.«

Roseanne versuchte, ihre Gedanken zu ordnen, damit sie kein wirres Zeug von sich gab. »Ich vermisse meine Tochter, Amanda. Es ist jetzt anderthalb Tage her, seitdem ich sie das letzte Mal gesehen habe.«

Am anderen Ende hörte sie, wie die Dame alles, was sie sagte in den Computer eingab. »Sagen Sie mir bitte Ihren Namen und Ihre Adresse! Ich werde umgehend einen Streifenwagen zu Ihnen schicken. Die Kollegen werden vor Ort alles Weitere mit Ihnen besprechen.«

Eine kurze Pause entstand.

»Mein Name ist Roseanne Higgs. Ich wohne in der 3rd Avenue 215.« Wieder vernahm sie am anderen Ende das tippende Geräusch der Computertastatur. »In etwa fünfzehn Minuten ist ein Streifenwagen bei Ihnen.«

»Hoffentlich«, dachte Roseanne, als sie das Telefonat kurzerhand beendete. »Vielleicht sollte ich besser Kaffee aufsetzen.«

Roseanne wartete ungeduldig hinter der Wohnungstür, bis die Polizisten eintrafen.

»Mrs. Higgs? Ich bin Officer Harris, das ist Officer Wood. Sie hatten wegen Ihrer Tochter angerufen.«

»Kommen Sie bitte herein! Immer geradeaus. Am Ende des Flurs nach rechts.« Gelassen folgten die beiden Officer der Weisung, während Roseanne einen Umweg über die Küche machte, um Kaffee, Milch und Zucker mitzunehmen. So bestückt ging sie ins Wohnzimmer, wo sich die Polizisten bereits auf dem Sofa niedergelassen hatten. »Kaffee?«

Beide nickten und nahmen die Tassen dankend entgegen.

»Milch oder Zucker?«

Verneinend schüttelten beide den Kopf, gleichzeitig stellte Officer Harris seine Kaffeetasse auf den Wohnzimmertisch und holte einen Notizblock aus seiner Hosentasche. »Wann haben Sie Ihre Tochter zuletzt gesehen?«

Angestrengt dachte Roseanne über die Frage nach, denn wollte sie die Suche nicht durch eine falsche Angabe behindern. »Ich meine, es müsste zwei Tage her sein.«

Officer Harris wechselte mit seinem Partner einen

fragenden, fast ratlosen Blick. »Warum melden Sie sich dann erst jetzt? Oder ist Ihre Tochter bereits früher mal für kürzere Zeit von zu Hause ferngeblieben?«

Roseanne schüttelte energisch den Kopf. »Es ist nicht ihre Art, sich nicht zu melden, wenn sie vorhat, länger wegzubleiben. Sie ist zwar alt genug, aber ich fühle mich besser, wenn sie sich meldet. Am Anfang habe ich gedacht, dass sie es vergessen hat. Aber als sie heute immer noch nicht angerufen hatte, war ich mir in dieser Hinsicht …« Sie brach ab und sah Officer Harris in die Augen.

»Ich verstehe Sie sehr gut, Mrs. Higgs. Wir werden alles, was in unserer Macht steht, tun, um ihre Tochter zu finden. Aber dafür brauchen wir Ihre Hilfe.«

Roseanne nickte verständnisvoll.

»Haben Sie ein aktuelles Foto von Amanda? Was hat sie an dem Tag getragen, an dem Sie sie zuletzt gesehen haben?«

Ohne auf die Fragen zu antworten, stand Roseanne auf und ging zum Wohnzimmerschrank, aus dessen oberer Schublade sie ein Foto herausholte. »Es ist erst zwei Wochen alt. Eigentlich wollte ich es längst in einen Bilderrahmen einfassen.« Gedankenverloren warf sie einen letzten Blick auf das Foto, ehe sie es Officer Harris gab. »Ich meine, Amanda trug an dem Tag ein schwarzes Sweatshirt und eine schwarze Jeans. Sie trägt gerne schwarz, weil es nie aus der Mode kommt.«

»Hatten Sie oder Ihr Mann in letzter Zeit Streit mit Ihrer Tochter?«

Entsetzt starrte sie ihn an. »Ich darf doch wohl bitten.«

Kopfnickend notierte sich Officer Harris akribisch jedes einzelne Wort. Was Roseanne allerdings nicht sehen konnte war, dass er sich den letzten Satz markierte und dazu das Wort ›Wichtig‹ notierte. »Sonst ist Ihnen nichts aufgefallen? Hat sie sich in letzter Zeit anders verhalten?«

Im Geiste ging Roseanne die vergangenen Tage noch einmal durch. »Nein, sie war so wie immer.«

Officer Wood, der das Geschehen die ganze Zeit über beobachtet hatte, meldete sich nun zu Wort. »Mrs. Higgs, ich will ehrlich zu Ihnen sein. Nach zwei Tagen wird es schwer, Ihre Tochter wiederzufinden, gerade wenn sie nicht von zu Hause weggelaufen ist. Wir werden, wie gesagt, unser Bestes tun. Es hat sich nur herausgestellt, dass die Betroffenen besser reagieren, wenn man ihnen von Anfang an keine falschen Hoffnungen macht.«

Niedergeschlagen wandte sie den Blick ab. »Ich weiß. Aber das macht es auch nicht einfacher.«

Die beiden Polizisten erhoben sich gleichzeitig vom Sofa. »Wir werden alles unternehmen, was in unserer Macht steht, um sie zu finden«, versicherte ihr Officer Harris nochmals. »Deshalb werden wir jetzt zurück zum Revier fahren und die Meldung in das System eingeben.«

»Sie rufen doch sofort an, wenn Sie etwas herausfinden?«, fragte Roseanne, als sie sich an der Wohnungstür von den beiden Polizisten verabschiedete.

Nadine und Casey blieben auf ihren Klappstühlen sitzen, um dem Gedrängel aus dem Weg zu gehen. »Die müssen es alle sehr eilig haben«, schlussfolgerte Casey.

»Willst du den Rest Popcorn essen, solange wir warten?«, fragte Nadine höflich, woraufhin ihre Freundin genüsslich in die Tüte hineingriff, sich etwas herausnahm und signalisierte, dass sie nichts mehr wollte.

»Dann werde ich mich halt opfern, den verbleibenden Rest aufzuessen.«

Casey sah sie mit einem leicht verzogenen Gesicht an. »Das finde ich cool von dir. Ich wüsste nicht, ob ich dieses Opfer gebracht hätte«, witzelte sie.

Spielerisch wandte Nadine sich ab. »Du kennst mich doch. Ich bin mir für nichts zu schade.« Theatralisch leerte sie, in den letzten Sekunden des Abspannes, den Becher. Selbst die Menschenschlange war inzwischen fast in der Nacht verschwunden.

»Exakt der richtige Zeitpunkt, um das Feld zu räumen«, stellte Casey nüchtern fest.

Nadine, die der gleichen Ansicht war, stand ihrerseits mit neuem Tatendrang auf »Wenn ich bitten darf, meine Teure!«

»Sehr zuvorkommend, meine Liebe!«, gab Casey scherzhaft zurück, wobei beide Seite an Seite das Open-Air-Kino verließen.

»Aber ich möchte nicht nach Hause fahren. Lass uns hier im Park das schöne Abendwetter genießen!«

Im Prinzip hatte Casey sowieso nichts Besseres vor, und wo ihre Freundin recht hatte, hatte sie es auch. »Einfach abhängen? Hier? Keine schlechte Idee. Ich habe mich schon lange nicht mehr im Park auf den Rasen gelegt und in den Himmel gesehen.«

»Zufällig kenne ich genau das passende Fleckchen Erde. Folge mir, unauffällig!« Wie bei einer Spezialeinheit der US Navy schlichen sie im Schatten der Bäume zu einer etwas abgelegenen Lichtung. »Die meisten Menschen gehen, ohne davon Notiz zu nehmen, an diesem Ort vorbei. Zuerst habe ich ihn auch übersehen. Aber beim zweiten Mal kam ich hier zum Stehen, weil ein Schnürsenkel meines Turnschuhs aufgegangen war.« Freudig drehte sich Nadine einmal um die eigene Achse und ließ sich anschließend mit dem Rücken auf den Boden nieder. »Leg dich hin! Der Untergrund ist nicht so hart, wie er aussieht. Außerdem können wir von hier aus zusammen die Sterne beobachten.«

Achselzuckend tat Casey ihrer Freundin den Gefallen. »Was ich dich die ganze Zeit schon fra …«

»Pscht. Lass uns lediglich dem Klang der Welt lauschen!«, mahnte Nadine, die im Begriff war, förmlich mit der Umgebung zu verschmelzen.

»Was ist das nur wieder für ein esoterischer Kram?«, dachte Casey, obwohl sie dem Gerede nicht gänzlich abgeneigt gegenüberstand.

»Ey, du. Aufstehen!«

Aufgeschreckt fuhr Nadine hoch. »Oh. Es ist bereits dunkel. Ich muss wohl geschlafen haben. Zurzeit ist es wie verhext. Was sagt denn die Uhr dazu?«

»22:25 Uhr. Aber ich muss leider zugeben, dass ich ebenfalls eingeschlafen war«, gestand Casey, sichtlich enttäuscht über ihre mangelnde Selbstbeherrschung.

Aber dieser Umstand schien Nadine gar nichts auszumachen. »Lass uns von hier verschwinden! Wer weiß, welche Gestalten hier nachts herumlaufen. Zum anderen fühle ich mich wie neu geboren. Bereit, so richtig auf den Putz zu hauen.«

»Was schwebt dir vor?«

Genüsslich rieb sich Nadine die Hände. »Heute feiert das Old Theatre Geburtstag mit tausend Litern Freibier.«

Jetzt war auch Casey putzmunter. »Dann mal los! Sonst ist vom Bier nichts mehr übrig.«

Ein Rascheln aus dem gegenüberliegenden Gebüsch ließ die beiden erstarren. »Was ist das?«, flüsterte Nadine.

»Ist mir scheißegal!«, schrie Casey und rannte los.

»Hey, lass mich nicht allein!«, brüllte Nadine hinter ihrer Freundin her, während sie ebenfalls losrannte. Gelegentlich drehte sie sich zu der vermeintlichen Bedrohung um, konnte aber nichts erkennen. So entschied sie, einen Gang runterzuschalten und gehend die Verfolgung ihrer Freundin fortzusetzen.

Diese hatte inzwischen eine beleuchtete Bank gefunden und sich niedergelassen, um wieder zu Atem zu kommen.

Wenige Augenblicke später erreichte Nadine vollkommen entspannt den Rastplatz. »Können wir weiter?«

Schweren Herzens nickte Casey. »Wenn es sein muss.«

Mit schnellen Schritten machten sie sich auf den Weg zum Wagen. Doch zehn Meter vor dem Mustang blieb Casey wie angewurzelt stehen. Sie bedeutete Nadine, sich still zu verhalten.

Eine schattenhafte Gestalt schlich um den Wagen herum. Offenbar suchte sie nach einem Weg, ihn aufzubrechen, ohne viel Lärm zu machen.

Vorsichtig schlich sich Casey an die Person heran. »Verpiss dich, du Spinner!«, schrie sie, worauf der Autodieb erschrak und sie aus Panik, erkannt zu werden, über den Haufen rannte.

Hilfsbereit trat Nadine an ihre rechte Seite. »Soll ich dir aufhelfen?«

»Ich kann noch allein aufstehen, danke. Es ist nur so, dass der Plan in meinem Kopf ganz anders aussah. Der Feigling sollte sich zum Kampf stellen.«

Skeptisch sah Nadine sie an. »Ich würde sagen, dass wir froh sein können, dass er das Auto nicht geknackt hat.«

Erleichtert über die glimpflich ausgegangene Situation, stiegen beide in den Wagen, was ihre Stimmung schlagartig ansteigen ließ.

»Let's party, and make some noise!«, jubelte Nadine, die ihre Vorfreude nicht mehr verstecken wollte. Vielleicht konnte sie in dieser Nacht der bevorstehenden Verhandlung etwas den Wind aus den Segeln nehmen, sich schlicht und einfach amüsieren.

Das Old Theatre lag in der Upper East Side, also nur ein paar Straßen von ihrer derzeitigen Position entfernt. »Ich bin lange nicht mehr dort gewesen. So zirka drei Monate, bevor der Besitzer gewechselt hat. Wer weiß, wie der Neue den Laden führt?«, bemerkte Nadine.

»Das kann ich dir beantworten. Er hat die Toiletten saniert und die alte Soundanlage gegen eine neue ausgetauscht. Ansonsten ist alles so geblieben. Aber du kannst dir gleich selbst ein Bild davon machen.« Mit diesen Worten bog Casey auf den Parkplatz vor der Disco ein. Hier gab es zum Glück keine lästige Parkplatzsuche, ganz im Gegenteil.

»Was ist das denn? Ist heute etwa geschlossen? Oder hat sich der Ruf so verschlechtert, dass keiner mehr kommt?«

Statt auf Nadines Frage zu antworten, schaltete Casey den Motor ab, stieg aus und reckte sich ausgiebig, um den letzten verbliebenen Restschlaf zu vertreiben. »Kommst du jetzt?«

Unschlüssig, ob sie noch hineinwollte, grübelte Nadine kurz über die nicht vorhandenen Alternativen nach. »Was sollen wir sonst unternehmen? Etwa zu Hause Däumchen drehen?« Nee! »Ich komme.« Bevor sie jedoch ausstieg, warf sie einen prüfenden Blick auf ihre Uhr. 22:55 Uhr. Urplötzlich startete ihre Stimmung einen neuen Anlauf, der es diesmal mühelos schaffte, die Oberhand zu gewinnen. »Der Club macht erst um elf Uhr auf. Bis dahin sind es noch fünf Minuten.«

Wie ein geölter Blitz schoss Nadine an Casey vorbei Richtung Eingang, exakt zum richtigen Zeitpunkt. Die Leute schienen mit einem Mal von überall her zu strömen. Es war so, als hätte jemand einen Schalter umgelegt. »Gut, dass wir früher da waren!«, stellte Nadine triumphierend fest.

Pünktlich um 23:00 Uhr öffnete sich die Eingangstür, allerdings ohne störende Türsteher. Nur der lange Gang, der zu den Kassen und letztlich zur eigentlichen Disco führte, begrüßte die ungeduldigen Besucher. Im Bruchteil einer Sekunde entschied Nadine, die Gelegenheit am Schopfe zu packen, woraufhin andere ihrem Beispiel folgten.

An den Kassen standen große Schilder mit der Aufschrift ›Freier Eintritt‹. Selbst die leicht bekleideten Kassiererinnen hatten sich zusammengerottet und winkten die Meute vorbei. »Los, rein mit euch! Genießt die Show! Old Theatre for ever.«

Für alle war die Bar mit ihrem regen Angebot an Frei-getränken der erste Anlaufpunkt.

»Das fängt super an. Hoffentlich bleibt das so bis zum Ende«, meinte Casey, bis etwas ihre Aufmerksamkeit erregte. »Oder es kommt wesentlich besser.« Sie deutete auf zwei junge Männer. »Wäre das nicht mal was anderes? Auch wenn es nur für einen Drink ist?«

Ohne groß zu zögern, willigte Nadine ein. »Warum nicht?«

Doch ehe die beiden ihren Fang einholten, warfen sie einen prüfenden Blick in die Runde, um mögliche Rivalinnen auszumachen. Glücklicherweise tauchte auf dem Radar kein Feind auf, so konnten sie gemeinsam zu den beiden gehen. »Hallo. Ganz allein hier?«, fragte einer der Männer.

»Und ihr?«, fragte Casey mit einem verführerischen Blick, während sie langsam nähertrat.

»Vielleicht sollten wir uns erst einmal gegenseitig vorstellen. Ich bin Brad. Der Kerl neben mir ist ein Freund von mir, Ryan.«

»Ryan!«, dachte Nadine überwältigt. Ihr Herz raste. Abwechselnd wurde ihr heiß und kalt. »Hi, Ryan. Ich bin Nadine.«

Beleidigt stupste Casey ihre Freundin leicht gegen den Fuß.

»Oh! Und das ist Casey.«

Sogar Brad war es nicht entgangen, dass Nadine und Ryan bereits angefangen hatten, sich näher kennenzulernen. »Ich glaube die beiden wollen lieber allein sein. Was hälst du davon, wenn wir auf der Tanzfläche ein bisschen Stimmung in den Laden bringen?«

»Super Idee.«

Ryan sah Nadine tief in die Augen, dabei geschah das Unfassbare. Es funkte. Man konnte hier wohl von ›Liebe auf den ersten Blick‹ sprechen.

»Möchtest du etwas trinken?«, fragte Ryan fürsorglich.

»Oh verdammt, irgendwie bekomme ich kein Wort über die Lippen«, dachte Nadine, wobei sie verlegen nickte, in der Hoffnung, dass ihre Stimme bald wiederkehren würde. Was zum Glück wenige Augenblicke später auch der Fall war. So konnte sie gerade noch rechtzeitig seine Hand ergreifen, bevor er zur Bar ging. »Lass uns zusammen gehen!« Ohne den Griff zu lösen, gingen sie wie ein Pärchen dorthin.

»Zwei Bier, bitte«, bestellte Ryan, woraufhin ihm der Barkeeper im selben Moment zwei Gläser mit etwas abgestandenem Bier auf die Theke stellte. Naserümpfend nahm Ryan sie entgegen und reichte eins an Nadine weiter, die sich herzlich wenig daran störte, stattdessen trank sie es in einem Schluck aus.

»Das habe ich jetzt gebraucht.«

Verdutzt sah Ryan sie an. Noch nie hatte er eine Frau so trinken sehen! Um nicht blöd dazustehen, leerte er sein Glas ebenfalls in einem Zug. »Was möchtest du als Nächstes anstellen?« Diese Frage war nicht schwer zu beantworten.

Jedenfalls für Nadine nicht. »Tanzen!«, entgegnete sie, gleichzeitig stellte sie auffordernd ihr Glas zurück.

»Also gut. Wenn ich bitten darf«, erwiderte Ryan.

Die Tanzfläche war inzwischen der begehrteste Platz in der ganzen Disco. Man konnte sich kaum richtig bewegen, ohne einem anderen auf den Fuß zu treten. Trotzdem ließen sich die Leute dadurch nicht die Laune verderben.

Kathryn und Jim saßen zusammen im Wohnzimmer. Der Tod ihres Sohnes hatte deutliche Spuren hinterlassen. Selbst Jim, der die ganze Zeit über stark geblieben war, verspürte allmählich das gleiche Gefühl wie seine Frau. Was ist, wenn die Behörden den Mord nicht aufklären? »Ich glaube, wir müssen etwas unternehmen. Von der Staatsanwältin habe ich heute erfahren, dass die Anklage gegen diese Nadine auf wackeligen Säulen steht.«

Als Kathryn das bedrückte Gesicht ihres Mannes sah, konnte sie ihr hämisches Grinsen nicht mehr unterdrücken. »Mach dir darum keine Sorgen! Aus zuverlässiger Quelle wurde mir berichtet, dass es ganz gut für uns steht. Die Mörderin wird bezahlen, und wenn es das Letzte ist, wofür ich sorge!«

Geschockt über das Verhalten seiner Frau, dachte Jim für einen Moment wieder an die eigentliche Verhaltensweise bei einem Todesfall. »Sollten wir nicht um den Verlust trauern und uns auf die Beerdigung vorbereiten?«

Die beiden Turteltauben hatten sich derweil in einen ruhigeren Teil der Disco zurückgezogen, um sich ungestört zu unterhalten.

»Sag mal, Ryan, was machst du normalerweise, wenn du nicht in der Disco junge Mädchen aufreißt?«

»Ich würde lieber Flirten dazu sagen, wenn es dir nichts ausmacht. Ansonsten gehe ich zum College und jobbe anschließend in einem Drugstore, um die Miete und die Schule zu bezahlen.«

»Warum zahlen deine Eltern das denn nicht?«, fragte Nadine neugierig.

»Meine Eltern sind vor zwei Jahren bei einem Autounfall ums Leben gekommen. Seitdem kümmere ich mich um meine Schwester und umgekehrt.«

In dieser Sekunde bereute Nadine ihre Frage zutiefst. Sie wollte bestimmt nicht in alten Wunden herumstochern. »Das tut mir leid. Wenn ich das vorher gewusst ...« Sie brach ab.

»Hey, mach dir keinen Kopf darum! Ich habe ihren Tod vor langer Zeit verarbeitet. Und das Leben geht immer weiter. Aber davon mal abgesehen, ist es mir hier zu ungemütlich. Wollen wir zu mir fahren?«

»Hm.« Casey scheint sich mit Brad zu amüsieren, also könnte ich die Chance nutzen, um Ryan besser kennenzulernen. »Okay.«

Ryan fuhr einen schwarzen Ford Pickup mit breiteren Reifen, höher gelegt und zwei großen Auspuffrohren an der Unterseite der Türen. Eine totale Protzkarre, wie Nadine im ersten Moment fand. »Reißt du mit der Karre viele Frauen auf?«, scherzte sie.

»Nein, du bist die Erste.«

Beide lachten, während sie in den Pickup einstiegen. »Ich hoffe, dass dich meine Musik nicht stört, sonst müssen wir auf das Radio ausweichen«, bemerkte er, als der Motor mit einem Röhren zum Leben erwachte. Prompt meldete sich der CD-Wechsler, der das aktuelle Album abspielte.

»Das kannst du ruhig laufen lassen«, antwortete Nadine. »Wo wohnst du denn?«

»In der West End Av.«

Gelassen lenkte er seinen Wagen über die Straßen, was Nadine, ehrlich gesagt, etwas verwunderte.

»Du fährst ganz anders, als ich vermutet habe. Nach deinem Wagen zu urteilen, dachte ich eher an einen kleinen angeberischen Raser.«

Beleidigt sah er sie aus den Augenwinkeln heraus an. »Das bin ich in der Regel, aber doch nicht, wenn ich eine Dame an Bord habe.«

Geschmeichelt über das Kompliment, küsste sie ihn auf die Wange.

»War das ein kleiner Vorgeschmack?«, fragte er neugierig.

»Wer weiß? Lass dich einfach überraschen«, entgegnete sie.

Jetzt konnte es Ryan kaum noch erwarten, und beschleunigte daher die Fahrt, ohne dass Nadine davon etwas mitbekam. »Wir sind sofort bei mir. Zirka zwei Minuten.«

Erstaunt guckte Nadine nach draußen, um ein Straßenschild zur Orientierung zu suchen. Zufälligerweise lag direkt vor ihnen eine Kreuzung, wo sie eines entdecken konnte. West End Avenue.

In letzter Sekunde bog Ryan nach rechts ab. Beim vierten Apartmenthaus auf der rechten Straßenseite fuhr er in die Tiefgarage. »So, da wären wir.« Eilig stieg er aus dem Wagen aus, immerhin wollte er Nadine gentlemanlike die Tür öffnen, nur kam ihm diese zuvor.

Vor dem Apartment, das sich im ersten Stock befand, hielt sie kurz inne. »Hier wohnst du also mit deiner Schwester?«

»Ja, doch für die nächsten Stunden haben wir unsere Ruhe.«

»Hoffentlich ist der Wink nicht zu aufdringlich gewesen«, dachte er leicht verunsichert, während er die Wohnungstür öffnete »Nach dir, bitte!«

Vorsichtig betrat Nadine tastend den dunklen Flur, damit nichts durch ihre tollpatschigen Schritte umgestoßen wurde.

Zum Glück betätigte Ryan hinter ihr den Lichtschalter, um es seiner Begleitung einfacher zu machen, sich zurechtzufinden.

»Wo muss ich lang?«, fragte Nadine ungeduldig.

»Am Ende des Flurs ist auf der rechten Seite eine Tür.«

»Demnach muss dort sein Zimmer sein. Bin mal gespannt, wie das aussieht«, kommentierte sie in Gedanken den Weg zu ihrem vermeintlich letzten Ziel in Freiheit.

Das Zimmer war eher schlicht eingerichtet. Keine Poster oder Kalender an der Wand. Lediglich eine Wanduhr lockerte das schlichte Weiß der Tapete auf. Ansonsten befanden in dem Raum ein Bett, ein Kleiderschrank, zwei Regale mit Büchern, CDs und DVDs, ein Fernseher, ein DVD-Player und eine Stereo-Anlage. »Schön hast du es hier. Für meinen Geschmack etwas zu trist, aber sonst ganz nett.«

Ryan nahm diese Bemerkung als Kompliment entgegen, wofür er sich mit einem Kuss auf ihren Mund bedankte.

Überrascht sah Nadine ihn an. »Wollten wir uns nicht weiter unterhalten?«

Darauf war er nicht vorbereitet. Angestrengt grübelte er über eine passende Antwort nach, die von ihr durch einen langanhaltenden Zungenkuss im Keim erstickt wurde.

Geschickt lenkte Ryan Nadine in Richtung Bett. Das Verlangen der beiden wuchs mit jedem Kuss ins Unermessliche. Letztendlich konnte er sich nicht mehr beherrschen und fing langsam an, ihr Oberteil auszuziehen. Somit war ihre vorher angestrebte Unterhaltung gänzlich in Vergessenheit geraten. Behutsam fuhr Ryan mit seiner Prozedur fort und öffnete ihren BH, wobei sie ungewollt das Gleichgewicht verlor, sodass beide aufs Bett fielen. Aber das spornte Nadine noch mehr an, was ihre eifrigen Finger veranlasste, seine Hose zu öffnen. Auch der Rest ihrer Kleidung war schnell abgelegt. Keiner der beiden machte Anstalten, ihr Treiben zu unterbrechen, jedoch …

»Oh. Ich wollte euch bestimmt nicht stören«, gestand das Mädchen, das soeben ins Zimmer geplatzt war.

Schützend zog Ryan die Bettdecke über sich und Nadine, um so dem Mädchen die Sicht auf ihre nackten Körper zu verwehren. »Habe ich dir nicht tausend Mal gesagt, dass man anklopft, bevor man ein Zimmer betritt?«

Das Mädchen nickte schweigend.

»Nadine, das ist meine Schwester Cindy.«

Doch anstatt auch nur ein Wort an Ryans Begleitung zu richten, drehte sich Cindy in die andere Richtung, um die Situation vor weiteren Peinlichkeiten zu bewahren.

»Ich werde dann mal lieber gehen.«

»Das ist mir peinlich«, gab Nadine zu, nachdem Cindy den Raum wieder verlassen hatte.

»Muss es nicht. Meine Schwester ist immer etwas zu neugierig. Aber ich könnte ein weiteres Malheur verhindern, indem ich die Tür abschließe. Ich meine, nur wenn du es willst?« Inständig hoffte er, dass Nadine mit seinem Vorschlag einverstanden und die romantische Stimmung nicht komplett verflogen war.

»Ja.«

Augenblicklich setzte Ryan seinen Plan in die Tat um, damit nicht noch mehr Zeit verloren ging. »Wo waren wir eben stehen geblieben?«, fragte er liebevoll.

»Das kann ich dir zeigen«, entgegnete sie und zog ihn zu sich aufs Bett.

»Mir geht langsam die Puste aus«, log Casey, die das ewige Tanzen in einer halbleeren Disco leid war.

»Möchtest du dich hinsetzen?«, kam ihr Brad hilfreich entgegen.

»Lass uns zu den Nischen gehen! Da sind wir etwas ungestörter.«

Zusammen gingen sie an der Theke vorbei zum hinteren Teil der Disco. Hier waren kleine Nischen mit Sofas und Tischen eingerichtet. Ideal für Pärchen und die, die es werden wollten. Für gewöhnlich waren das die begehrtesten Plätze, aber zu dieser späten Stunde hatten sie Glück. »Jetzt fehlt nur noch ein ›Bitte nicht stören‹-Schild mit«, scherzte sie.

»Ja, aber eine abschließbare Tür ist dabei wesentlich sicherer«, entgegnete Brad, der allmählich hinter ihren Plan gekommen war. Entspannt setzten sie sich dicht nebeneinander auf das Sofa, woraufhin Casey die Initiative ergriff und die Ansprache ihres Arztes gekonnt ignorierte. »Was kann ein kleiner Quicki schon anrichten«, dachte sie, von ihrem Verlangen beflügelt, das mit jedem

Kuss wuchs. »Oh mein Gott, oh mein Gott!« Zwischen ihren Schenkeln explodierte ein lodernder Vulkan, der ihre Küsse schneller und intensiver werden ließ.

Auch Brad konnte seine Lust jetzt nicht mehr zurückhalten.

Kapitel 8

Montagmorgen.

Ein Klopfen riss sie aus einem traumlosen Schlaf. Angestrengt rieb sich Nadine die verbliebene Benommenheit aus den Augen und warf einen Blick neben sich, wo sie einen schlafenden Ryan entdeckte.

Nach kurzem Zögern öffnete sie die Tür einen Spalt. Vorsichtig steckte sie ihren Kopf durch die Öffnung. Bei dem Anblick von Nadines nacktem Körper wurde Ryans Schwester knallrot im Gesicht. »Oh. Ich wusste nicht, dass du über Nacht geblieben bist. Ich wollte meinem Bruder eigentlich nur sagen, dass er sich beeilen muss, wenn er pünktlich zur Arbeit kommen will.«

Mit weit aufgerissenen Augen sah Nadine sie an. »Wie spät ist es denn?«

Sicherheitshalber warf Cindy einen Blick auf ihre Uhr, um eine präzise Antwort zu geben. »Es ist halb elf.«

Entsetzt schlug Nadine ihr die Tür vor der Nase zu. »Verdammt, verdammt! Ich komme zu meiner eigenen Verhandlung zu spät«, dachte sie. »Ryan, du musst aufstehen und mich zum Gerichtsgebäude fahren.«

Ryan richtete sich gähnend auf. »Was? Gericht?«

Zur Unterstützung seiner Entscheidung gab sie ihm einen Kuss auf den Mund. »Ich … Meine Verhandlung ist heute. Wenn ich nicht schnell dorthin komme, werden die mit Sicherheit die Cops losschicken, um mich zu finden. Und vielleicht könntest du mir auch bei der Verhandlung zur Seite stehen?«

»Ich muss zwar zur Arbeit, aber ich denke, dass die heute auch mal ohne mich auskommen. Nur dann sollten wir uns beeilen, damit du nicht zu spät kommst.«

Leider hatten sie für eine Dusche nicht mehr genügend Zeit, sodass ihnen nichts anderes übrigblieb, als ungewaschen in ihre Kleidung zu schlüpfen.

»Wann ist die Verhandlung?«

Grübelnd tippte Nadine mit dem Ringfinger an ihren Kopf. »Ich meine, gegen elf Uhr sollte der Mist losgehen.«

Irritiert sah Ryan sie an. »Wieso Mist? Um was geht es denn?«

»Okay«, setzte Nadine an, wobei sie auf der Türschwelle stehenblieb. »Bis vor ein paar Minuten hatte ich vorgehabt, die Zeit mit dir zu genießen und gar nicht dorthin zu fahren. Denn ob ich da bin oder nicht, macht keinen Unterschied. Die haben ihr Urteil längst gefällt. Vielleicht stecken die mich gleich danach in eine Zelle für eine Sache, die ich nicht begangen habe. Kurz gesagt, es geht um den Mord an einem Bekannten. Ich war mal flüchtig mit dem Kerl befreundet. Aber bitte nimm es mir nicht übel, wenn ich nicht weiter darüber sprechen will! Immerhin wirst du alles im Verlauf der Verhandlung erfahren, und die Zeit für eine Erklärung habe ich jetzt nicht. Also lass uns einfach fahren!«

Widerwillig akzeptierte er ihre Ausführungen. »Wäre es nicht besser, wenn du deinen Anwalt anrufst, damit er über deine Verspätung Bescheid weiß?«

Nadine schüttelte den Kopf.

Ryans Chef war nicht sonderlich erbaut darüber gewesen, dass Ryan heute nicht zur Arbeit erscheinen würde, doch eine vorgeschobene Magen- und Darmerkrankung ließ ihn eine Ausnahme machen.

Kurze Zeit später stiegen beide in den Wagen, wobei Ryan ständig über Nadines für ihn unverständliche Haltung nachdachte. Andererseits wollte er sich aber nicht in die Angelegenheit einmischen. Letztlich konnte er es vielleicht wenigstens schaffen, sie rechtzeitig hinzubringen.

Sie waren gerade auf den Broadway gefahren, als sich ein Stau ankündigte.

»Na, klasse! Jetzt werden wir es bestimmt nicht mehr rechtzeitig schaffen«, brummte Nadine vor sich hin. »Das wird die Geschworenen sicherlich positiv beeindrucken.«

Ryan sah sie mürrisch von der Seite an. »Dann ruf deinen Anwalt an! Der kann alles Weitere veranlassen.«

»Ich habe seine Nummer nicht. Und meine Eltern sind Handymuffel«, gab sie niedergeschlagen zu, woraufhin Ryan angestrengt versuchte, eine andere Lösung zu finden. »Ich würde zu gerne wissen, was hier überhaupt passiert ist. Rushhour ist doch erst in einer Stunde.« Die Antwort darauf erhielt er im selben Atemzug durch die Verkehrsmeldungen. »Ein Autounfall«, bemerkte Ryan.

Im Schneckentempo passierten sie die Unfallstelle, wo man sehen konnte, wie die Feuerwehr verzweifelt versuchte, einen Fahrer aus seinem Auto herauszuschneiden. Demzufolge musste ein anderes Fahrzeug mit hoher Geschwindigkeit aus der Seitenstraße geschossen und anschließend in die Fahrerseite des Wagens gekracht sein.

Gespannt verfolgte Nadine die Rettungsaktion mit der schlimmen Vorahnung, dass der Fahrer diesen Zusammenstoß nicht überleben würde. »Na, großartig!«, schmollte sie. »Jetzt komme ich doch rechtzeitig. Können wir nicht umdrehen? Ich meine, die hören sowieso nicht auf das, was ich sage. Die werden behaupten, dass ich es war. Fertig. Sie haben sogar Zeugen, die mich gesehen haben wollen.« Einzelne Tränen rannen über ihr Gesicht.

»Ich werde lieber an der Straßenseite anhalten, damit sie sich wieder fangen kann«, entschied Ryan kurzerhand. »Hey, wir werden das gemeinsam durchstehen. Wie heißt es so schön? Erstens kommt es anders und zweitens, als man denkt.« Liebevoll strich er ihr über die Schultern und gab ihr einen aufmunternden Kuss. »Wir schaffen das, zusammen.«

Mit neuem Mut gestärkt, wischte sich Nadine die Tränen aus dem Gesicht. »Danke.«

Casey wurde durch die Sonnenstrahlen, die ihr unweigerlich ins Gesicht fielen, geweckt. »Was soll der Scheiß!«, kommentierte sie ihren Schlafentzug, während sie gähnend aufstand und direkt ins Badezimmer ging, um eine kalte Dusche zu nehmen. Erfrischt kehrte sie nach dieser radikalen Weckmethode ins Schlafzimmer zurück. Doch etwas an dem Bett erregte ihre Aufmerksamkeit. Normalerweise bewegte sich nichts unter der Decke.

Vorsichtig schlich sie sich an den vermeintlichen Eindringling heran. Just in dem Moment öffnete Brad seine Augen, die sofort eine nackte und irritierte Casey vor sich ins Visier nahmen.

»Haben wir etwa? Ich meine …«, setzte sie an.

»Nein, du hast mir von der Krankheit erzählt. Aber mach dir keinen Kopf darum! Ich warte so lange, bis es dir besser geht.«

Verlegen wandte sie den Blick ab, der rein zufällig an ihrem Wecker hängen blieb. »Oh, verdammt! Ich komme viel zu spät.« Hektisch suchte sie ihre Klamotten zusammen, die überall verstreut lagen. »Du kannst dich ruhig ausruhen oder so. Mach nur die Tür zu, wenn du gehst!«

Ohne zu antworten, sah Brad sich das Schauspiel, das seine neu gewonnene Freundin bot, vergnügt an. »Was suchst du?«

»Mein Handy. Ich muss meine Freundin anrufen.«

Hilfsbereit deutete er auf seine Jeans. »In der linken Tasche.«

»Wie kommt das nur in seine Hose?«, fragte sich Casey, als sie ihr Mobiltelefon herausholte.

Es klingelte, einmal, zweimal. »Hi, Casey. Wie …« Nadine schaffte es nicht, ihren Satz zu beenden.

»Ich werde etwas später zu deiner Verhandlung kommen. Mein Wecker ließ mich im Stich. Kannst du mir noch die Saalnummer geben?«

»Die kann ich dir auch nicht sagen. Aber wenn du dich beeilst, triffst du uns am Eingang.«

Neugierig blieb Casey an der Wohnungstür stehen. »Uns? Bist du etwa mit Ryan unterwegs?«

»Das können wir alles später besprechen. Bis gleich«, wich Nadine verlegen aus.

»Wer war das?«, fragte Ryan interessiert. »Casey. Sie kommt zu der Verhandlung. Ich habe ihr gesagt, dass sie uns am Eingang trifft. Also fahr bitte nicht so schnell!« Grimmig sah er ihr in die Augen, entschloss sich aber, ihrer Bitte nachzukommen. »Alles, was du willst.«

Zufrieden grinste Nadine vor sich hin.

Clara und Anthony Mackintosh standen vor dem Gerichtsgebäude und warteten dort auf die Ankunft ihrer Tochter. »Es ist jetzt fünf vor elf. Wir sollten besser hineingehen und sagen, dass Nadine später kommt.«

Anthony ergriff die Hand seiner Frau, um sie zu beruhigen. »Sie wird nicht so dumm sein und verschwinden.«

Clara war bereits den ganzen Morgen über nervös gewesen, weil sich Nadine nicht gemeldet hatte, was ihre schlimmste Befürchtung zu bestätigen schien. »Anthony, sie ist bestimmt weggelaufen. Ich …, ich möchte am liebsten dem ganzen Spuk ein Ende machen.«

Anthony verstärkte sicherheitshalber seinen Händedruck, um seiner Frau zu signalisieren, die Fassung zu wahren. »Wenn das so weiter geht, kann ich meine Frau bei einem Psychiater in Behandlung geben.«

»Hör mir zu, Clara! Unsere Tochter ist nicht weggelaufen. Das sind im Moment deine Nerven, die mit dir durchgehen. Nadine ist noch nie vor etwas davongelaufen. Sie wird wegen so einer Farce auch nicht damit anfangen. Wir werden jetzt mit unserem Anwalt sprechen und ihm sagen, dass sie im Stau steckt und daher erst etwas später hier sein kann.«

Viertel nach elf erreichten Nadine und Ryan das Gerichtsgebäude. »Na super!«, fluchte er. »Jetzt sind hier nicht mal Parkplätze. Aber Zeit, einen zu suchen, haben wir auch nicht.« Trotzig fuhr er vor das Gebäude, wo ein striktes Parkverbot herrschte, aber das störte ihn im Moment herzlich wenig.

»Die Cops schleppen deinen Wagen, ohne zu zögern, ab. Das kann ich nicht von dir verlangen.«

»Das musst du auch nicht, Nadine. Das tue ich aus freiem Willen, und jetzt lass es uns endlich hinter uns bringen!«, entgegnete Ryan, der als Beweis den Motor abstellte.

Zum ersten Mal war sie froh, einen Freund an der Seite zu haben, der sie respektierte. »Lass uns noch fünf Minuten warten, wegen Casey.«

Ryan nickte resigniert, öffnete die Fahrertür und stieg aus.

»Wo willst du hin? Ich dachte, dass wir warten wollten?«, fragte Nadine, die ihm unschlüssig folgte.

»Wenn wir auf dem Bürgersteig stehen, kann sie uns besser sehen. Außerdem kannst du ihr beim Einparken helfen«, antwortete Ryan, gleichzeitig nahm er sie schützend in seine starken Arme.

»Daran habe ich gar nicht gedacht. Casey kennt Ryans

Wagen nicht, also wäre sie bestimmt an uns vorbeigefahren.« Dankend küsste sie ihn auf den Mund.

Mit quietschenden Reifen kam Casey hinter dem Pickup zum Stehen.

Sofort rannte Nadine zu ihrer Freundin, die nicht mal in Ruhe aussteigen konnte, und umarmte sie. »Ich dachte schon, dass du es nicht mehr rechtzeitig schaffst«, gestand Nadine.

»Wie du siehst, bin ich hier«, antwortete Casey. »Hey. Ryan, richtig?«

»Joa. Wir sollten uns jetzt lieber auf den Weg machen, sonst kriegen die drinnen bestimmt eine Krise.«

Gemeinsam betraten sie die große Eingangshalle des Gebäudes, aber Nadine blieb nach den ersten Schritten wieder stehen. »Ich kann das nicht. Jetzt kann ich noch zur Tür raus, ohne dass jemand etwas mitbekommt.«

Ohne zu überlegen, stellte sich Ryan ihr in den Weg. »Das hatten wir eben geklärt. Es bringt nichts, vor seinen Problemen davonzulaufen, irgendwann holen sie einen ein, und danach wird es schlimmer als vorher.«

Zur Bekräftigung seiner Aussage trat Casey an seine Seite. »Er hat recht.«

Niedergeschlagen ließ Nadine den Kopf hängen.

»Dann können wir endlich damit beginnen, den Sitzungssaal zu finden«, wies Ryan die beiden an.

Sie durchquerten die Eingangshalle, um zur Treppe zu gelangen. »Hier müssen wir wohl hoch«, mutmaßte Casey. Zum Glück kam ihnen ein Gerichtsdiener entgegen.

»Entschuldigen Sie, unsere Freundin Nadine hat heute

hier einen Gerichtstermin. Nur leider wissen wir nicht, in welchen Saal wir müssen«, erkundigte sich Ryan.

Stirnrunzelnd musterte der Gerichtsdiener die drei kurz. »Wie ist denn Ihr Name, Miss?«

Zögernd antwortete Nadine: »Mackintosh.«

»Was ich Ihnen sagen kann, ist, dass heute die meisten Verhandlungen im ersten Geschoss stattfinden. Sehen Sie an den Türen nach, dort stehen die Namen angeschlagen«, entgegnete der Mann.

»Na, super«, dachte Nadine, »jetzt weiß ich auch, in we …« Schnell schüttelte sie den Gedanken ab. »Danke für die Auskunft.«

Im ersten Geschoss gab es zum Glück nicht so viele Säle, was es ihren Freunden erleichterte, den gesuchten ausfindig zu machen. Nur konnte Nadine diesen vermeintlich freudigen Umstand kaum nachempfinden. Sie kam sich eher wie eine Gefangene vor, die ihren letzten Gang, den Gefängnistrakt hinunter, machte.

»Das ist er«, verkündete Ryan.

Vor den beiden Saaltüren blieb sie ein letztes Mal stehen. Krampfhaft sammelte sie all ihren Mut zusammen. »Danke, Ryan«, entgegnete Nadine sarkastisch und öffnete mit einem Ruck die Türen.

Ein leises Raunen breitete sich unter den Anwesenden aus, als sie scheinbar lässig nach vorn zu ihrem Anwalt schritt. »Der Verkehr hat mich aufgehalten.«

Der Gerichtsdiener Johnson hatte die Gelegenheit genutzt, um ungesehen aus dem Saal zu eilen, durch den

Hinterausgang versteht sich. Auf dem vor ihm liegenden Gang befanden sich die Büros der Angestellten und des Richters.

Schnurstracks ging er zu dem Büro von Richter Goldman. »Sir, die Angeklagte ist soeben eingetroffen.«

Verbissen schloss Goldman die Akte, die er gerade studierte. »Das wurde aber auch höchste Zeit! Es gibt schließlich noch andere Fälle, die auf meinen Urteilspruch warten. Aber das scheint bei den jungen Leuten heutzutage normal zu sein. Bei denen dreht sich doch alles nur um Sex, Drogen und Respektlosigkeit. Wir haben uns damals nicht so aufgeführt.«

Man konnte es dem Richter nicht einmal übelnehmen, mit seinen fünfundsechzig Jahren war er nicht mehr der Jüngste, was die grauen Haare und der lange Bart zusätzlich bestätigten. Zumal sein Leben durch den langjährigen Dienst bei den U.S. Marines von Disziplin und Ordnung geprägt gewesen war. Erst nachdem man ihn unehrenhaft entlassen hatte, fand er seine wahre Berufung: Richter. So hoffte er, den Rausschmiss aus dem Militär rückgängigzumachen. Leider kam es wie immer anders als erwartet. In den zwölf Jahren seiner neuen Karriere hatte er es geschafft, bei seinen Kollegen gefürchtet und gleichzeitig bewundert zu werden, nur seinen persönlichen Fall konnte er bis dato nicht anfechten.

Die Menge im Saal hatte sich allmählich wieder beruhigt, selbst Nadine war entspannter geworden. »Erheben Sie sich, der ehrenwerte Richter Goldman hat den Vorsitz«, tönte ein Gerichtsdiener, der die Ankunft seines Chefs verkündete.

Auf einmal wurde es mucksmäuschenstill.

»So, Miss«, wandte sich Goldman an Nadine. »Wäre es denn der Hochwohlgeborenen recht, wenn wir anfangen könnten?«

Empört über seinen Sarkasmus, verschränkte sie demonstrativ die Arme vor ihrer Brust.

»Das habe ich mir gedacht«, antwortete er auf die abwehrende Geste. »Was haben wir denn hier?« Beiläufig blätterte er durch die Akte. »Der Staat New York gegen Nadine Mackintosh. Staatsanwältin Taylor, Sie haben das Wort.«

»Verehrter Richter, verehrte Geschworene. Diese Frau hat ihren Freund ohne Skrupel eine Treppe heruntergestoßen. Das Opfer wurde zuvor von der Angeklagten in seinem Elternhaus angegriffen. Die Mutter kam gerade im richtigen Zeitpunkt in sein Zimmer, sonst wäre die Tat bereits zu diesem Zeitpunkt begangen worden. Sie wollte sich unbedingt an ihm rächen, weil er sie benutzt hatte.«

Zur Verstärkung ihrer Ansprache ging Lucy Taylor vor der Geschworenenbank auf und ab. »Also beschloss die Angeklagte, ihn unter einem falschen Vorwand in das verlassene Haus zu locken. Heimtückisch hat sie versteckt dort gelauert, um auf den passenden Zeitpunkt zu warten. Dieser kam in dem Moment, als sich das Opfer auf die Treppe zubewegte, um ins Erdgeschoss zu gelangen. Er stand mit dem Rücken zu ihr, da schubste sie ihn rücklings die Treppe hinunter. Anschließend flüchtete sie vom Tatort.«

Entsetzt schüttelten einige Geschworene den Kopf, während andere nur dasaßen und Nadine wie gelähmt anstarrten.

»Nun, Herr Verteidiger, Sie dürfen«, meldete sich der Richter zu Wort.

Mit einem vernichtenden Blick in den Augen löste Clark Jones seine Kollegin ab und stellte sich direkt vor die Geschworenen. »Bitte schenken Sie den bunt zusammengewürfelten Fantasien der Staatsanwältin nicht so viel Beachtung! Lediglich ein Punkt ihrer Ausführung entspricht der Wahrheit. Es gab im Elternhaus des Opfers eine Auseinandersetzung zwischen dem Opfer und meiner Mandantin. Allerdings war die Ursache dafür, dass der Tote meine Mandantin sexuell belästigte und ihre Uhr widerrechtlich in seinem Besitz hielt. Meine Mandantin hat sich nur gegen die Übergriffe zur Wehr gesetzt. Danach wollte sie nichts mehr mit ihm zu tun haben. Ihn nicht mehr wiedersehen. Sie hatte das Thema abgeschlossen, warum sollte sie ihn einen Abend später umbringen? Womöglich war eine andere Gespielin für den Mord verantwortlich. Fakt ist, dass meine Mandantin zur Tatzeit zu Hause in ihrem Bett geschlafen hatte.«

»Sie haben beide Seiten gehört, darum werde ich morgen zur selben Zeit die Hauptverhandlung eröffnen. Die Staatsanwaltschaft kann dann ihren ersten Zeugen aufrufen. Damit wäre die Sitzung für heute geschlossen.« Symbolisch klopfte Richter Goldman mit dem Holzhammer auf das dafür vorgesehene Holzquadrat.

Anschließend standen alle auf, als der Richter und die Geschworenen den Saal verließen.

Hastig ging Clara zu ihrer Tochter. »Warum bist du erst

so spät gekommen? Geht es dir gut?«, sprudelte es aus ihr heraus. »Wer ist der Junge, mit dem du hergekommen bist?«

Genervt verdrehte Nadine kurz die Augen. »Ich stand im Stau. Mir geht es gut. Der Junge ist mein neuer Freund. Sein Name ist Ryan.«

Wie immer stand ihr Stiefvater gelassen hinter seiner Frau. »Möchtest du mit uns nach Hause fahren oder mit deinen Freunden?«

»Ich fahre mit euch.« Sie wandte sich an ihre Freunde, die in der Zwischenzeit ebenfalls zu ihr gekommen waren. »Seid mir nicht böse, aber im Moment brauche ich etwas Zeit für mich. Aber ich hoffe, dass ihr morgen wieder hier seid.«

Casey und Ryan nickten verständnisvoll.

»Cas, nimm bitte deine Medikamente, sonst kriegst du die Krankheit nicht in den Griff, und das könnte ich mir nie verzeihen!«, rief Nadine ihnen noch hinterher.

Ryan hielt Casey fest, bevor diese in ihren Wagen steigen konnte. »Was für eine Krankheit, meinte Nadine eben, wenn ich fragen dürfte?«

»Soll ich es ihm sagen?«, zierte sich Casey. »Ich habe mir einen Tripper eingefangen.«

»Hast du dir die Medikamente schon besorgt?«, fragte er, unbeeindruckt von der Krankheit.

Verlegen schüttelte Casey den Kopf. »Ich hole sie mir gleich, bevor ich zur Arbeit fahre.«

»Fahr mir nach! Wir werden jetzt zusammen zu einem Drugstore fahren und diese Pillen holen. Oder willst du deiner Freundin nicht beistehen? Denk daran, nachher ist sie auch für dich da.«

Mit ein paar Freudentränen im Gesicht lächelte ihn Casey an. »Danke, Nadine kann sich glücklich schätzen, so einen Freund gefunden zu haben.«

Unterdessen hatten Touristen Amandas Leiche entdeckt und die Polizei verständigt, welche kurze Zeit später mit dem Gerichtsmediziner im Schlepptau eintraf.

Umgehend machte sich Dr. Blumberg an die Arbeit. »Sie hat sich selbst die Pulsadern aufgeschnitten, vermutlich mit einer Glasscherbe. Der Todeszeitpunkt liegt ungefähr vier oder fünf Tage zurück. Aber Genaueres kann ich erst nach der Autopsie sagen«, stellte er nach wenigen Minuten fest. »Das ist jedenfalls ein Anfang«, bemerkte Officer Hanson, der seinen Kollegen zur Untersuchung des Fahrzeugs schickte. »Hoffentlich finden wir etwas, um die Frau zu identifizieren.«

Glücklicherweise entdeckte Officer Mitchell auf dem Beifahrersitz eine Handtasche samt Abschiedsbrief. »Hanson, komm mal her! Die Tote heißt Amanda Higgs. Irgendwas war mit einer Amanda … Das muss die vermisste Person sein, nach der wir Ausschau halten sollten.«

Prüfend warf Officer Hanson einen Blick in seine Unterlagen, wo er die Kopie eines Fotos entdeckte.

»Das ist sie«, bestätigte Mitchell, der über die Schulter seines Kollegen sah. »Sieh mal, was ich noch gefunden habe! Einen Abschiedsbrief. Ich werde besser die Zentrale darüber verständigen, dass die Tote gleichzeitig auch die

Vermisste ist. Und sobald die Spurensicherung eintrifft, fahren wir zu den Eltern.«

Mit einem mulmigen Gefühl in der Magengegend braus-ten die beiden Polizisten zu der angegebenen Adresse. Zwar mussten sie bereits häufiger den Hinterbliebenen die schlechte Nachricht überbringen, aber es war jedes Mal anders. So etwas konnte nie zu einer Routine werden.

Officer Mitchell klingelte an der Wohnungstür.

»Oh, haben Sie etwa meine Tochter gefunden? Wo ist sie? Ist ihr etwas zugestoßen? Nun sagen Sie schon!«, fragte Roseanne euphorisch, als sie die Tür öffnete, bis sie den beiden ins Gesicht sah. Von da an wusste sie, dass ihrer Tochter etwas Schlimmes zugestoßen sein musste.

Behutsam trat Officer Hanson einen Schritt näher. »Wir haben Ihre Tochter gefunden. Allerdings muss ich Ihnen eine schlechte Nachricht überbringen. Ihre Tochter hat sich das Leben genommen.«

Eine kurze Pause entstand.

»Sie haben unser tiefstes Mitgefühl. Ich weiß, wie schwer es jetzt für Sie ist, doch Sie müssen mitkommen, um Ihre Tochter zu identifizieren.«

In diesem Augenblick brach alles um Roseanne herum zusammen. Sie konnte ihre Tränen nicht mehr zurück-halten. »Warum nur meine Kleine?«, schluchzte sie.

Gemeinsam fuhren sie zum kriminaltechnischen Labor, wo sie den Hintereingang nahmen, der direkt zur Patho-logie führte.

Dr. Blumberg wollte eben beginnen, den Untersuchungsbericht zu schreiben, als die drei bei ihm eintrafen. Sofort stand er von seinem Schreibtisch auf und ging zu Roseanne hinüber. »Sie müssen die Mutter der Verstorbenen sein.«

Roseanne nickte.

»Es tut mir sehr leid, was Ihrer Tochter passiert ist. Warum sie das getan hat, kann ich Ihnen nicht beantworten. Aber ich kann Ihnen sagen, dass sie dabei nicht mehr viel spürte. Die Blutuntersuchung ergab, dass der Blutalkoholspiegel Ihrer Tochter bei 2,5 Promille lag. Aber ich schätze, dass Sie das im Moment nicht interessieren wird. Sie wollen sie mit Sicherheit ein letztes Mal sehen.«

Roseanne nickte zögernd, obwohl sie nicht wusste, ob sie den Anblick ihrer toten Tochter verkraften würde.

Vorsichtig nahm der Pathologe sie bei der Hand und geleitete sie in den Autopsieraum.

Auf einem der Tische lag ein Körper, der mit einem weißen Laken bedeckt war. Lediglich die Füße blieben davon unberührt, damit das Erkennungsbändchen sichtbar war.

Dr. Blumberg befreite nur das Gesicht von dem Laken, damit Roseanne die Schnittwunden nicht sehen konnte. Bei dem Anblick ihrer Tochter brach sie erneut in Tränen aus. »Das ist mein Baby. Oh mein Gott, wieso?« Sie fing an zu zittern, ihr Körper bebte förmlich, und zum Schluss brach sie über der Leiche zusammen.

Von der Ohnmacht noch etwas benommen, erwachte Roseanne auf einer Pritsche.

»Sie hatten einen Kreislaufzusammenbruch. In dieser

Situation nichts Ernstes. Wenn es Ihnen besser geht, können Sie aufstehen«, klärte sie Dr. Blumberg auf, der wieder
an seinem Schreibtisch saß.

»Dann werde ich wohl besser gehen und die Beerdigung
veranlassen«, antwortete sie wie in Trance und verließ mit
wackeligen Knien den Raum.

Auf dem Flur traf sie auf die beiden Polizisten, die auf
sie warteten.

»Wir bringen Sie nach Hause«, bemerkte Officer Mitchell hilfsbereit.

Nadine verzog sich, ohne etwas zu essen, auf ihr Zimmer.
Sie war von diesem Tag so gerädert, dass sie am liebsten
auf der Stelle angefangen hätte zu weinen. Auch die Verhandlung nagte noch sehr an ihren Nerven. Wenn das so
weiterging, sah sie schwarz für ihre Zukunft. So, wie die
Geschworenen sie angestarrt hatten, gab es für sie keinen
Zweifel mehr. Schuldig! Alles, was ihr jetzt vielleicht noch
helfen konnte, war ein Wunder. Also tat sie etwas, was
sie seit Jahren nicht mehr getan hatte. Sie betete zu Gott,
wobei sie eine innere Ruhe überkam. »Ich könnte gut ein
kleines Nachtjogging vertragen, um die aufgestauten Gefühle abzubauen«, dachte sie.

Nach ein paar Dehnungsübungen in ihrem Zimmer lief
sie die Treppen bis ins Erdgeschoss hinunter. »Ein guter
Start zum Warmwerden, jetzt noch eine Runde um den
Block!«

Nach einer halben Stunde beendete Nadine ihren Lauf

völlig außer Atem. »Ich muss wohl mal wieder öfter trainieren, sonst ist es mit meiner Kondition bald dahin. Also weniger feiern!«, ermahnte sie sich selbst.

In der Nacht drehte sie sich ständig von einer Seite auf die andere. Jede Stunde sah sie auf ihre Uhr, hoffend, dass es endlich Morgen würde.

Kapitel 9

»Nadine du musst aufstehen, sonst kommen wir nicht rechtzeitig!«

Für den Bruchteil einer Sekunde öffnete sie die Augen und drehte sich kurzerhand auf die andere Seite. Clara wusste genau, wie sie ihrer Tochter auf die Beine helfen konnte. Mit zwei kräftigen Zügen zog sie das Rollo hoch. Gnadenlos schien jetzt die Sonne auf ihr Gesicht.

»So etwas müsste vom Gesetzgeber verboten werden«, meldete sich Nadine mürrisch zu Wort.

»Dir auch einen schönen guten Morgen«, entgegnete ihre Mutter.

»Ich weiß zwar nicht, was an diesem Morgen schön ist, aber meinetwegen.« Verbittert über den mangelnden Schlaf, stieg sie aus dem Bett.

Zur selben Zeit untersuchten Officer Jones und Officer Kingsley Amandas Abschiedsbrief. »Das ist nicht nur ein Brief, sondern vielmehr ein Geständnis für einen Mord und die daraus entstandene Falschverdächtigung ihrer

Freundin Nadine.« Angestrengt überlegte Officer Jones, ob die Informationen ihnen helfen könnten. »Kingsley, gib die Daten mal in den Computer ein! Vielleicht finden wir eine Gemeinsamkeit mit offenen Fällen.«

Es dauerte eine Weile, bis die Daten ausgewertet waren.

»Sieh dir das an! Es gibt acht Übereinstimmungen. Demnach müsste eine davon unser Fall sein. Also gehen wir der Reihe nach alle durch.« Augenblicklich begannen die beiden damit, die Fälle mit den vor ihnen liegenden Daten abzugleichen.

»Ob sie sich deswegen das Leben genommen hat?«, fragte Kingsley.

»So, wie es in dem Brief steht, dürfte das der wahrscheinlichste Grund sein. Die Gewissensbisse müssen unerträglich gewesen sein. Sie dürften sie förmlich von innen aufgefressen haben«, schlussfolgerte Jones.

Diesmal waren alle Beteiligten, sogar Nadine, pünktlich im Gerichtssaal erschienen.

»Haben Sie es doch rechtzeitig einrichten können?«, fragte Richter Goldman erstaunt, woraufhin Nadine angewidert nickte.

»Damit eröffne ich die Hauptverhandlung. Frau Staatsanwältin, Ihr erster Zeuge bitte.«

Voller Vorfreude stand Lucy Taylor auf. »Ich rufe Mr. Peter White in den Zeugenstand.«

Die Saaltüren wurden geöffnet und ein hagerer, zerzauster Mann kam herein. Doch bevor er seine Aussage machen konnte, wurde er ordnungsgemäß vereidigt, indem er auf die Bibel schwören musste, die Wahrheit zu sagen und nichts als die Wahrheit, so wahr ihm Gott helfe.

»Mr. White, Sie waren an dem Abend in der Nähe des Tatorts. Könnten Sie dem Gericht schildern, was Sie beobachteten?«

»Jawohl. Ich habe an dem Abend mein Nachtlager auf der anderen Straßenseite aufgeschlagen. Gerade wollte ich es mir gemütlich machen, als diese Person aus dem Haus gestürmt kam.« Er zeigte mit dem Finger auf Nadine.

Triumphierend stellte sich die Staatsanwältin neben den Zeugen. »Sind Sie sich ganz sicher?« Zur Sicherheit zeigte sie selbst noch mal auf die Angeklagte. »Hundertprozentig, Euer Ehren. So eine schöne junge Frau werde ich nicht so schnell vergessen.«

Zufrieden setzte sich Lucy Taylor. »Keine weiteren Fragen, Euer Ehren.«

Ein leises Murmeln ging durch die Ränge der Geschworenen.

»Ihr Zeuge. Sofern Sie noch Fragen haben«, wandte sich der Richter an die Verteidigung.

»Und ob! Mr. White, kann es nicht sein, dass Sie meine Mandantin mit einer anderen Person verwechseln? Es war immerhin dunkel, und ich glaube, dass Sie zu diesem Zeitpunkt bestimmt nicht mehr ganz nüchtern waren.«

»Einspruch, Euer Ehren, die Verteidigung versucht, die Glaubwürdigkeit des Zeugen in Frage zu stellen, ohne einen Beweis dafür vorzulegen.«

»Einspruch stattgegeben«, verkündete Richter Goldman.

Fürs Erste gab sich Clark Jones geschlagen, aber er wusste, dass der zweite Zeuge das entscheidende Aus für die Anklage bringen würde. »Keine weiteren Fragen.«

Ein Handy klingelte.

»Wem gehört das Ding?«, donnerte der Richter.

»Das ist meins«, meldete sich die Staatsanwältin kleinlaut zu Wort. »Ein wichtiger Anruf von der Spurensicherung.«

»Machen Sie schnell!«

Lucy Taylor nickte dankend und nahm das Gespräch entgegen. »Was haben Sie herausgefunden?« Eilig notierte sie die Informationen auf einem Notizblock. »Sie haben mir sehr geholfen. Bye.« Freudestrahlend sah sie zu Nadine hinüber. »Ich rufe Mr. Stevens in den Zeugenstand.«

Wieder öffneten sich die Türen. Diesmal betrat der Bauarbeiter den Saal.

Bevor die Staatsanwältin jedoch ihre Befragung durchführen konnte, ergriff Clark Jones das Wort. »Euer Ehren, wir sollten den Zeugen zuerst danach fragen, ob er bei der Polizei die Wahrheit gesagt hat, um den Prozess zu verkürzen.«

Irritiert sah ihn der Richter schief von der Seite an. »Warum sollte ich das tun? Wissen Sie etwas?«

»Ich habe mich mit dem Zeugen unterhalten.«

Widerwillig beugte sich Goldman dem Wunsch des Anwalts. »Vielleicht schaffe ich es dadurch noch rechtzeitig zu meinem Golfspiel mit dem Bürgermeister.« »Mr. Stevens, haben Sie bei Ihrer Befragung die Wahrheit gesagt? Denken Sie an die Strafe, die auf eine Falschaussage folgt!«

Ohne zu zögern, schüttelte der Zeuge den Kopf. »Die Cops haben mich so unter Druck gesetzt, da konnte ich nicht mehr anders. Ich erzählte denen alles, was sie hören wollten. Aber in einem Punkt stimmt meine Aussage. Ich war an dem Tag tatsächlich am Tatort. Nur habe ich dort nicht die Angeklagte gesehen, sondern eine schwarzhaarige Frau. Mehr kann ich leider nicht sagen.«

Clark Jones nickte zufrieden, seine Rechnung war aufgegangen. Somit stand die Anklage auf wackeligen Füßen.

»Der Zeuge ist damit entlassen«, entschied Richter Goldman, wodurch ein kleiner Hoffnungsschimmer in Nadine zu leuchten begann.

»Nur noch die Sache mit den vermeintlichen DNA-Spuren und dieser Obdachlose«, dachte sie.

»Ich habe weitere Beweise, die die Schuld der Angeklagten untermauern«, setzte die Staatsanwältin an. »Der Anrufer eben war Detective Kate Hawk. Sie müsste sich bereits im Gebäude befinden. Ich würde sie gerne als Zeugin befragen.«

Interessiert signalisierte Richter Goldman dem Gerichtsdiener, draußen nachzusehen, ob die Zeugin eingetroffen war.

Mit einem Karton in der Hand betrat Kate Hawk den Saal. »Kommen Sie bitte näher, Mrs. Hawk. Sie wurden von der Staatsanwaltschaft vorgeladen, um eine Aussage zu machen.«

»Ja, das stimmt, Euer Ehren.«

»Mrs. Hawk, Sie haben die Spuren am Tatort untersucht. Erzählen Sie bitte dem Gericht, was Sie gefunden haben!«, startete Lucy Taylor ihr großes Finale.

»Am Tatort haben wir Schuhabdrücke und Faserreste mit DNA-Material gefunden.« Kate holte die besagten Schuhe und das blaue Top von Nadine aus dem Karton. »Nach der Aussage von Mrs. Anderson haben wir die Wohnung der Angeklagten durchsucht, wo wir diese beiden Beweise fanden. Durch die gründliche Analyse im

Labor stellten wir fest, dass es sich um die Gegenstücke zu den Beweisen vom Tatort handelte.«

»Wenn die Verteidigung eine Frage stellen dürfte, Euer Ehren?«

»Stellen Sie sie, Mr. Jones.«

»Danke, Herr Richter.« Clark Jones wandte sich an die Zeugin. »Das beweist lediglich, dass die Kleidung meiner Mandantin am Tatort war. Aber nicht, dass sie selbst auch anwesend war. Ist das korrekt?«

Kate nickte niedergeschlagen. Mit dieser Frage hatte sie nicht gerechnet. »Das ist richtig. Doch der Portier des Apartmenthauses sagte bei der Vernehmung aus, dass es einen Hinterausgang gibt, der nicht überwacht wird. Gestern konnten wir die Untersuchungen abschließen. Die Angeklagte hat das Gebäude nicht durch die Tiefgarage verlassen, sonst wäre sie auf den Bändern der Videoüberwachung zu sehen gewesen. Die Hintertür jedoch sagt etwas ganz anderes. An ihr haben wir Fingerabdrücke sichergestellt, die eindeutig von der Angeklagten sind. Somit hätte sie, ohne Aufsehen zu erregen, verschwinden können, zumal die Alarmanlage an der Tür defekt ist.«

»Das war's dann wohl«, dachte Nadine, die ihre Felle davonschwimmen sah. Aber ehe Clark Jones in das Geschehen eingreifen konnte, wurden die Saaltüren von zwei Polizeibeamten aufgestoßen.

»Euer Ehren, unterbrechen Sie bitte die Verhandlung! Wir haben den wahren Täter gefunden. Sie hat vor ihrem Selbstmord einen Abschiedsbrief mit einem Geständnis zurückgelassen.«

»Kommen Sie bitte nach vorne, damit ich mir den Brief ansehen kann!«

Sofort eilte Officer Kingsley zum Podium und über-reichte dem Richter eine Kopie des Briefs.

Der Inhalt des Abschiedsbriefs lautete:

Liebe Mom, lieber Dad,

ich weiß, dass ich nicht immer das netteste Mädchen oder das klügste war, wie ihr es euch gewünscht hättet. Doch wir sind gut miteinander ausgekommen. Selbst, wenn ich etwas Schlimmes angestellt hatte, seid ihr für mich da gewesen. Nur dieses Mal ist es anders.

Ich habe dieses Schwein Larry abends in einem Haus ge-troffen. Ich wollte nur mit ihm reden, er jedoch nicht. Er wollte mich fertigmachen.

Er war gerade dabei, den ersten Fuß auf die Treppe zu setzen, da habe ich rotgesehen. Mich überkam eine plötz-liche Wut, wie ich sie noch nie zuvor verspürte, und schon war es passiert. Ich habe ihn mit voller Wucht die Treppe runtergestoßen.

Als er unten aufschlug, hat er noch zweimal gestöhnt, da-nach war es still. Vorsichtig bin ich nach unten gegangen. Erst nachdem ich seinen reglosen Körper vor mir liegen sah, wurde mir klar, was ich angerichtet hatte. Fluchtartig ver-ließ ich das Haus, in der Hoffnung, so würde mich niemand sehen.

Leider war das ein weiterer Fehler, der meine Freundin jetzt verfolgt, da ich ihre Klamotten trug.

Ich kann Nadine nicht mehr in die Augen sehen, sie würde das bestimmt nicht verstehen, genau wie ihr.

Die Schuldgefühle sind einfach zu groß. Ich kann es nicht mehr länger ertragen. Also bleibt mir nichts anderes übrig, als mich selbst für meine Tat zu richten.

Es tut mir alles schrecklich leid,
eure Tochter Amanda

»So wie es aussieht, hat eine gewisse Amanda Higgs den Mord begangen. Natürlich muss ich das erst noch prüfen.«

Entsetzt brach Nadine in Tränen aus. »Das kann nicht sein!«

»Sie kannten diese Person wohl ziemlich gut?«, erkundigte sich Richter Goldman mitfühlend.

»Diese ›Person‹ war zufällig meine beste Freundin. Doch so habe ich mir mein Wunder nicht vorgestellt.«

»Ich werde die Verhandlung für zwei Stunden unterbrechen, damit die Angaben überprüft werden können. Daher bitte ich Sie, das Gebäude nicht zu verlassen.«

Nadines Eltern und Ryan kamen nach vorne, um ihr beizustehen. Aber keiner fand die richtigen Worte, bis Nadine selbst das Schweigen brach.

»Ich bin zwar erleichtert, dass die Wahrheit ans Licht gekommen ist, aber der Preis dafür war eindeutig zu hoch. Ich kann es immer noch nicht glauben«, gab sie bedrückt zu.

Tröstend trat Ryan an ihre Seite und nahm sie in den Arm. »Hey, das wird wieder! Du hast immerhin noch uns. Wir werden das zusammen durchstehen.«

»Ich weiß«, entgegnete sie. »Überhaupt, wo ist Casey? Sie wollte mir beistehen, wenn es zum Showdown kommt.«

Alle schüttelten unwissend mit dem Kopf.

»Ich rufe sie lieber mal an.« Geschwind holte Nadine ihr Handy aus der Hosentasche und betätigte die Wahlwiederholungstaste. Es klingelte.

»Hi, Nadine. Wie sieht es bei dir aus?«

»Ganz gut, nur wolltest du nicht hier sein?«, fragte sie kleinlaut mit einem Zittern in der Stimme.

»Tut mir leid. Ich habe vergessen, dass ich heute wieder arbeiten muss. Mein Chef hat mir zwar mehr Urlaub versprochen, nur nicht im Moment. Du kannst mir besser nachher berichten, wie alles gelaufen ist. Mein Boss sieht mich gerade etwas genervt an. Ich mache Schluss.« Abrupt war die Verbindung unterbrochen.

»Na super, Casey muss arbeiten. Ich soll sie später anrufen«, kommentierte Nadine ihr Gespräch.

Mit schnellen Schritten betrat der Richter den Saal.

»Meine Mitarbeiter konnten alle Fakten mit dem Brief in Verbindung bringen. Somit sind wir zu dem Resultat gekommen, dass Amanda Higgs den Mord begangen hat. Sie schildert die Tat so, wie sie nur die Mörderin beschreiben könnte. Es besteht kein Zweifel daran. Deshalb würde ich ganz gerne den Zeugen Peter White noch mal nach vorne bitten.«

Dieser ahnte bereits, was jetzt auf ihn zukam.

»So, Mr. White, Sie sagten eben aus, dass Sie die Angeklagte sahen, wie sie das Gebäude verließ. Ich frage Sie ein letztes Mal: Was haben Sie gesehen? Denken Sie daran, auf Meineid stehen zwei Jahre Haft.«

Hastig wechselte der Zeuge mit einer Person im Publikum flüchtige Blicke, was auch dem Richter nicht verborgen blieb.

»Kann ich Ihnen vielleicht helfen, Miss?«, erkundigte er sich bei der besagten Person. »Stehen Sie doch bitte auf und kommen zu mir!«

Neugierig drehte sich Nadine zu der Person, die leise fluchend an ihr vorbeiging, wobei sie feststellen musste, dass es sich um Larrys Mutter handelte. »Mrs. Anderson?«

»So, Sie sind also die Mutter des Verstorbenen?«, hakte Goldman nach.

»Das stimmt«, gab Kathryn schüchtern zu.

»Was wollten Sie von dem Zeugen? Kennen Sie ihn irgendwoher?«

In Gedanken wägte Kathryn alle möglichen Auswege gegeneinander ab. »Mir bleibt wohl keine andere Wahl mehr«, lautete ihr Resultat. »Ich habe Mr. White Geld geboten, um eine falsche Aussage zu machen. Ich wollte nur, dass der Tod meines Sohnes nicht ungestraft bleibt. Zu dem Zeitpunkt war ich fest davon überzeugt, dass Nadine schuldig …« Sie hielt kurz inne. »Meine Handlungen waren falsch. Ich konnte nicht ahnen, dass Amanda den Mord begangen hatte.«

Richter Goldman traute seinen Ohren nicht. »Sie verurteilten die Angeklagte, weil Sie dachten, dass sie die Täterin war? Wofür haben wir denn ein Rechtssystem?«

Schweigend senkte Kathryn den Kopf.

»Das habe ich mir gedacht. Und nun zu Ihnen, Mr. White. Mir fehlen schlicht die Worte. Somit bleibt mir nichts anderes übrig, als die Angeklagte von jeglicher Schuld freizusprechen. Ich gehe mal stark davon aus, dass beide Parteien gegen das Urteil keinen Einspruch einlegen wollen?«

Einstimmig schüttelten Nadine und die Staatsanwältin die Köpfe.

»Damit ist das Urteil auch rechtskräftig. Officer Logan und Officer Green, Sie beide werden sich bei einem Disziplinarverfahren wegen falscher Verdächtigung, verantworten müssen. Auf Sie, Mr White, kommt eine Anklage wegen Meineids zu. Und Mrs Anderson, Sie können sich auf eine Anklage wegen Anstiftung zur Falschaussage und Vortäuschung falscher Tatsachen gefasst machen. Die Verhandlung ist hiermit beendet.«

Mit gemischten Gefühlen ließ Nadine die Anklagebank hinter sich. »Wo sind denn die anderen hin?«, fragte sie Ryan, der am Saalausgang bereits sehnsüchtig auf sie wartete.

»Ich habe mir erlaubt, sie nach Hause zu schicken. Zu viel Rummel ist jetzt nicht gut für dich. Also dachte ich mir, wir verbringen den Rest des Tages zusammen. Was hältst du davon?«

Sie lächelte ihn an und gab ihm einen dicken Kuss auf den Mund. »Du kannst Gedanken lesen.«

»Miss Mackintosh, warten Sie!«

Abrupt blieb sie vor dem Pickup stehen.

»Sie waren so schnell verschwunden, was ich Ihnen nicht verübeln kann, aber ich wollte Sie wenigstens zur Freisprechung beglückwünschen«, keuchte Clark Jones.

Verwirrt sah sie ihn an. »Ich habe doch nichts getan.

Sie haben die ganze Arbeit geleistet. Eigentlich müsste ich Ihnen danken.«

Verhalten winkte er ab. »Wären Sie nicht ehrlich gewesen, hätten wir es nie geschafft. Ich will Sie auch nicht länger aufhalten. Und hoffe, dass wir uns so bald nicht wiedersehen. Sie wissen, was ich meine.«

»Danke!«, rief sie dem Anwalt hinterher, bevor dieser in der Menschenansammlung vor dem Gerichtsgebäude verschwand.

Auf dem Weg durch die Innenstadt kam Nadine eine Idee in den Kopf, die sie unbedingt in die Tat umsetzen wollte. »Ryan, es sind noch eine Woche Ferien. Wie wäre es, wenn wir zusammen wegfahren? Ich habe gehört, Hawaii soll sehr schön zu dieser Jahreszeit sein. Exakt die Medizin, die solche Wunden heilt. Das meint zumindest mein Arzt.«

Geschmeichelt sah er sie an. »Nur wir zwei?«

»Ich lade dich ein, besser gesagt, mein Stiefvater. Er kann uns den kleinen Trip ruhig finanzieren.«

»Dann lass uns ins nächste Reisebüro und deine Medizin ordern! Oh verdammt, das habe ich ganz vergessen. Was sage ich denn meinem Boss? Er hat wegen der zwei Tage bereits richtig genörgelt.«

Mit einem traurigen Hundeblick sah Nadine ihm in die Augen. Das wirkte immer, besonders bei Männern. »Kannst du nicht sagen, dass du einer kranken Freundin beistehen musst?«

Achselzuckend gab er sich geschlagen. »Was soll ich dazu noch sagen?«

»Einfach: Ja.«

Kathryn war nach der Verhandlung mit den Nerven am Ende gewesen, sodass sie zu Hause erstmal einen Beruhigungsschnaps zu sich nahm. »Amanda kam mir immer sehr sympathisch vor. Ich hätte ihr so eine Tat niemals zugetraut.«

»Man kann nicht in den Menschen hineinsehen. Was ich eben selbst miterleben durfte«, entgegnete ihr Mann, wobei er sie mit leeren Augen ansah.

»Ich muss auf andere Gedanken kommen. Am besten ich räume Larrys Zimmer auf.« Geknickt ging sie in das Zimmer ihres Sohnes, wo noch alles so war, wie er es verlassen hatte. Insgeheim hoffte sie, Antworten auf die Frage zu finden, was Amandas Tat ausgelöst hatte.

Unter dem Bett wurde sie schließlich fündig. Der Inhalt eines Schuhkartons enthüllte die wahre Natur ihres Sohnes. Auf etlichen Fotos sah sie junge Mädchen in eindeutigen Posen und immer splitterfasernackt. Auch Nadine und Amanda waren darunter. »Darum also, musstest du sterben.« Die Tränen überwältigten sie. »Ich werde nicht zulassen, dass diese Fotos noch mehr anrichten.«

Mit dem Karton unter dem Arm ging sie ins Wohnzimmer, wo ihr Mann gemütlich auf dem Sofa saß. »Was hast du denn da?«

»Nichts von Bedeutung. Ich wollte lediglich den Kamin anheizen.«

»Das ist eine gute Idee«, stimmte Jim dem Vorschlag zu und reichte ihr die Streichhölzer. Wenige Minuten später fielen die Fotos dem Feuer zum Opfer.

»Jetzt ist es vorbei«, dachte sie, während sie in die Flammen starrte.

Roseanne und David Higgs bekamen wenige Stunden nach der Verhandlung Besuch von Officer Kingsley. »Es tut mir sehr leid. Wir fanden den Brief bei Ihrer Tochter. Darin erklärt sie den Grund für ihren Selbstmord. Sie hat einen jungen Mann namens Larry ... getötet. Die Schuldgefühle müssen sie förmlich aufgefressen haben, zumal ihre beste Freundin wegen des Mordes angeklagt wurde.«

»Nein! Wieso hat sie das getan? Sie hätte nur mit uns reden müssen.« Schluchzend warf sich Roseanne ihrem Mann an den Hals.

»Sie wollte Ihnen keine weitere Schande machen. Aber Sie lesen den Brief besser selbst!« Mitfühlend übergab Officer Kingsley Roseanne das Schriftstück, die es fest an ihre Brust drückte. »Danke, Officer.«

Das war sein Stichwort. »Ich werde Sie jetzt lieber allein lassen.« Ohne ein weiteres Wort verschwand er.

Kapitel 10

Am Abend hatten sie ihre Koffer gepackt und waren mit einem Taxi zum John F. Kennedy-Airport aufgebrochen. Selbst Nadines Wunder schien mehr für sie bereitzuhalten als nur den Freispruch, denn zufällig stornierten an diesem Tag zwei Personen ihre Reise.

Nach dem Check-in rief Nadine wie versprochen Casey an. »Hey, Cas. Ich bin auf freiem Fuß. … Es war Amanda, meine beste Freundin.«

»Das ist super. Wo bist du? So etwas muss gefeiert werden«, brach es aus Casey heraus.

»Um ehrlich zu sein: Ich bin mit Ryan am JFK. Wir fliegen in einer halben Stunde nach Hawaii. Ein Tapetenwechsel tut mir jetzt bestimmt gut, bevor das College wieder anfängt.«

Am anderen Ende war ein leises Stöhnen zu hören. »Ich wünsche euch viel Spaß. Mir wird derweil sicher auch eine Beschäftigung einfallen.«

»Wenn ich gewusst hätte, dass du so reagierst … Aber ich dachte, du kannst nicht weg, wegen der Arbeit.«

»Du hast ja recht. Melde dich, sobald ihr gelandet seid! Bye.«

»Mache ich, bye.« Sie legten auf. Für einen Augenblick fühlte sich Nadine miserabel, bis sie ihrem neuen Freund in die Augen sah.

»Wie hat Casey es aufgenommen?«, fragte dieser zärtlich, während er ihre Hand streichelte.

»Sie war leicht angesäuert, weil ich sie nicht gefragt hatte, ob sie mitwill. Ich schätze, das legt sich wieder.«

»Die Passagiere des Fluges 254 können die Maschine betreten. Ready for Boarding«, verkündete eine Frauenstimme über die Lautsprecher der Wartehalle, was eine Flut von Menschen veranlasste, sich durch den schmalen Korridor zu drängen, der zur Maschine führte.

Erst nachdem das Flugzeug vom Boden abgehoben hatte, fühlte sich Nadine wirklich frei.

Sie beschloss, ihrem Stiefvater nach ihrer Rückkehr eine zweite Chance zu geben. Immerhin war er während der gesamten Zeit nicht von ihrer Seite gewichen und hatte stets zu ihr gehalten. »Er verdient einen Neuanfang, genau wie ich«, dachte sie. »Vielleicht sollte ich mir einen Nebenjob suchen. So könnte ich ihm beweisen, dass ich auch ohne sein Geld zurechtkomme. Vielleicht sollte ich Casey mal in dieser Angelegenheit um Rat fragen.«

Epilog

In einer späteren Verhandlung wurde Kathryn Anderson wegen Anstiftung zur Falschaussage und Behinderung der Justiz zu einer Haftstrafe von drei Jahren und sechs Monaten verurteilt.

Während ihres Haftaufenthalts suchte sie den Gefängnispsychiater auf, um ihr Gewissen zu erleichtern und inneren Frieden für sich zu finden.

In mehreren Sitzungen offenbarte sie dem Arzt die wahre Natur ihres Sohns, in der Gewissheit, dass die Schweigepflicht ihr Geheimnis sicher vor der Öffentlichkeit bewahrte.

Der Zeuge Peter White wurde in einer weiteren Verhandlung wegen der unter Eid geleisteten Falschaussage zu einer Gefängnisstrafe von zwei Jahren verurteilt.

Die Strafe nahm er dankend an, da er so für diese Zeit ein Dach über dem Kopf hatte und regelmäßig Essen erhielt. Eigentlich konnte es gar nicht besser für ihn kommen: unbeschwert in den Tag hineinleben und das ganz auf fremde Kosten.

Die Officer Jack Logan und Marissa Green wurden von der Mordkommission in den Innendienst strafversetzt.

Die neu gewonnenen Freundschaften und die dabei entstandene Vierer-Clique waren nach der Rückkehr von Nadine und Ryan fast unzertrennlich. Sie verbrachten jede freie Minute miteinander und das nicht nur zum Feiern.

Gemeinsam besuchten sie die Gräber der beiden Personen, durch deren Handlungen ihre Verbindung erst entstanden war. In der Dunkelheit ist eben immer irgendwo auch ein Licht, das einem hilft, ihr zu entfliehen.

Der positive Einfluss von Nadines festem Freund wurde im neuen Semester schnell sichtbar, da sich ihre Einstellung zum College komplett geändert hatte und dieser Umstand ihre Zensuren deutlich verbesserte.

Nadine hatte ein Ziel vor Augen, das sie so klar sah wie niemals zuvor. Und Ryan war ein fester Bestandteil davon.